梦想没有那么昂贵，也没有那么遥不可及，因为我们可以把梦想化整为零。——科斗

苗小禾创业手记

科斗◎著

新世界出版社
NEW WORLD PRESS

图书在版编目（CIP）数据

苗小禾创业手记 / 科斗著. -- 北京 : 新世界出版社, 2017.10

ISBN 978-7-5104-6409-6

Ⅰ. ①苗… Ⅱ. ①科… Ⅲ. ①长篇小说－中国－当代 Ⅳ. ①I247.5

中国版本图书馆CIP数据核字(2017)第226880号

苗小禾创业手记

作　　者：科　斗　著
责任编辑：贾瑞娜
责任校对：宣　慧
责任印制：王宝根
出版发行：新世界出版社
社　　址：北京西城区百万庄大街 24 号(100037)
发 行 部：(010) 6899 5968　(010) 6899 8705（传真）
总 编 室：(010) 6899 5424　(010) 6832 6679（传真）
http://www.nwp.cn
http://www.nwp.com.cn
版 权 部：+8610 6899 6306
版权部电子信箱：nwpcd@sina.com
策　　划：杭州蓝狮子文化创意股份有限公司
印　　刷：三河市骏杰印刷有限公司
经　　销：新华书店
开　　本：880mm × 1230mm　1/32
字　　数：250 千字　　印　　张：10.25
版　　次：2017 年 10 月第 1 版　2017 年 10 月第 1 次印刷
书　　号：ISBN 978-7-5104-6409-6
定　　价：39.90 元

目录

第一章 野心

个别员工私心重也许没什么太大危害，但如果你把公司的重要部门交给那些野心家来打理，公司就会危机重重。——《创业维艰》

2011 年冬。

圣诞节前的一个早上，同事们一到公司就收到了一份惊喜，每个人的办公桌上都放着一个包装精美的小盒子，打开一看，是总经理肖明亲笔签名的圣诞贺卡和几块漂亮的巧克力。

大家私下里议论着："这主意应该是小禾姐出的吧，肖总才不弄这些呢。"

"是啊，中秋、春节这些大节日，肖总都没给客户送过礼物，更别说给我们过个圣诞节了。"

"行了啊，老肖洗心革面是好事，别揪着人家小辫子不放啊。"

"就是，吃你们的巧克力吧，把嘴腻上，让肖总知道了，不给你发年终奖金。”

大家七嘴八舌地说着。

我们公司天光咨询是北京天光会计师事务所旗下的全资子公司，主要做大型企业风险管理的咨询业务，我在这家公司做总经理助理。一年之前，我是天光会计师事务所的董事会秘书。

提到会计师事务所，人们脑子里就会闪现出毕马威、普华永道、德勤和安永这些牛气哄哄的“国际四大”，不过这几年，国家有意扶持国内本土的会计师事务所，所以我们这些内资事务所的腰杆也越来越硬了。就拿天光会计师事务所来说，短短两年，经过几次合并重组，发展势头极其迅猛，事务所的人员规模和业务收入步步紧逼“国际四大”在国内的表现。知名的内资事务所在开疆扩土的同时，纷纷设立自己旗下的管理咨询公司，也是在学习“国际四大”的经验。天光咨询就是在这种背景下诞生的，与其说它是个独立法人公司，不如说它是事务所内部的一个业务部门，公司的三位董事都是会计师事务所的董事。

天光咨询设立的时候，事务所董事会派董事包兴担任咨询公司的董事长，包总力荐的总经理就是肖明。

肖明，四十二岁，鼻子略大、牙齿特齐，说起话来不紧不慢，态度温文尔雅，穿着西装笔挺，与人交流谈吐不凡。他在外企工作过，还在香港证券公司奋斗过几年，擅长做上市公司的风险管理。包总第一次见到肖明就感觉与他相见恨晚，觉得肖明浑身上下充满国际范儿、专业范儿，是个经验丰富的难得人才，于是“三顾茅庐”把肖明从香港拉回北京。听说让肖明动心的是包总最后说的那一句话：“兄弟啊，在内地，大企业的风险管理咨询可是个朝阳行业，我们事务所几千家客户，都等着给你咨询费呢啊。”包总说话时眼睛里闪闪发光，那道光似在肖明脚下铺开了一条明亮的路。

天光咨询成立伊始，没人、没业务，包总对肖明说：“兄弟，有事你就找苗小禾，她是我们所董事会秘书，聪明能干，所里的几十号合伙人、十几家分支机构她都熟，她懂法律、懂管理，工商注册这些全都懂。”此后，肖明总是非常客气、非常殷切地请我帮忙，帮着帮着，他说：“小禾啊，中国大公司的风险管理咨询可是个朝阳行业啊，你看，事务所那么多客户都等着给我们送咨询费啊，你干脆来给我帮忙吧，我这儿的发展空间可比事务所大多了！”肖明说话时眼睛里闪闪发光，那道光似在我面前铺开一条明亮的路，延伸到很远很远……

到了年底，肖总叫我去他办公室讨论年终奖金分配方案。我看了看肖总列出来的奖金预算表，有些不安。肖总把公司整个年度的全部利润都纳入了奖金池，其中也包括给他自己的那部分，而且他的奖金比所有员工奖金的总和还多。

我小心翼翼地提醒肖总，董事会曾经强调过，公司利润中应拿出一部分作为股东回报分给事务所。其实还有个顾虑，我犹豫了一下并没有说出口：肖总的奖金数额不该由他自己决定。

肖总态度很坚决：“就这么点钱，难道不应该都分给干活的人吗？谁付出得多，谁的回报就多。股东回报要考虑，但绝不是现在这个阶段考虑的。”

我继续建议：“既然每年 3 月末发上一年度的奖金，离发奖金还有三个多月的时间，我们最好先制定出个考核标准，让高级经理们讨论一下，如果大家没意见，就按照这个标准考核员工，按照考核结果分奖金。”

肖总也没接受这个建议，他觉得分奖金这事可以由他自己决定，只是让我帮他看看有没有明显不公平之处、数据算没算错就行了，没想到我把问题想得那么复杂。

“小禾啊，你呢说得也没有错，不瞒你说，我可是香港中文大学 MBA 毕业，管理上可是学了不少理论，见过不少案例。不过那些理论都是给大公司用的，你说咱们就这么三四十个人，我一目了然，谁工作努力谁不行，谁脑子够用谁不聪明，还用指标来算吗？你就不要搞得那么复杂了吧。”肖总说着摘下眼镜擦了擦镜片。

“肖总，我记得您说过，咱们公司目标也是往大了做，那咱现在就得打个好底子，好底子就是规矩。现在员工们已经有人在议论说公司没有规矩了。”

肖总笑了，嗤之以鼻地笑，他反驳说：“规矩，还是有的，我的判断也是一种规矩。”

“嗯，要不这样吧，您把您是怎么判断的写个梗概，我来梳理一下形成制度。否则员工们怎么知道咱们的规矩是什么呢？”

他见我坚持，指着身后那一排书柜里面陈列的奖杯和纪念品，说：“看到了吗，这都是大客户送给我的，我做管理咨询的，难道还不懂管理吗？管理的精髓就是灵活，这个你慢慢就悟出来了。这样吧，如果咱们明年扩大规模了，你来全权负责制定一套考核管理制度出来，好吧？”说完，他拿着牙刷出去刷牙了——每天刷三遍牙是肖总的习惯。

我知道肖总这个人，和颜悦色中隐藏着顽固不化，只要他认为是对的，基本不会向别人妥协，除非你比他还“顽固不化”。于是，我妥协了。我和他认识了那么久，太了解他了，在很多事情上他都会平易近人地征求我的意见，但所有我认为重要的事，他都不会接受我的哪怕是半条建议。唉，我对他这固执劲儿，已经受够了。

我一脸沮丧地走出肖总办公室，高级经理李昂走过来，约我一起吃午饭。他脸上除了带着平日的笑容，还显得神秘而兴奋。我没有多想他异于平时的表情，一路上只顾着向他吐槽："肖总又这样！又这样……"不知从什么时候起，我愿意把对肖总的所有不满向李昂吐槽，李昂非常懂我，他向我吐槽的更多。到了餐厅刚一坐下连大衣都没脱，李昂就迫不及待地向我透露了一个爆炸式新闻："你知道吗？老肖前阵子私下在上海设立了个公司。"

"先生女士，你们来点什么？本店今天做活动，有……"服务生递来菜单。

"不急，我们先看看。"李昂接着透露他的新闻："这个公司，老肖100%持股，公司的名字和咱们北京公司的一样，只是把咱们天光北京咨询换成了天光上海咨询。"

"他这是要干吗？"我好奇了。

"接着听我说啊。他已经谈了两家客户和上海公司签了合同，俩客户都是事务所王老师审计的企业，"他压低声音，头往前探了探，离我更近了些："关键是，老肖和客户说上海的公司和北京的公司是一家。我还听说，他正在运作，要把咱们公司的大客户转移到上海做呢。"

"啊？他这是要干吗？"

"先生女士，您点好了吗？"

"哦，咱们先点东西吧。"

"好，我来请客，给你推荐几道菜啊。"李昂说着，用了不到一分钟时间点了四菜一汤。

“这么多，吃不完啊。”

“慢慢吃！”话题很快又转回新闻：“你说这老肖和包总之间是不是真有啥解不开的结儿啊？我最近总听到老肖唉声叹气说包总误事。”李昂一边说，一边迅速环视四周。

我的眼睛也随着李昂，下意识地转了一圈，说道：“哦，不清楚。两人之间分歧肯定有，但不至于闹得那么严重吧。”

“这事儿可不小啊，老肖可是包总亲自从香港请回来的，就算包总像老肖说的那样，对咱们公司不管不问，自己发大财去了，那他也是董事长，是事务所派来的，容不得老肖胡来。再说，包总对老肖有知遇之恩，你说老肖这是唱的哪出啊？”

“肖总说不定另有意图，还不至于到背叛的地步吧，没准老大们之间有啥布局没和咱们说？”

李昂头一歪眉一皱，觉得这不可能：“不能够啊，你是老肖的秘书，他不告诉你？就算他觉得你是包总的人而防着你，但包总可是最信任你啊，他要是有布局怎么可能不和你透露？你和包总熟，你看是不是赶紧告诉他一下。”

“啊？我？”

“对啊，你的角色正合适啊。再说，别忘了，你是公司监事，你有权直接汇报给董事会，让领导们给个说法。”

我心里一乱，我都忘了，我是公司监事。可小公司的监事都是为了填工商注册登记表凑数的，谁还当真啊。怎么这件事还要和我扯上关系？

“万一老肖瞎折腾捅出了大娄子，咱们没准连工作都丢了呢。”李昂边说边给我夹菜，荤的素的一样不少。

这番话硬是把我抛向了一个十字路口，要，还是不要把肖总的秘密揭发出来？站在路的中心，前边，是咨询公司和事务所的利益；后边，是肖总的颜面和前途；左边，是包总作为老领导对自己多年来的信任；右边，是肖总作为现任直属领导对自己的认可和提拔。

李昂还在绘声绘色地说着，可我的耳朵已经休眠了，我被弄得措手不及，心里开始犯嘀咕：

这一年，包总和肖总的争执越来越多，不过肖总有什么事不能通过沟通解决的吗？

以前做董事会秘书，我给自己定的原则就是“不站队”，现在要“站队”吗？

肖总到底打算干什么？难道他不知道这后果的严重性吗？

会不会真像李昂说的，肖总弄巧成拙丢了职位甚至是被告上法庭，公司一动荡，同事们都会被连累得丢了工作？

还有件事，我思来想去不得其解，李昂在团队里晋级最快，奖金最多，在肖总面前说话也最有分量，揭露肖总小动作的人竟然是他——肖总最器重的人。还有，李昂为什么要告诉我？难道他不怕我出卖他吗？

走出餐厅，一阵冷风灌进脖子，我把羽绒服拉链向上拉了拉。李昂马上把他的 Burberry（巴宝莉）围巾摘下来，递到我手里：“我胖，不冷，给你戴会儿。这围巾可是我在英国读书时买的，质量非常好。”从英伦国度回来的人就是有绅士风度！

走到公司大堂，一位圣诞老人正拿着袜子迎接人来人往，金色铃铛环绕着那棵两层楼高的圣诞树，树上的彩灯欢快地闪烁，灯光时而像眨眼的星星，时而像瀑布一样从“山顶”一泻而下。李昂打断了我片刻的宁静，他小声对我说：“我知道你很为难，但这件事迟早要露出水面，你以监事的身份和上面的老大们汇报，于情于理都没有不妥。老肖野心太大，公司那几家大客户单说业务合同就近千万元，更别说能给天光咨询带来的其他价值了，他这么折腾肯定会引起公司大乱，你算是公司的管理层，我更是公司元老，到时候咱都有责任站出来稳定局面。如果真到那一步，我愿意暂时接替老肖的工作，咱俩配合把公司继续做好。”说完，他径直向电梯间走去。

下午，暖阳斜射进来，我呆呆地看着茶杯里冒出的热气，回想着自己入职以来公司发生的大事小情，揣摩着肖总和包总的微妙关系。细细回味，发现短短一年的时间，很多变化正在发酵。我刚来公司的时候，两位老总相互赞许有加，没多久，包总移民澳大利亚很少过问公司的事，事务所董事会中有几位素来与包总不和的董事倒是经常挑战一下肖总，对他“不懂规矩”“自私”“战略方向完全不对”之类的指责越来越多。肖总遇到重要的事给包总写信汇报，邮件经常石沉大海，很多事情似乎永远推进不下去。包总每次回国，除了过问公司业绩，催问肖总何时向天光咨询公司的股东——会计师事务所分配利润，别的也无暇过问。渐渐地，包肖二人开始话不投机，小摩擦也多了起来。

记得有一次，包总大老远从澳大利亚回来，让肖总派车去接，肖总说他的车限行请包总打车回来更方便。包总来公司正好赶上中午，肖总说下午要去客户那里开会，让秘书给两人订了快餐边吃边聊，包总不高兴，肖总却觉得这很正常。包总最近一次回公司，和肖总不欢而散，两人争论的焦点，一是肖总作为总经理的权限到底有多大，二是肖总到底该不该持有公司股份，这两个问题一直都没有解决。

“别忘了，你是公司监事。”李昂的这句话最刺耳。肖总暗度陈仓，将包总蒙在鼓里。我真的是那个于情于理都应该站出来的人吗？

那天晚上我问老公：肖总和包总，我该支持谁？

老公是个“IT 民工”，他说：“实在想不明白的话，谁帅就选谁吧。”

我用力捶了他一下，让他正经一点，这可关系到我的职业前途！然后我絮絮叨叨起来：“你说，我当年进事务所工作的时候，是包总招我入职的。他这么多年对我一直挺好的，给了我不少机会，我总不能让他蒙在鼓里吧？”

“嗯！”

“肖总也算是重用我了，我还没正式当他助理的时候他就给我发过奖金。虽然我进公司时间不长，但是我和他认识好几年了，他人虽然固执也比较自大，但也算兢兢业业，我也不能就这么把他出卖了吧？”

“嗯！”

“李昂呢，你说他是出于责任心勇担重任啊，还是早就想当总经理啊？要是他早有野心，命也太好了吧，偏偏肖总这时候出事。他那帮兄弟们都特挺他，真把他当老大，私下里对肖总意见大着呢。”没听到老公说“嗯”，我转头一看，他已经睡着了，IT 男的世界真让我搞不懂。不过第二天一早，老公出门前抛出一句有点价值的话：“你考虑这么重要的问题，能不能别总想着‘人’，还得考虑‘事情’本身。”

“事情本身就简单了，肖总要真是转移公司业务和收入，那岂不是侵害公司利益，高管不忠啊！我得给包总打个电话。”

“嗯！”说完，他就出门了。

不过，我还是没有勇气去打小报告。做一个决定，怎么可能只考虑“事情”而不考虑“人”？

就在李昂向我透露秘密的第二天中午，包总突然从深圳打来电话，问我知不知道肖明私自设立公司、转移公司业务的事。我脑子“嗡”的一下，心想，包总您再容我想想我是知道还是不知道？好在包总比我嘴快，只说了一句：“你通知肖明，我已经回国了，晚上让他在办公室等我。不管多晚！”

当包总风尘仆仆地出现在办公室的时候，我的心提到了嗓子眼儿，心里默念“阿弥陀佛”，千万别问我知不知道肖明的小动作啊！我像猫一样悄悄地走出两位老总遭遇的现场，关上门，用一扇门隔离那浓浓的火药味。

同事们都已回家，我留在空荡荡的办公区，听着门那边“噼噼啪啪”火星四溅的声音，虽然他们具体说什么我听不清，但仍感受到拍桌子的愤怒穿墙破壁地冲了出来。

一个小时过去，包总走出办公室，脸色阴沉如沙尘暴弥漫，肖总坐在椅子上没有像往常一样起身相送，而是气愤得每根头发都竖起来抗议。我手心里捏了把汗，把包总送上电梯。

“小禾，你监控一下肖明的动向，有问题随时向我汇报，或者直接向董事会书面报告，我这两天会召集董事会开会。他肖明胆子也太大了，每年一分钱的股东回报都拿不出来，打着事务所的旗号，真金白银的都往自己肚子里吞，还敢和我谈要股份！还要让我给他签授权书，我再多给他几条授权，他还不翻天了！”

回到办公室，肖总已经极力恢复了自己儒雅的常态，虽然太阳穴边儿上的青筋还未消，仍勉强露出八颗白牙微笑着。“小禾啊，你要相信我不是坏人、不是恶人。在设立上海公司的时候，我并没有恶意，只是想扩大咨询公司业绩，如果包总看好这块业务，我随时都可以把控股权让给他。”

我也只能微笑，不知该说些什么。

“其实，我这也是在为我自己和同事们留后路，你也知道，天光事务所马上要分家了，董事们也会纷纷投靠更大的事务所，他们都不管咨询公司死活，给咱们的业务也越来越少，还整天嚷嚷着要我们给他们什么投资回报，你说我冤不冤。我不主动出击，公司岂不是要被拖垮？”

我低着头，类似的话肖总已说过好多次了。那两年，内资事务所为了做大做强，赶超“国际四大”，不停地合并重组，事务所的圈子几乎月月都传出来这类新闻，谁家和谁家又“结婚”了，谁家和谁家又“离婚”了，谁家又“改嫁”到谁家了。后来，大家除了八卦一下各大事务所老大之间的矛盾，对事务所合并重组的事都不觉得新鲜了。

“你应该了解我，我为公司付出那么多心血，这两年，现金流一断都是我自己拿钱补窟窿周转，事务所那些人说是给我业务，哪个业务不是我嘴皮子磨破、一遍一遍跑出来的啊？包总更是个甩手掌柜的，整天游山玩水。要我承担这么大责任，又不给我股份，我还什么都说了不算，给我自己多发点奖金就有人指着我的鼻子说三道四，你说我还有什么更好的办法吗？哎，小禾啊，你还年轻啊，经历得少，不理解我啊。”肖总越说越激动，他手里那支笔被他一次一次扔在桌子上。

见我没有说话，肖总难掩愤懑，他说：“小禾，我也知道包总是你老领导，这样吧，让你表态看来很难，你可以回家休假一阵子，等我们处理好这些事，你再回来？”

“啊？”我抬起头很吃惊。肖总终于不信任我了，他认定我是“包总的人”。

突然，李昂的一条短信打破了我不知该如何应对的尴尬：“两位老大狭路相逢了，我们怎么办？”

哎！真没想到，我竟然成了三方聚焦的人物，我已然搞不清自己的立场，越想越混乱。我没有回复李昂的短信，但我总要尽快选择一条路冲出来。

第二天早上，李昂约我在公司附近的星巴克见面，我到的时候，他已经帮我点好了一杯拿铁。坐在旁边的几个人，都在谈论着最近几大事务所合并重组的新闻，看来都是同行，我俩只好换到一个角落。

“你看啊，包总和肖总之间的矛盾由来已久，根本不可能调和。”

李昂那天的主题，就是希望我不要犹豫，不要有顾虑，最好的出路是配合董事会处理肖明免职的事，为了稳定公司局面，他有能力代替肖总主持大局。

“你愿意跟我一起吗？”李昂举起自己的咖啡杯，摆出一副志在必得的样子等着我和他干杯。

“小点声，别人以为你这句话是要……一起干啥。”

“哈哈，求婚啊？我可没那福分。咱们一起干一番事业呗！”他主动用杯子碰了一下我的杯子：“你得相信我，我看人看得很准的。你的潜力非常大，你做过领导班子秘书、有法律背景、熟悉人力资源、做过咨询业务，以后肯定能成为这个领域的高管。说心里话，我非常需要你！老肖自己给自己挖了个大坑，这是给咱们的机会啊！难道你不看好我？”

“我当然相信你的能力，但是你，应该说是咱们，都年轻，管理公司的经验少，你是打算毛遂自荐吗？董事会能接受你做公司老大？”

“你在董事会待了那么久，这点你比我看得清楚啊！现在事务所都快散伙了，天要下雨娘要嫁人，谁还管咱们公司啊？就现在这个节骨眼，如果有人站出来说‘领导们请放心，有我们呢’，董事们求之不得啊！”李昂得意的样子像星巴克播放的曲子一样，跳跃、奔放。

“包总不同意怎么办？”我心里乱得咖啡也没顾上喝。

“这我不担心。如果你对我有信心，我相信你就能把包总搞定。他都移民了，还不放咱们一条生路？”说完他嘿嘿地笑。

我被肖总请回家“隔离”，心里很不舒服，待了一天就回来上班。我不服，明明我什么对不起肖总的事都没做，他凭什么让我回家。

两天之内，七八位同事接踵而至找我私聊，以经理金荆、陈晨、单单为代表，加上说话不多、擅长用眼神秒杀对方的美女裴晓、酷爱古典文学的李小丫几位，都表示非常愿意追随“昂哥”干一番事业。和同事们聊天，我说得少听得多，主要听他们对李昂的评价。

金荆、陈晨兄弟俩最为推崇李昂，他们视李昂为“大哥”，在他们眼里，肖总小气，“大哥”大方，肖总把大把大把的奖金往自己口袋里装，“大哥”却和肖总申请，自己不要涨工资，要涨就优先给经理们涨；肖总不信任人，经理们每次写份报告都被肖总从措辞批评到标点符号，而“大哥”总是提纲挈领指出重要的问题，边帮忙改报告，边教会大家更多的东西；肖总就是个销售，就知道压榨员工，每次谈项目都答应客户用极少的时间完成极多的工作，“大哥”体恤兄弟们，他估算的项目时间总是恰到好处。

在同龄人眼中，能够把自己的利益分给别人、乐于把自己的收获分享出来、理解他人的喜好辛苦并勇于分担责任的那个人，就是值得大家追随的人，而李昂，就是这样的人。

肖总见了我似乎很不高兴，他觉得让我回家休假是在保护我，我却“不识好歹”，整整两天，他就含沙射影地和我说过一句话：“小禾啊，你说我设立公司的事，是谁和包总打的小报告呢？”

我很不客气地反问他：“我又不知道您设立公司的事，难道您怀疑我吗？”

他收起笑脸，带着一副阴郁的面孔刷牙去了。

很快，包总组织召开了一次董事会会议，董事们确实像李昂预料的那样，有些心不在焉，会上喧宾夺主地讨论起合伙人们决定投靠别的事务所的事。

“老包啊，你是远离是非去澳大利亚享清福了，你看看你这帮老兄弟，还在圈里熬呢。”

“哪里，这不，有大事我还是回来了，我选错了人，我负责。”

“唉，不提这个了，世事难料。就像咱们事务所，谁能想到就因为一个香港 H 股的审计资格没申请下来，就要四分五裂啊！”

“那怎么办，竞争就这么激烈，咱们所这么多年，国家颁发什么资格都有咱们的份儿，唯独这个 H 股的审计资格怎么就没拿到呢？没拿到，就不算一流所啊，以后人家前几名的大所吃香的喝辣的，咱们就得捡人家剩下的吃了。不投靠他们怎么办？”

几位董事拿着烟卷不停地“吞云吐雾”，会议室里已成“仙境”，我有点不耐烦地眯起了眼。

“包总，领导们都辛苦了，要不咱们尽快做个决定，好请各位领导回去休息？”我提醒包总，他们跑题了。

在意会议议题的只有包总，咨询公司的设立是当年他提议的，肖明也是他请回来的，现在公司弄到这个地步，就像他自己说的：“我这张老脸往哪儿搁啊！”

董事会用五分钟时间做出了决议：决定免去肖明的总经理职务并保留对其提起诉讼的权利，要求其在两个工作日内移交各类印章、合同原件等重要文件。我正打算去打印会议决议让领导们签字，咨询公司的财务张姐敲门走了进来，她爆料肖明在前一天晚上要求财务给他支付上一年的年终奖金，我一听金额就傻眼了，那数目是他原来的奖金方案中计划的包括所有员工奖金在内的钱！他要财务把所有的奖金都给他一个人！

“混蛋！”包总“啪”的一声把他的黑莓手机敲在桌子上，噌地站了起来，咬牙切齿地对账务说：“小张，你就说我说的，让肖明等着上法庭！”然后转向我：“小禾，你起草文件起诉他！小人！他就是个小人！简直无法无天了！”

包总的架势让我倒吸了两口凉气。

“老包，冷静冷静，”另一位董事开口了，“别激动，起不起诉再议，家丑外扬也不是啥好事。小禾啊，先这样，你尽快把这个会议决议交给肖明，让他赶紧滚蛋，别再折腾了。”

包总实在咽不下这口气，指着门口喊：“告诉他，再敢往出转客户，我让他以后在圈儿里混不下去！”那架势，就像是要一指头戳穿几道门，直戳到肖明脑门上。

当我正硬着头皮，要拿着董事会决议找肖总的时候，手机突然“滴滴”两声吓了我一跳。是在出差的李昂发来的短信：“听说你今天要和老肖摊牌，要注意安全，以防老肖恼羞成怒对你不利。我已经派了陈晨和金荆在门口坐着，如果老肖不理智了，你赶紧开门，他俩会去救你的。”还没读完，陈晨和金荆的短信也陆续冲了进来，分别说："小禾姐，我就在门口，估计那老贼不敢把你怎么样。”“有危险我叫保安去。”我觉得他们这么紧张有点可笑，心想他们是不是看电视剧看多了。

我进入肖总办公室递给他会议决议，办公室里一片沉寂。

肖总一直盯着那份董事会决议，我看着他越来越凝重的面孔和花白的头发，赶紧低下头。不知为什么，肖总曾经对我的好又重回我眼前，一丝心酸袭来。我感到房间里只剩下我一个人，周围的一切都很虚无，我一直在被一个问题追着问：好好的，怎么就走到了今天？肖总的“野心”就这样破灭了，而似乎李昂的“野心”就快要实现了。野心本无褒贬，拥有它，或许成王或许败寇。

肖明脸色已经由红变得铁青，他抓起电话，又放下电话，自言自语道："当初真不应该做这个总经理啊，不如自己创业了。”他看着我许久，说："小禾，你是怎么想的？为什么你也不理解我？我有什么对你不好的地方吗？你也对我失去信心了吗？”

这个“也”字说得好凝重！

“李昂这个人，我也不想再提了，我查过了，是他向事务所的合伙人透露我的事，合伙人告诉包总了。我是真想不通他为什么背叛我，我亏待过他吗？”说完，肖明又揉了揉太阳穴，疲惫地不再说一句话。

那天，肖明没有为难我，最后，他只是说，可能他和包总之间有什么误会还没有澄清，他会找包总沟通的，其他问题，“我会让我的律师来谈。”

肖明的那些话和他无奈的眼神我一直没有忘记。在接下来几年的工作中，我见过好多类似的故事，好像很多老板都这样受过伤，他们不明白为什么自己对员工全心全意付出了真心，而员工却丝毫不懂感恩，甚至背叛他们。巧的是，这种逻辑适用于肖总，也适用于包总，还适用于好多肖总和包总们。

几年后，我重返象牙塔，在清华大学攻读MBA，有一门很受欢迎的课叫"商业伦理与社会责任"，每一堂课大家都围坐在一起，讨论一个令人万分纠结的案例，同学们每次都会"穿上主人公的靴子"在故事里苦苦挣扎。

记得有一堂课结束之后，我奋笔疾书写了篇日记："今天的案例选自哈佛商学院案例库，讲述了一家纺织行业知名企业CEO离职的真实故事，那位CEO因私下设立关联公司侵犯纺织公司利益被起诉。然而，貌似简单的离职案背后，隐藏着企业文化冲突、公司治理结构优劣、老板如何选人用人、雇佣双方怎样才能建立信任，以及怎样的机制才能促生有效激励等一系列深刻的问题……"

写着写着，当年肖总离开的故事忽然跃至我的眼前。原来，我竟然曾经深陷在一桩"商业伦理案"之中！

当回忆起那段经历，我已不再是故事中充满悲喜的演员，在伦理课堂重塑三观的过程中，我好像明白了，比"对与错"更值得我们思考的，是对与错背后隐藏着的"因与果"。

第二章　无知者无畏

比感觉和条件更重要的是勇气和克服困难的决心，有时候，最开始那种无知者无畏的精神范儿能让人走得更远。——《女人明白要趁早之米字路口问答》

肖总走了，我和李昂开办咨询公司的创业故事开始了。

在很长一段时间里，有很多同事问过我同一个问题：小禾姐，你当初是怎么看上昂哥的?

这话听起来很别扭，搞得就像我俩在谈恋爱似的，如果按照这个逻辑，我俩从认识到“在一起”，时间不长，也算是“闪婚”了。现在的热门话题就是“创业”，热中之热的话题就是“如何寻找合适的合伙人”。想想，合适的合伙人多半不是找到的，是遇到的。如果那位还是你的“初恋”，那你们多半是遇到的，彼此之间跟着感觉走的成分很大。

我在事务所的时候，就听说过李昂是团队里的“魅力哥”。他和我同岁，是会计世家出身，英国名校留学回来的硕士，曾经在一家跨国公司的英国总部担任运营主管。这样一个牛人却很低调，刚到公司的时候肯从实习生做起。听说他读过很多书，对项目中的问题分析得很透彻，而且愿意把自己的知识见闻拿出来分享，他还很会照顾他团队里的兄弟姐妹。肖总很赏识他，虽说肖总凡事不太信任别人，总要亲力亲为，但放权给李昂的事情相对已算多的了。

我和李昂第一次见面是这样的——

入职第一天早上，我一进办公室，就看到一身商务休闲装的李昂正给一位经理讲英国的风险控制政策，李昂见到我后主动站起来打招呼："苗经理吧？常听肖总和同事们提起你，帮我们做了好多工作。"说着还呵呵笑起来。

"呵呵，熟人都叫我小禾苗，你也别叫我苗经理了，显得生疏。你的事我听了好多了，今天终于见到真人，荣幸。"我伸手和李昂握了握手。

"哪里哪里！小禾苗，好名字，长大就是收获的庄稼？"李昂继续呵呵笑，本来胖胖的他眼睛就小，还总是眯成缝，看起来非常亲切。

不到半小时，同事们纷纷来上班，每个人都会和李昂聊上两句，大家都叫他"昂哥"，嘻嘻哈哈的，氛围很轻松。

"昂哥！我不干了啊，这活干不了了。"和谐气氛突然被打破，一个穿着深蓝色西装、系着淡黄色领带、脚踩长头皮鞋的帅小伙气呼呼地走进来，把大衣和电脑包往桌子上一摔，一屁股坐在椅子上。"老肖来了吗？"他压低了一些声音问。

"陈晨，肖总还没来呢，怎么了？说！"李昂立刻坐过去，微微探身，眉头紧锁。

"你们知道老肖又出什么幺蛾子了吗？又把我的人撤走了

一半，还和客户信誓旦旦地说下周一出报告，我这项目经理当得都快成光杆司令了，还怎么出报告啊！想累死我是吧，行，让他给我双倍工资，我就忍了。都是留学回来的，新来的那家伙怎么就比我多拿那么多钱？不就是因为他吹他是'四大'的高级经理吗，是骡子是马牵出来遛遛再说。"陈晨大眼睛里冒火，从法国回来也没变得慵懒浪漫，火急火燎的脾气丝毫没改半分。

"帅晨，relax（放轻松）！昂哥会给咱们做主的。"说话的是金荆，额头宽、嘴唇厚、皮肤白皙但眼神犀利，一个湖北小生，敢想敢说，美国海归，从普通顾问很快升职到经理。他拍了拍陈晨的肩膀，又拍了拍李昂的肩膀。

"咱们几个，加上单单，中午一起吃饭再谈。都别急。"李昂不动声色地回到座位，看到我在端详陈晨，特意把暴脾气帅哥介绍给我。

"小禾姐，你别和我一般见识啊，我就这嘴、这脾气，放心，我在正经场合还是能 hold（掌控）住的。"陈晨说着，挠了挠头。

那时候，公司的氛围就像一锅老鸭汤，表面上平静，里面滚烫得很。

我在公司待了一段时间，发现员工们表面上对肖总毕恭毕敬，私下里却老肖老肖地叫着、议论着。老肖就是这样一个有争议的人：

市场开拓能力超强，业务源源不断，可是项目总是不能正常收工，公司现金流状况起伏不定；

表面很有亲和力，但骨子里面非常固执，不听取员工的意见；

凡事亲力亲为不愿意授权，就连秘书写的快递单都要亲自过目；

在员工福利上，肖总很小气，年底聚餐，他要求 14 个人挤在一张本应该 10 个人坐的桌子；

选人，他喜欢用名校 MBA 或者背景“高大上”的人空降来做高级经理，而这些人总是很难和团队打成一片；

自己工作特别拼，总批评员工娇气、不肯吃苦，总是抱怨员工和他差距太大。

久而久之，团队气氛越来越紧张，大家纷纷抱怨肖总不懂管理，意见最大的就是公司没有一个标准，工资怎么定、职级怎么定、奖金怎么发，都是肖总一个人拍脑袋决定……就是在这一年的共事中，我和李昂越来越志同道合，一谈到团队管理就顿感相见恨晚。也就是在这样的氛围中，李昂悄无声息地成了团队的核心人物。

肖总走了。我和李昂心知肚明，天光事务所已经在解体，我们的公司必须以最快的速度投靠一个大的平台，那将是为我们提供各种资源的源头，因为我们天生就是长在事务所里的，否则，我们将很快弹尽粮绝。

我和李昂商量，思来想去，投靠业内一直名列前茅的智达事务所是个不二选择。智达事务所的品牌、规模在业内数一数二，而且当时天光事务所已经有十几位合伙人加入了智达，这些合伙人我都比较熟悉，我们现有的大部分客户也是这些合伙人介绍的。还有，智达几乎没有专门做管理咨询的团队，我们是有生力量。

李昂双手赞同。我们盘点了一下队伍，建制蛮健全的：李昂业务水平高，又是会计世家出身，大家认定李昂人脉资源会很广，专业加市场，必然是团队的老大；我一直在事务所圈子里做管理，内外公关和团队管理都没问题；金荆、陈晨、单单他们一直是骨干，俩海归、一个注册会计师，我们商量好了提升他们做高级经理；还有几位有着财务金融背景的同事都很能干，也都单独带过项目团队，经理级别和顾问级别也都全。这些同事，大多数都是从不错的大学毕业，三分之一是硕士。我们列出人员情况表之后，自我感觉好极了，这是一支让老板们难以拒绝的队伍。

等到肖总正式出局，李昂迫不及待地拉着我一起去拜访智达的领导们谈加盟。我们向对方的领导提交了一份报告，中心思想就两点：我们有客户，有专业团队。

智达首席合伙人朱建业，是行业内鼎鼎大名的人物，他当场就表示非常欢迎我们的加入，夸赞我们是一支精英部队："李昂、小禾，我看好你们俩，小禾我早就接触过了，跨界人才啊，错不了；李昂，你祖父在会计界的声望也是无人不知、无人不晓啊，你也错不了！"我俩被夸得正飘飘然，朱总有实际意义的话还在后边——他宣布我们将作为智达的一个业务部，独立核算。

我听到那轻描淡写的"独立核算"四个字，有些意外，我注意到李昂的表情也瞬间有了变化，有点像动画片里的卡通人吃惊时候的样子，下巴被拉得长长的。独立核算，意味着我们要自负盈亏。

自，负，盈，亏！

我心里想，李昂以前只是想着要"干一番事业"，估计他以前没意识到，我们可不是旱涝保收，很可能会"亏"！我们之前根本没有把问题上升到这个高度考虑。我们习惯了有人给项目、发工资，而不用我们操心项目投进去、钱回不回得来；我们习惯了有事情安排给我们就去做，而不用费心事情是怎么来的；我们习惯了去评论老板们的管理水平和为人作风，而不用去烦心同事们会怎么评价自己，因为我们习惯了身边的“战友”每天送来友好和支持。

朱总一语惊醒梦中人！

我想到肖总曾经提到的“创业”二字，我对创业的理解是，你不一定投钱，但你得赚钱养活自己和追随你的人。让我们独立核算、自负盈亏，不就是我们自己赚钱养活自己、养活团队吗？那不就是创业吗？

我们彼此对视，心里都在打鼓，鼓点儿虚虚实实，早已经乱了节奏。

从智达事务所出来，李昂问我："你觉得怎么样？"

“要不要考虑和其他事务所谈谈？”

“还有候选的吗？”

我们分析了其他几家候选东家，没有得出结论。

“找金荆他们商量一下。”李昂一向很民主。

“民主”这东西是好是坏其实挺值得探讨的，不过这是后话了。

中午，李昂请大家吃饭。

“有没有搞错？至少要保证给员工发工资吧？”金荆有点不平衡，他觉得我们这支部队是“三高”团队，智商高、情商高、颜值高，应该卖个好价钱啊。

“陈晨，你怎么看？”李昂很器重陈晨。

“哼，我觉得自己咋这么贱呢？不过，我听昂哥的，昂哥指哪儿我打哪儿。独立核算有那么可怕吗？有吗？老肖能干的事，昂哥怎么就不能干？”陈晨推了推大大的黑框眼镜，很严肃地说。

“哎！陈晨你这话说得超级赞！”金荆噌地站起来，举着水杯到了陈晨面前和他“干杯”，“老肖都能干的事，咱们凭什么干不了！咱们现在心这么齐，比老肖的时代还会好上不知多少倍！”

“是啊，而且咱们好几个大客户都是智达的审计客户，合伙人也熟悉，得天独厚了，还担心什么？”少言寡语的单单都主动表态了。

“小裴，小丫，你俩怎么看？”

“最重要的是大家在一起，能发挥合力。”小裴边摆弄着Prada（普拉达）太阳镜边说。

“我赞同，刚才大家说的话也是我想说的。还有，记得昂哥曾经说过，未来的五年是风险管理的天下，咱们是要去分天下的！”小丫说着也跟陈晨去“干杯”。

“好！说得好！说得没错！咱们几个志同道合最难得，一起创业最重要的就是有团队！”李昂也开始用“创业”这个词了。“既然大家这么信任我，我们就去分天下！”话音未落，大家都站了起来，一起干杯，纷纷重复着：“去分天下！”

一直比较保守的我，被大家的激情感染了。我本来想把问题仔细分析分析让大家好好想想利弊得失，但看大家的架势，又觉得还有什么可分析的？有几个创业团队像我们这样，有着多年共事的经历和感情，彼此认同和鼓励？如果你的骨子里还有那么一点儿激情和感性的东西，一定会鬼使神差地加入这股洪流。就像，当你恋爱到痴迷，什么房子、车子、票子之类的庸俗之物都已置之度外，你会认为只要感情好，啥都好，瞻前顾后、患得患失就会错失幸福。

我应景儿地立了个军令状："短期资金问题应该有解决办法，如果大家觉得智达是个好平台，我负责去向领导申请一些运营资金。"

春已至，物复苏。

大家走在回去的路上有说有笑，只有我和李昂在沉默，不知道他心里在想什么。我在想：一年之计在于春，我们就这样揭竿而起，然后该怎么办，李昂心里有没有一年之计呢？

远望公司楼下的花园，百花娉婷，婀娜宜人，那首《你是人间的四月天》随微风拂面："你是爱，是暖，是希望，你是人间的四月天。"我的心情顿时轻盈了起来，希望就在不远处，加紧赶路就好！

那天晚上，老公回家一屁股靠在沙发上，特别沮丧地说要告诉我一个"不幸"的消息："我们部门的头儿非要推荐我升级。"

我以为我听错了，问道："啊？这是不幸的消息啊？你自吹自擂好含蓄啊。"

"我是那种人吗？"老公连眼睛都不睁，看起来一脸疲惫。

我端详着他，实在没想明白，还有人不希望"加官进爵"吗？

"升上去了压力会很大，得达到很高的考核指标，我根本没到那个水平，我还什么都不会呢。"

我做出一副崇拜他的样子，睁圆眼睛呆萌地夸他："你技术那么好，怎么这么说呢。老大觉得你行你就行啊。再说不是有述职环节吗？那么多评委如果都说你行，你就行。你得相信别人对你的评价。”

“不对，别人的评价基于各种各样的目的，而最重要的是你自己能不能认清自己。”

我仍然很不理解这种保守派人士，我原本以为他那么努力地工作，就是为了这一天早点到来。既然劝不了他，我就和他说我们加入智达的事。

老公听我说到“独立核算”，扔给我一道怀疑的目光：“啊？你们想好了吗？李昂行不行啊？独立核算，你们搞得定吗？”

我特别仗义地挺胸抬头地说：“只要团队心齐，没什么搞不定的。我也会竭尽全力帮他的！”

“典型的感性动物！你行不行啊，你竭尽什么全力？你全力能是啥样？你拿出全力让我也瞅瞅？先想好了，别那么初生牛犊不怕虎。”

看我有点发愣，老公离开沙发，洗了脸刷了牙，开始打游戏。他最近工作紧张，养成了下班回家先打游戏的习惯，说是“得用游戏把工作和生活隔离开”。

我那时候对老公的话不屑一顾，一个理工男，满脑子是代码，逻辑严谨却过于注重事实和证据，根本不谈感性的东西，更别说什么团队、什么激情、什么梦想。

后来，当我步入MBA的课堂，记得有一位老师在第一次和我们见面的时候问，如果让你来评价四大名著中哪个主角最成功，你选谁？大家七嘴八舌各抒己见。那位老师的说法是，最成功的非唐僧莫属，因为他最终成佛了。而为什么唐僧最终能历经磨难、取得真经、修成正果，就是因为他非常清楚“我是谁，我从哪儿来，我要到哪儿去”。你看，唐僧每到一处都会说三句话：“我是唐三藏。我从东土大唐而来。前往西天求取真经。”

我是谁？我从哪儿来？我要到哪儿去？这三个问题揭示了“自我认知”的意义。

在很长一段时间里，我以为我明白了“我是谁”、“我从哪儿来”，但我好像一直没搞明白“我要到哪儿去”。其实，有很多时候，我连“我是谁”都没搞清楚，只是自以为搞清楚了。

在决定跟着李昂创业的那一刻，我只有一腔热血，却没有好好分析分析创业的优势劣势，包括“老大”的、每个人的、整个团队的。似乎我们总是很“擅长”分析别人，往往忽略了自我认知。

创业最开始的那段时间，李昂在各个项目间跑来跑去，几乎不在公司出现。我们每天互相发好多短信以沟通各方面的进展。重要的事情，我们经常在下班后打电话，一打就是一个多小时。为此，老公经常不高兴，他最受不了把工作带回家。他不高兴也没辙，创业的人根本没办法给公司和家之间画出条界线，再说工作要是不带回家里，哪儿做得完啊。

用谈恋爱来形容我和李昂的关系纯属玩笑，不过如果用来形容创业，那是再贴切不过了。创业很像谈恋爱，很多人都是一见钟情或是一腔热情，神魂颠倒地就陷进去了，“结婚”之后发现完全不可控，有的痛苦得无法自拔而又不甘放弃，有的干脆和创业说拜拜，从围城里冲了回来。可当初那无知者无畏的劲儿，谁又拦得住呢？

第三章 挖墙脚

三观之三，『价值观』：什么东西是最宝贵的？是自由尊严最宝贵，爱最宝贵，体验最宝贵，还是改变世界最宝贵？——《三观易碎》

肖明被“下课”之后，有几个人也跟着他走了，肖明自认为还有点个人魅力，就常常给我们团队里的同事打电话“挖墙脚”，甚至还派说客大摇大摆来我们办公室蛊惑人心。

“呦，这不是井哥吗？”金荆检查完顾问提交的一套底稿，正站起来伸胳膊抻懒腰——当然，他没什么腰，忽然发现一位肖明那边“高大上”的 MBA 晃晃悠悠地走了进来。这位井哥以前在公司特别不招人待见，大家一直不明白肖总是怎么忍他的：每天必须当众吹牛，不吹牛就像没吃饭一样饿得抓心挠肝；每天下午占用会议室睡两个小时午觉，不睡午觉就“整个人都不好了”；出差时候非要住单间，遇见房间里有蚊虫就写邮件控诉公司不能保障出差员工身心健康；和同事之间斤斤计较到人家欠了他一毛钱都得追着人家屁股后面讨要。

井哥不是这位“高大上”的真名，但大家不在乎他真名是什么，只知道他“横竖都很二”。井哥一看金荆还搭理他，眉飞色舞起来：“金总，你们还在这么辛苦地写底稿呢？工资涨了吗？”

金荆面对挑衅也不含糊：“怎么着，井哥，您这是不当草民改做土豪了？”

“你们不知道吧，我们到了肖总的公司，坐地涨价，我现在可是年薪翻倍了，我们可是冲着新三板上市的目标奋斗啊，到时候可就财务自由了！”

他平时就喜欢吹牛，金荆也不愿意搭理他。

他看到身边静静改报告的裴晓，搭讪道：“嘿，这位美女，标致啊！看啥书呢？你怎么称呼，以前怎么没见过？”

裴晓早就听说过井哥的典故，她抬起头，眨了眨眼，嘴角露出蒙娜丽莎式的微笑：“井哥，我叫——别烦我！”

哄堂大笑。

“有个性！我喜欢！”井哥给裴晓递了张名片，看裴晓没接，就双手放在桌子上。“其实你可以多了解了解我的。”名片上的职务赫然写着：风险管理部合伙人。

等井哥终于识趣儿地走了，办公室里沸沸扬扬地聊开了。

“看看啊，井哥还是风险管理部合伙人，流程图都不会画，客户组织架构都搞不明白，还合伙人呢。”

“你不懂了吧，合伙人都靠吹的，谁还靠干苦力活啊。”

“咱这儿以前挺踏实一小伙，就那小K，到了“那边”（自从肖总带着几个人和我们分家之后，我们就称他们为“那边”）就图工资涨了一千块钱，那孩子可被老肖折腾惨了，今儿说按风险点做矩阵图，明儿说按部门做，后儿个又说按流程做，一天一个样，永远没谱。”

“老肖就是一个特别纠结的人，一会儿说要把问题深挖，一会儿又说没必要写那么细，咱们是做生意不是搞研究。”

“说起老肖，那天他给我打电话，我没存过他号码，以为是骚扰电话呢。他说，你猜猜我是谁啊？我说你有病啊，就挂了。”

大家笑得东倒西歪。

“你的命可真好啊，干脆利落。老肖那天给我打电话，主题就是——相信我，我不是坏人。你说，我又不好意思直说他有病，结果听他唠叨了十分钟，我心想你是不是坏人和我有半毛钱关系吗？最后我说，肖总，您是好人！他好像就不知道该说啥了，就挂了。”

大家你一言我一语的，最后终于有人提到了两个正经问题：第一，我们也得去他们那边搅和搅和，墙脚得互相挖，不能落了下风；还有，他们那边涨工资是真的吗？

他们在外面聊着，我在办公室里看着。

我独享一个办公室，空间还蛮大的。我右手侧就是落地窗，楼下就是熙熙攘攘的北三环，在阳光明媚的日子，我会一边观赏我最爱的一束雏菊，一边想着各种不着边际的事。听到外边同事们的议论，我暗自揣测着他们提到的这两个问题会有什么样的答案。

第二天早上，裴晓收到了一束玫瑰花，送花的人没有留下名字，女生们都羡慕得很，小裴却一头雾水。

“你男朋友不是在美国吗？”有人问。

“拜托，美国怎么了？现在送花谁还到花店里挑啊，都

O2O（线上到线下）了，老土了吧。”有人鄙视对方。

“不管什么O2O，O1O的，问题是我男朋友不喜欢玫瑰花，从来不送我这个，奇怪。”裴晓把花放回前台，没准是快递送错了一会儿还会回来拿，顺便去洗手间补了补妆。

第三天，又一束玫瑰送到了裴晓的手上，大家懂了，原来裴晓有匿名仰慕者。

“小裴你可真过分啊，你都有高富帅男朋友了，还霸占别的优质资源，让我这种剩女情何以堪啊？”李小丫调侃着。

裴晓觉得事情蹊跷了，赶紧给快递公司打电话查了查送花人是谁。快递公司的服务生说送花人嘱咐不能透露姓名，拒绝提供。

裴晓想了想，又一次打过去电话：“找你们负责人和我说话，你们送的这花，刺是有毒的，我的手被轻轻扎了一下，已经肿得不成样子，颜色还发紫，我正赶去医院呢，你们等着付医疗费和精神损失费吧！”

对方很快查出了花店的信息、送花人的信息，一再强调快递只负责送，绝对不知情。

大家都眼巴巴地等着谜团揭晓，可是结果却让人大跌眼镜——原来是井哥！

裴晓没容大家议论，抄起电话打给井哥，只说了三个字：“别，惹，我！”

井哥发来短信：“搞管理咨询的，最重要的是要知己知彼，我已经了解你男朋友的情况了，只想对你说，富二代是靠不住的。”

裴晓气晕了，直接把手机摔到墙角。

我走到墙角，把零散的手机捡起来，轻轻放在小裴桌子上：“看你那眼睛大得啊，我都嫉妒了。别生气了，我知道，你觉得他这么做降低了你的水准，可你要是和他一般见识，才真降低你水准啊。”

裴晓吐了口气，这口气浓缩了各种情愫。自此，肖明那边再不敢派人来现场挖人，但私下里还是不停拉拢我们这边的同事。

一天，裴晓、李小丫、陈晨他们一起坐地铁，俩女士同时接到“那边”的电话，没聊两句，裴晓说了句“绝不考虑”，李小丫说了句“太无聊了”，就都挂了。

“谁啊？”裴晓问李小丫。

“井哥，和我献殷勤，恶心。”

“啥？又和你献殷勤？”陈晨忍不了了。

李小丫找纸巾擦着手机，就像手机被井哥弄脏了一样，说：“是啊，太无聊了，还说裴晓太没女人味，还是我好，呃，好恶心！”

“小人！”陈晨真动了气。

裴晓透露道：“我接到的也是那边的电话，说肖总说了，谁要是挖我们过去，给两千块钱奖金，对方说奖金到手可以和我平分。长见识了吧？”

地铁站里人头攒动，上下班高峰时就跟不用花钱的菜市场一样，人挤人都挤冒烟儿了。喇叭里不停地放着提醒大家注意安全的广播，让本来就嘈杂的封闭空间更加躁乱。

“啊！”李小丫被人撞了一下差点摔倒。

“你给我站住！”陈晨飞快地冲过去拉住那个飞奔的小伙子，气势汹汹地说：“投胎去啊，赶紧道歉！”

小伙子长得瘦小文弱，见陈晨眼珠子瞪得溜圆赶紧说“对不起，对不起，”陈晨才肯罢休。

陈晨坐上地铁迟迟不能消气。“忍不了，明天我去他们那里会会。”

“帅晨，别去惹事啊！”李小丫嘱咐道。

“那你把电话给我。”

李小丫疑惑地把电话递了过去，陈晨等到地铁一开门有了信号，立刻给井哥拨过去：“井哥是吧，我是你晨哥，李小丫是我女朋友，你再骚扰她，我让你没法直立行走！”

说完，地铁门关上了。陈晨把手机还给李小丫：“别当真，我只是为了保护你不受那二货恶心。”

时间做了最好的见证人。

我们的队伍里没有一个人被对方挖走，虽然大家知道肖总确实给员工涨了工资，但同事们也并没有因此而要求李昂给大家涨工资。大家常常在茶歇、吃饭的时候，把“井哥”的笑话拿出来调侃，我们为自己没有和横竖都二的人在一起共事而感到庆幸。

那时候我们的团队好团结、员工好有“骨气”、大家都不拜金、都不玩虚的名头……这让我足足激动了好一段时间。后来，我才慢慢领悟到：没人临阵倒戈是以为当初“分家”的时候，价值观基本相同的人走到了一起；而没人要求涨工资，是因为那时大家的主导需求不是钱。如果团队的价值观总是一致、主导需求总能趋同，我们可能会一起走得很远，可“人生若只如初见”本就是奢望。世界在变，内心在变。后来的几年中，团队在变化中求生存、求发展，我也在变化中不断求变。

从这个角度说，“抢人”不算费劲儿，费了劲儿也不一定有好的效果，但“抢生意”可就不一样了。

第四章 抢生意

创业初期需要解决三大问题，找方向、找人和找钱，爬过这三座大山企业就基本上度过创业期了。——《创业36条军规》

如果说创业是从0到1的过程，那我们充其量只能算是“半创业”，因为我们已经有方向、有团队、有客户，和以前不一样的是，以后关于找方向、找人和找钱这“三座大山”的所有决策上，我们不仅仅是演员，还要当编剧和导演。

拉队伍出来单干，既有的客户随时都可能丢，即使不丢，也不能满足团队的发展，得不停地开拓新客户；现有的人员随时都可能走，即使不走，也不够用，得不停地引进新的人才。

“三座大山”先爬哪座？说不清楚，这就是个先有鸡还是先有蛋的问题。不过对于我们而言，找钱是头等大事。

钱从哪儿来？

记得我曾经在大家“去分天下”的豪言壮语之后立了军令

状，到事务所老大那里“化缘”。队伍虽不大，总要柴米油盐维持生存，现金流是关键。

不过我真不想提那段经历，因为实在是太顺利了，顺利得让我毫无成就感。

我跟领导提了个“借用一百万元运营资金，无息、一年期偿还”的申请，领导哈哈笑了两声，边鼓励我“好好干”，边在我提交的书面申请上签了“同意”。搞得我那些思前想后琢磨好的各种借款理由、答辩言辞都没派上用场。我对穿什么衣服、鞋子，拿哪一款包，见到朱总先说什么，都是反复练习过的，这一下子发现全都白练了！

为什么当时完成那么大的一个任务我却一点也不开心？读MBA时，教我们组织行为学的教授一语道破天机。他问我们：谈判时你最怕什么？同学们的回答五花八门，没有一个人答中他的要点，最后他揭晓答案：谈判时最怕的就是，你第一次报价对方就接受，谈判双方期待的是“谈”，对方第一次就直接接受你的报价，你的自信心必然受挫，也享受不到谈判过程的乐趣，还会对谈判结果产生怀疑。我听了简直捶胸顿足，这么说，我当初的心态不是去求老板借我们钱，而是去“谈判”的啊，我还没讨价还价一番就直接拿到了我想要的，那笔钱肯定是借少了！

运营资金缓解了现金压力，但只是缓解，拿客户、做业务才是正道。一般来说，我们这个行业的客户主要还是来自于圈子里人的介绍。进入智达后，我拜访了所有以前认识的合伙人，他们都表示支持我们。一位审计央企集团的合伙人见了我之后，没几天就高兴地告诉我，有好机会了！他的客户要招投标采购四家从事“风险管理咨询”的服务机构，他判断我们事务所是这家企业的主审单位，一定会有加分项，再说这次招标可以入围四家机构，我们的把握很大。

团队上下二十个人欢欣鼓舞，就好像这项目板上钉钉了一样。

金荆开始活跃气氛了："单单姐，述标的时候你陪昂哥去吧！咱得顺应潜规则，用个美人计，一举击倒竞争对手。到时候你穿个超短裙、黑丝袜、低胸套裙，怎么样同志们？"边说，边解开了一个衬衫扣子，走起了模特步，到了陈晨面前抛了个媚眼："帅晨，想必到时候评委会有女领导，中年妇女最稀罕你这种法国留洋回来的小鲜肉了。你要赛过当年的蔡国庆，成为新一代中老年妇女的偶像！"

淑女单单尴尬地笑了笑："金总，你是美国回来的国际友人，评委会给你加分的，别拿我开玩笑了。"

陈晨可不接这个招："别放屁！整天听你胡说八道，真该给你那大嘴上条拉链儿，干点正事儿吧大哥，写报告能认真点吗？你看你那报告写的，跟毕加索的画似的，你项目上的人都被你带成抽象派了！你以为你是大师啊！"

"金大师！金大师！"

大家开始起哄。

那次投标需要做现场陈述和答辩，我、陈晨和李昂一起到了现场，我们三下五除二，就被竞争对手不费吹灰之力地打败了！打败了！四家中标机构，有两家是国际四大会计师事务所旗下的咨询公司，他们派出的投标阵容真是让我们开了眼界——每家出席现场的都有五六位合伙人，男的都是黑色西服、深蓝色暗花领带，女的都是深色齐膝裙装、干练的短发，人人手里提着的电脑包上都镶嵌着小巧而很惹眼的公司LOGO（标志）。另外两家是国内很知名的管理咨询公司，到场的团队气场都很强，他们脸上洋溢着的自信就像娘胎里带来的一样。

那天，听李昂在前面做陈述，我听得如坐针毡，边听，我边冒汗——手心出冷汗，后背出热汗。根本没人想到，李昂平时表达能力那么强，说起项目来头头是道，站在一排央企领导评委面前，竟然紧张得汗珠子直掉，虽不算语无伦次，也是怯生生地不敢抬头、自顾自地念着 PPT。我听见坐在我身边的合伙人直叹气。

宣布入围结果之后，合伙人把我们送出办公楼，和我们一一握手，说了些安慰和鼓励的话："没事，年轻人，以后机会还很多。你们主要是太实在了，业绩和项目展示都实打实的，别人家可都是翻了好几倍地报。记住，抢客户，得会忽悠！这点啊，你们得和肖总学学，哈哈哈。"

李昂脸上的汗还没干，连声应道："是是是！您说得没错！"

"没事、没事，也怪我，我没好好提醒提醒你们，大意了。"

合伙人回去之后，我们仨各怀心事，站在马路边沉默了好一会儿。

"昂哥，别郁闷，屁大点事。都怪老肖以前从来不给咱们这种机会，没操练过。"陈晨给李昂递上了一根烟。

"对手气场太强，真没想到……唉，真够窝囊的了，'四大'那两家报的业绩有问题啊，把审计做的项目也都算他们咨询的业绩了吧！"李昂接过烟，避开了我的目光，他紧着鼻子，吐着烟雾，有种被对手耍了的懊恼。

"那帮孙子，太假了，投标都这么玩儿吗？老实人就真的没机会是吗？"陈晨猛吸了几口烟，把烟头狠狠地摔在地上用脚碾碎。

"估计，这么大的央企集团，找服务商主要是看品牌。咱们现在也没啥品牌，慢慢来吧。"我本想对李昂再说些安慰和鼓励的话，又觉得说多了有些虚伪，便就此打住。

我想起以前肖总从来不让其他人述标，每次都是亲自上阵，他说别人能力水平不够。

创业者都听说过很多运营管理的理论，比如"精益创业""迅速迭代""试错"等。互联网企业是这样，传统企业也大同小异。老大敢不敢于试错，在某种程度上就是看他敢不敢授权，试错不是老大一个人的行动，而是团队的行动。老大如果不能容忍犯错误，自然也很难授权，不授权就很难让手下的人得到锻炼，渐渐地，公司就容易走到一个"老大凡事亲力亲为、疲惫不堪，只好数落属下无能，手下的人踌躇满志却得不到施展，抱怨连天、质疑领导"的负能量圈里面。

首战失利，我和李昂都有些发慌，虽然表面不明说，但心里都明白。有一天，李昂找金荆出主意："金荆，你说，咱们怎么才能快点拿到新客户？"肖明在的时候，李昂就喜欢找金荆商量事，金荆是人称九头鸟的湖北人，很聪明，而且李昂总说，金荆眼光独到，看大方向一向很准。

"昂哥，你急着拿新客户干啥？"金荆眼睛本来就小，还总是喜欢眯成一条缝。

李昂瞪了他一眼问："你这是啥意思？不拿新客户，咱们都喝西北风？"

"昂哥，老肖和咱们分家的时候，还抢走了咱们几个客户呢。老包回澳大利亚吃袋鼠肉去了，事务所那帮董事后来也不管咨询公司了，就任由着老肖把客户拿在他手里，你能忍吗？反正我是不能忍。"

“对啊！”李昂一拍大腿，“不能忍！”

他俩商量来商量去，让我去和肖明交涉，把客户再抢回来。

自从李昂和我透露肖明秘密的那天起，他就一直躲着肖明，只要遇到要和肖明接触的事情就不愿出面，都全权授权给我处理。也不知道他是怕失败、还是怕见到肖明尴尬、还是觉得不能走肖明那事必躬亲的老路？

我正琢磨该怎么和肖明开口谈要回客户一事时，陈晨轻轻敲了两下门问：“小禾姐，我车限行，能搭一段顺风车吗？”

我抬起头，看着他说：“没问题，不过我今天要加班，你着急走吗？”

“不急，我也加会儿班。”陈晨离开不一会儿又回来了，递给我一块巧克力和一盒牛奶，问：“您忙什么呢？用我帮忙吗？”

“忙着琢磨怎么和肖总抢客户呢。”我无奈地撇了撇嘴吐槽说，“这事真让我伤脑筋，肖明既然能拿走那几家客户，一定有他的办法，想全部夺回来，谈何容易。”

“唉，有句话我可能不该说，您要是觉得我说得不对，全当我放屁了哈。”陈晨弯下腰，跟我凑得更近了。

“你就不能改改你那语言风格，你和客户也这么说话啊？”

陈晨憨笑。一身西装、一副方框的黑边眼镜，大大的眼睛、白白的皮肤，与人见面时首先送去一脸微笑，如果不说话，你真想象不出他骨子里是一副口无遮拦、爱打抱不平的愤青范儿。

“我靠谱，和客户在一起我装得可斯文了，您放心。我就是有那么一点看不惯，怎么每次遇到和老肖的正面交锋，昂哥都不出面，都让您一个女的去得罪人啊？我总觉得昂哥不应该这么怂。”陈晨用手蹭了蹭鼻子，低着头眨了眨眼睛，补充了一句：“我没别的意思啊，昂哥是我师傅，我服他，我就是觉得，是不是总有人给他支那些馊巴招啊？”

我把巧克力掰成两半，递给他一半。“帅晨，想那么复杂干吗，我都不想那么多。”想了一秒钟，继续自我爆料：“其实和肖总分家的时候，去‘那边’的人就提醒过我，说李昂也太狡猾了，得罪人的事让我去做，他却躲起来不见风不见雨的，说白了，李昂就是自己有野心要当总经理挤对走肖明，他是在利用我。”

“小禾姐，昂哥当老大我服气，他肯定不是故意利用您。我就是觉得，昂哥一爷们儿，是咱们老大，凡事不能怂，该面对老肖就面对，总躲着干吗，反正我总觉得昂哥不应该是这种人。”陈晨边说边摆弄着手里的巧克力。

“我知道你仗义。当初‘那边’的人提醒我的时候，我也没往心里去，李昂已经把肖明得罪透了，还怎么面对他？即使出面和肖明对峙，又怎么可能有好结果，到时候掐得你死我活的，能解决什么问题？”

夜色降临，陈晨若有所思地望着窗外的街灯，我提醒他，时候不早了，容我整理整理思路，也好早点回家。

我没有和陈晨深谈关于“利用”的话题。在创业团队中，忌讳琢磨谁利用谁的问题，创业团队是个“做自己、强担当、高互赖”的集体，做好自己该做的事，承担起自己应该承担的责任，大家相互依赖、互相扶持往前走，人们彼此之间应该是相互成就的关系。

第二天，我和李昂聊了聊。我想提醒他，把肖明手上的几个客户都抢回来的想法不现实。我正逐个梳理客户情况，给他作分析的时候，秘书给李昂送来了一份快递。李昂边听，边打开信封。

我还在说着，一份文件重重地砸到了我面前。

“看看老肖干的好事！”我吓了一跳，抬头一看，李昂一脸怒气，银边儿眼镜框都被“烧”红了，“每次甩项目都得我去给他擦屁股！”

我看了看文件，是新疆一个客户发来的投诉函，措辞严厉，“你公司几次提交的报告都不符合我公司要求，毫无专业水准，……你公司擅自撤离工作人员，毫无职业操守，……我公司要求解除合同，并严正要求你公司赔偿该项目对我公司造成的损失和不利影响。”这个项目我都没听说过，算了算时间，应该是我还没到公司的时候肖总就已经承接并且中止了的，没想到客户都过了这么久才开始算账。

我让李昂冷静冷静，然后问他：“你为什么认为这个项目需要你去擦屁股呢？”

“大姐，这还用问吗，现在我是负责人了，客户投诉公司，我不解决找谁解决啊？老肖已经拍屁股走人了。老肖总是这么不靠谱，烂尾项目一堆一堆，谁受得了！”他越说声音越大、怒气越高。

金荆闻声推开我们办公室的玻璃门急着问：“怎么了昂哥？老肖又出啥状况了？”

陈晨也走过来，扶着金荆的肩膀，一脸正义：“怎么了昂哥？又要去给老肖擦屁股啊？我可不去啊！没那么多条命！”

我见“兄弟”来关心“大哥”，没说什么，只对李昂小声说了句“先别急。”李昂什么也没说，示意金荆和陈晨他俩先去忙别的。

那时候，我们为了节约成本，已经搬出了堪称北京十佳写字楼的一座水晶大厦，到了一家虽显温馨但略显寒酸的办公楼，我和李昂共用一间透明的办公室，与开敞办公区只隔着一层“半扇”玻璃。这房间小，为了满足消防要求，不能把没有门的办公室与外界完全隔离开。我和李昂的一举一动都在同事们的眼睛和耳朵里。

金荆出门后，给李昂发消息：“昂哥，业务上的事还是和我们几个经理商量比较好。”

李昂回复：“没错，不过这个不仅仅是业务，是和公司风险有关，须听小禾意见。”

我看李昂发短信时心不在焉，就提醒他专心点，我继续分析形势：“咱们现在已经合并到智达了。前阵子老肖刚被革职的时候，你暂时代理他的职务，现在你是智达咨询事业部合伙人了。”

李昂把手机扣在桌子上，抬头，有些兴奋地说道：“明白！你说得有理！”

我微微点头，但又把话锋一转：“不过，我觉得你应该考虑的是在这种情况下，你要不要去管这个闲事？”

李昂脑袋上仿佛长出了一圈问号，疑惑地问：“怎么讲？不是刚说完，我现在和天光公司没关系了，不用管了吗？”

“管与不管得看这个项目为什么停了，是肖明的问题还是客户的问题，如果是客户的问题，想办法回避到底；如果是肖明当初项目安排有问题，那就要考虑有没有必要接这个烂摊子，有钱赚也可以接。”

“明白！你说得对！”李昂特别容易冲动，冲动的时候，人的智商往往会直线下降，过了那劲儿，真正的李昂又回来了。李昂开始开玩笑：“咱以后可得和这个天光公司划清界限哈，也不知道谁取的名字，天光天光，天天光，太烂了这名字，哈哈哈哈。”

经过几位经理的回忆和调查，投诉我们的客户实际上是个信誉不错的企业，当初是因为肖明承诺了对方在某个时点出具三份不同方面的管理建议书，但只出具一份建议书之后，肖明就把项目组的大部分人员派到新项目上，迟迟没有完成另外两份，最后，就连留守在现场办公的项目经理都被调走了，客户投诉我们也情有可原。于是，李昂出面，澄清事实、道歉、承诺，最终客户接受我们为他们继续服务。

我们和投诉我们的公司算是不打不相识，李昂拿下这个客户，也算是搞定了一个新项目，有些峰回路转的舒心，他沉闷了几天的脸色渐渐有了光彩。他给几个核心成员开了个会，说处理客户投诉这件事给了他很大的启发，和肖明争夺项目的立场不是多多益善，而是优胜劣汰！他要求金荆、陈晨和他一起，在两天之内把所有的项目情况理清楚，哪些客户是优质的、哪些客户是“差”的；哪些项目是我们团队可控的、哪些是团队不可控的；哪些客户虽然“差”，但属战略性的、必须拿下的；等等。好客户就尽最大努力挽留，“差”客户就不惜一切代价“大发慈悲”让给肖明。讨论来讨论去，只有一个客户是既值得抢回来，又必须抢回来的，其他的项目我们都放弃了。

“关键时刻，不能贪，要懂得取舍，集中火力搞定深圳这家上市公司。这个项目的收入是其他几家的收入总和，而且这家公司在百货行业内小有名气，在我们的客户群里很有代表性。”李昂边说，边在白板上列出的客户名单中定位了一家，画了一个红红的圈。

“小禾，辛苦你设法拿下，当然你也别有太大压力。陈晨，你准备好，重新接管这个项目。”

李昂一板一眼安排工作的样子让人觉得很踏实，老大有目标、有判断、有计划，下面的人心里就有底。

金荆伸出一个大拇指：“昂哥，牛！小禾姐，下一步就看你的了，我早就和昂哥说了，搞定老肖的人非你莫属！”

陈晨推了一下金荆：“你就会拍马屁！你那张嘴那么会说，你怎么不去和老肖谈判？”

“帅晨，小弟不才，以前万万没有想过要和老肖抢生意，实在没有心理准备。”金荆呵呵地笑着，做了个抱拳的姿势。

以前谁也没有想过，我们还能和前任老板抢生意。我本来以为再也不用和肖明谈工作了，谁料到又要和他短兵相接，但这时候也顾不了那么多了，人都是屁股决定脑袋，在哪个团队里就得为哪个团队卖力，抢到业务就是抢到粮食！

夺回这家深圳的上市公司并不容易，客户的财务总监是肖明的老乡，肖明打了人情牌，请客户考虑变更合同主体，把乙方从北京天光变为上海天光。不过，上市公司变更咨询服务机构比较麻烦，如果变更，不仅需要过会讨论、走个比较长的审批流程，而且公司的董秘还要考虑是否必须对外披露这个信息，于是客户迟迟没有拿定主意。肖明先下手为强，把项目经理从陈晨换成了“那边”的井哥。

我们倒也不是毫无希望，为这家公司提供审计服务的是我熟悉的一位合伙人，她可以帮我们和客户高管沟通。但这优势并不大，因为我和这位合伙人已经不在一家事务所共事了。

在和肖明正式“宣战”之前的那天晚上，同事们说好要一起 K 歌。

“Cheers！”（干杯）大家纷纷举起科罗娜啤酒和 RIO（一种鸡尾酒），庆祝加入智达的“重生”。

“帅晨，你眼珠子掉小丫身上了？”一位同事用胳膊肘推了推陈晨，满脸坏笑。

“去你的！”陈晨转过神来，顺势走上前，把小丫的裙边儿向下轻轻拉了拉：“腿挺直啊，大冷天穿这么短的裙子也不怕得关节炎。”

“师傅，你管得太多了吧。”

李小丫在刚进公司的时候被派到了陈晨负责的项目组。陈晨说，跟着他做项目的人都得叫他师傅，后来加入的裴晓也是这个命，拜陈晨为师，叫李小丫为师姐。

“师傅！”裴晓端着瓶啤酒走过来，一头秀发散发着迪奥的香气：“别骚扰我师姐，要么和我喝酒，要么赶紧唱歌。”

“两不耽误，咱俩先干一瓶，然后我和小丫点一首对唱！”还没等小丫说话，陈晨抬起右手伸出食指：“李小丫，师傅给你机会你不能推辞，你去点歌吧，对唱的我都会，随你点哪首都行。”

我第二天要和肖明谈大事，心里一直没法放松。同事们闹得欢，我只能把李昂拉到包厢的角落里。我直接向李昂表明了我的想法：“我想了想，咱们必须以北京天光咨询的名义去谈，否则客户还是会面临变更服务机构的麻烦，说什么都不会支持咱们。”

“没问题，你定！”李昂扬了扬下巴。

“有问题！如果客户同意把业务留在北京天光咨询，项目款肯定是要打到北京天光的账户里，咱们现在合并到智达，北京天光的董事都知道，到时候怎么动用这笔钱就是个问题。”说话的时候，我一直盯着他的眼睛。

“小禾姐！”金荆不知道什么时候坐到了我旁边，一身灰色的羊绒衫在昏暗的灯光下很不显眼：“我看好你！你一定有办法！是吧昂哥？”

“呃，呵呵。”李昂笑了笑。

“搞定天光那些领导，你比昂哥有底气。我是觉得，你和昂哥现在要分工，你料理后事，昂哥得冲在业务一线。”

见李昂仍然不说话，我追问：“这次和肖总谈，我没有十足的把握，如果我拿不回来项目，至少可以努力分得一些项目款。你给我个底线，我来争取？”

李昂想了一会儿，冒出一句：“你定，我全权授权。”这句话变成了他后来几年的口头禅。

我一时语塞。包厢里响起了陈晨和李小丫对唱的《明明白白我的心》。

第二天，给肖明打电话之前，我做了几次深呼吸，莫名的紧张迟迟不能消退。

“肖总，最近怎么样？我占用您几分钟商量件事方便吗？”

“方便。你还好吧，小禾？”肖明的语气很客气，我的心落了下来。

“天光咨询的老领导们最近催我汇报一下公司的业务情况，他们对您转走了几家客户的事，还，还……”我吞吞吐吐，想不出一个合适的词儿。

“还耿耿于怀是吧？”肖明倒是直接。

“呵呵，您看，我也挺为难的。您打算怎么解决？”我定了定神，抛出了我想问的话。

“他们不都合并到不同事务所去了吗？还有心思关心这事？”肖明很平静地回我。我听到肖明的语气，确定他没有对我之前配合董事会弹劾他的举动记恨在心。

我继续编着理由：“就是因为到了别的事务所，才更关心他们以前投资的咨询公司赚不赚钱，能不能分钱啊。”

电话另一端沉默了。

“肖总，您是我的老领导了，咱俩也别互相为难，不如这样，您给我们留下一两个客户，也让我和这边的领导有个交待？”我试探性地问他。

肖明叹了口气说：“唉，事到如今，只能互相妥协一下。我把安徽那家公司转回去？他们不是上市公司，流程简单些。”

我把语气放得更缓和，直接挑明：“转来转去的太麻烦了，这样吧，我们就留下深圳那家百货公司吧，听李昂说，那家公司还没有决定要做合同变更改服务商呢。”

“别跟我提这个人！”电话那边声音高出一倍，把我吓了一跳，看来肖明对李昂的心结是解不开的。

“好，好，那您先考虑一下。”

肖明不客气地回复：“客户的高管已经答应我做变更了。”

“听说财务总监是同意了，但其他高管都没有点头呢。”

“你情报工作做得不错啊。要不这样吧，咱们俩一起去拜访一下客户，当面听听客户的意见，如果客户说不同意变更服务合同的乙方，我绝对没意见。”肖明回应得胸有成竹，估计他是赌定等我去见了客户的高管，就会输得哑口无言。

我答应赴约，就算输，我还能输什么？我原本也没有什么。不过，我自己去赴鸿门宴势单力孤，就邀请了审计合伙人一同出席助我一臂之力。

去深圳见客户那天，我订了最晚的一班飞机，虽然知道航班延误是首都机场的常态，但机票便宜就只能忍了。凌晨两点，我终于到了旅店。脏乱差，烟味、霉味搅和在一起，房间里没有牙刷和毛巾，我气愤地跟服务台投诉，人家说预订酒店的时候已经提示过了，因为是特价房就没有那些洗漱用品。我这才想起来和秘书交代过，务必要给我订便宜的酒店。我推开窗子想换换空气，就在开窗的一刹那，“啊！”我大叫一声，一只貌似蝙蝠的东西伏在窗外的角落，吓得我像一只炸了毛的猫，闪电般冲出房间，惊魂未定。

我要求服务员给我换了房间，脆弱的神经一直紧绷着，没敢脱衣服，躺在床上无法入睡，脑子里翻江倒海。我想起以前在会计师事务所当董事会秘书那几年，真是风光滋润，每年都要和领导们赴各地开各种大大小小的会，都是车接车送、五星级酒店，开完会返京，经常有人会给我们备好了各色特产。现在，只有最晚的航班、最差的酒店、最惊悚的“配套设施”，这自力更生的日子真是不好过啊！

第二天中午，客户安排午宴，财务总监、董秘和审计合伙人出席，我与肖明再次会面。他像以前一样，西装笔挺，遇人便露出标准微笑，只是头发白了不少，人也消瘦了些。客户财务总监和肖明坐在一起，相谈甚欢。

“来，苗经理，肖总，”财务总监举杯，“吃饭不谈工作，我备了一点酒，少喝一点，欢迎你们远道而来。”

平时听闻很多公司的办公室主任、销售、领导秘书，都是喝酒喝得多把事情喝成的，我自知没有酒量，为难得不行，喝也不是，不喝也不是，无奈之下，只能用李昂教给我的招数破局了：每次喝完用毛巾擦擦嘴，偷偷把酒吐到毛巾上。

肖明向我举杯敬酒："小禾啊，以前共事那么久，也没和你喝过酒，借此机会，我敬你一杯，也得感谢你以前对我的支持。"

我也冲他举杯，大方地表示回应。

边吃边聊闲话地过了一阵，时间也差不多了，肖明提议说："来，各位领导，咱们不多喝，我最后敬大家一杯。"随后一饮而尽，举着空杯，站在原地继续说："给领导们添麻烦了啊！我们公司的情况呢，我以前也汇报过了，领导们能理解我，真是高风亮节。"

财务总监摆了摆手，示意肖明坐下，笑道："肖总啊，不要这么说。你们会计师事务所这行，这几年一直折腾来折腾去，我们都觉得习以为常了。就是记这些事务所的名字太有挑战啊，总合并重组，名称变得五花八门，记不住。哈哈哈。"

下午开会谈论正事。

肖明坚持他自己的原则，不过，他的风格和从前一样，为了达到目的，反反复复地强调自己的理由，说来说去就那么几句话，目的就是希望客户做合同变更。

合伙人向我示意，我俩出去私聊："小禾啊，肖总说那几句车轱辘话，我这东北人可是受不了了，他太磨叽了。你说这事儿，本来是你们内部的事，折腾客户给你们评理不说，还这么磨叽，我也是服了肖总了。我明天早上有会得赶紧飞回去，你坚持立场就行，我和客户的董秘也打过招呼了，看见没有，董秘也坐不住了。没事儿，有问题你再找我就行！"

我会意地点点头，送走了合伙人。

进会议室后，我先和客户的财务总监寒暄了几句，随后表明了态度："肖总，您的口才还是那么好。我是觉得，咱们的目的是在不给客户添麻烦的前提下，咱两个团队能够双赢。我以前是您的助理，我是很感激您的，包总让我来谈这件事我都觉得自己不够格跟您对话。但是，我现在也是天光咨询的代言人，哎，真是为难啊。"我不敢提李昂，只能提包总。

肖明转头和财务总监互换眼神，说到："小禾啊，我们本来是一家，出了点误会而已。咱这么好的合作关系也是我这么长时间一直努力维护的，我对公司的情况还是很了解的！"对方连连点头。

"肖总，您了解客户是肯定的，不过这个项目在此之前一直是由陈晨带队，他的敬业态度和专业水平，在座的领导也是知道的。不知道，您把项目经理换了之后，工作可还顺利？"我也转过头去，看了一眼客户董秘。

董秘明白了我的意思，张口说："苗经理啊，你这话说到点子上了，新来的经理——"她停顿了一下，看了看肖明，接着说："说实话，新来的经理风格和陈经理可是大不一样啊，我是主管这个项目的，反正我目前还没适应这个新经理的风格呢。"

肖明冷静地说："您多虑了，再给他几天，他肯定让您满意，他可是很有经验的。"

我没接肖明的话茬，而是抛出我的撒手锏："既然不给客户添麻烦是前提，咱们就别在这里争来争去了，肖总，您还在北京天光的时候，就已经给客户开了50万元的发票，上市公司的账目处理您是专家，无论怎么样，还是得把项目款汇到北京天光账户上比较好。"那张金光闪闪的发票成了我的突破口！

见肖明愣在那里，一副陷入回忆、瞬间追悔莫及的样子，我收敛着洋洋得意的表情，继续说起来："如果在这件事上大家都没有意见，那问题就是我们团队和您团队怎么配合起来把项目做好的问题，还有怎么分配利益的问题了。项目由哪些同事继续做，咱们也听听各位领导的意见。"我把视线从肖明身上移开，转向其他人。

项目组原来的配置是六个人，现在换成了井哥带了两个"小弟"，工作表现大不如前。曾经的项目经理陈晨和李小丫都是我们团队的骨干，两人绝对可以撑起大半边天，两边员工的水平究竟如何，我相信客户心里再清楚不过了。

肖明的谈判方式就像三四岁的小孩子一样——永不妥协、除非交换。我心想，他只有那几句毫无说服力的理由，也没什么新花样了，财务总监又不是万能的，最终还是要顾及自己公司的利益。

肖明还在说他的"一二三"，董秘的脸色已经沉了下来。我赶紧说："肖总，咱们人民内部矛盾回北京再解决也不迟，我们回去再谈其他的吧。"

财务总监见这情形也觉得不必纠缠下去，表态说："老肖啊，小姑娘说得对啊，你看，我们公司内部也协商一下，你们回去谈你们两家的问题。陈晨作为项目经理，很专业也很敬业，我们希望他坚持带队做完我们的项目。"

看肖明仍没有停下来的意思，我立刻起身说要赶飞机去，和两位领导道别、感谢。我刚进电梯，肖明跟了过来。我见旁边没有别人，小声说："肖总，我也是给老板打工的，他们说了好几次让我写起诉状把您告上法庭，我都没同意，因为我感谢您以前对我的培养。这次，您就让一步，让我回去也有个交代，您看呢？”说完，电梯恰到好处地关上了门。

走出客户的写字楼，我匆匆回头望了望，气派的大楼灯火通明，与成排的街灯遥相呼应。眼前的景色还没欣赏够，我却一眼瞥见肖明也向外走来，我赶紧转头加快脚步躲进熙熙攘攘的人群里，生怕被他逮住继续沟通感情。

车水马龙的街道上竟然叫不到一辆出租车，眼看快要赶不上登机时间了，我只能拦住一辆黑车。司机在离机场还有一大段距离的地方停了车，问我要钱，车外是一大片空地，黑漆漆的，连个人影都没有，吓得我汗毛直竖。我紧紧地攥着手机，以便遭遇险情能第一时间拨 110 报警，强装镇定地对司机说："零钱都准备好了，到了机场悄悄给你，省得被别人发现你是黑车。"他踩了一脚油门，继续朝机场指挥塔开去，我紧张的蜷缩成一团的神经才慢慢舒展开。

登上飞机，我用尽余力也没能把箱子放进行李架。有人主动帮忙，我转头刚要道谢，和那人四目相对，定格了一下，然后我们不约而同地叫出了对方的名字。

"小禾苗！"

"刘天星！"

"哇，怎么是你！"

我们是大学同学，我在法学院，他在计算机学院，我们是一起参加乒乓球俱乐部认识的，那时候没有微信，毕业之后互相发过几封邮件，后来也没怎么联系。

见到老同学，疲惫感荡然无存。寒暄之后，我简单讲了自己当下创业的状态。刘天星叫了我一声"前辈"，夸我迈出这步很有魄力。他告诉我，他也很想创业。"我大学的时候就对互联网特别感兴趣，那时候刚普及 QQ 之类的东西，网站也不多，我当初还自己做了个网站呢，觉得自己挺牛的，哪儿像现在啊，是个人都会做网站。”

我心里想，哎，一言难尽，嘴上说：“你也加油啊！”

“一起加油！”

我们的座位离得远，也没顾得上多聊，下了飞机便匆匆道别。

“小禾苗，给你推荐本书——《创业 36 条军规》，回见。”刘天星走了几步，回头向我挥舞了两下他手中的那本书，走远了。

我忘不掉刘天星眼里的光芒，那才是创业者该有的目光吧，有憧憬、有梦想、有深深的期待和强烈的好奇。我在心里又诚心诚意地说了一遍：“你也加油啊！”

回到公司，裴晓、李小丫、陈晨听我讲了深圳的经历，私下里说要为我接风。我说千万不要，事情还没有最终的结论，不要过早声张。再说，李昂在招标会上失利，大家犒劳我，李昂会不开心的。

没想到，李昂亲自张罗请大家吃饭，说是要给我庆功，我心里暖乎乎的。二十个人围坐两桌，热热闹闹吃了顿好的。

“李昂，我敬你，敬你信任我。”我跟李昂喝了一杯。

“我信任我们团队每一个人！”李昂举杯，大家共饮。

喝来喝去，大家都走了样，面颊通红的、双眼微眯的、舌头打卷的……喝高兴了，开始一轮一轮干杯。金荆口齿伶俐，最能忽悠，他没怎么喝，一直在劝别人喝。

“‘80 后’的喝一个！”

“长江流域的喝一个！”

“东北的喝一个！”

"西北高原的喝一个！"

"留过学的喝一个！"

"台湾腔的喝一个！"

"台湾腔的喝一个啊，咋没人喝呢？陈晨，说你呢！"

"我一北京爷们儿，你说我台湾腔。"陈晨的身子已经在晃了。

"你让大家说说，你有没有在新来的那个小妹面前装台湾腔？有没有？"金荆朝大家伙儿用力喊着。

"有！"大家开始起哄。

陈晨伸出手，指着"肇事者"说："金荆，你，大爷的！我真无语了！"

"哈哈，我爸排行老大，我没有大爷，你随便骂。不喝酒就认怂喽。"

陈晨想走过去和金荆理论，但两条腿晃成了两根面条，他一把抱住身边的柱子，红着脸，嘴里还嘟囔着。

再看李昂，不知什么时候已躺到墙边的椅子上打起了呼噜。

自从加入了智达会计师事务所，我们的编制被定为管理咨询事业部。李昂重新梳理了一下部门架构。李昂是部门负责人，按照事务所的惯例，可以比照合伙人的地位；我是部门后台管理的负责人，李昂任命我为"运营总监"，人、财、物以及与事务所的沟通协调都属我管辖的事；金荆、单单、陈晨是高级经理；裴晓、李小丫担任经理；还有一个部门秘书；其他的同事都是高级顾问或顾问。我们没有专门的会计和出纳，事务所最终把控部门收支。

我们的队伍很小，只有二十人，这个规模的队伍，很容易产生凝聚力，团队就像一颗小石子被轻轻抛入湖面荡漾开的同心圆。有个带头的老大、有几个心甘情愿辅佐老大的“元老”，其他的人就跟着“元老”们，围着核心一圈一圈地把圆圈扩大。不过，如果圆圈再扩大，规则的涟漪就会慢慢消失。

后来，那家深圳的上市公司把项目和项目款都给了我们，不知道为什么，肖明也没有再和我提分项目款的事。

如果你问我抢生意是什么滋味，我会说，那就是尝试和体验的滋味。“抢”的时候忐忑不安、“赢”的时候沾沾自喜，但这些五味杂陈很快就会被淹没得无影无踪。

第五章　招聘官的角色

要建立一种成功的招聘文化，让杰出的人才源源不断地来到公司，你就需要理解招聘官在物色应聘者这项工作中所扮演的角色。一个提示：物色人才不只是招聘官的事。——《重新定义公司　谷歌是如何运营的》

创业第一年，日子过得还不错。

那段时间，我每天做的工作基本上就一类——和人打交道，招聘、联络事务所合伙人、维护客户关系。李昂每天做的工作基本上也是一类——和事打交道，培训、制定项目实施方案、把控业务报告质量。

就在业务特别忙的时候，李昂家的大公子出生了，我们团队上上下下都跟着高兴。满月之后，李昂请我们吃饭。在饭桌上，李昂的嘴就没合上过，开心得不得了，他穿了一身很少见的运动服，显摆着回归家庭生活的自在。我们敬他酒，他一概不喝，说晚上要起夜给儿子换尿布。团队老大是个“暖男”，这让女同胞们赞不绝口。

大家天南海北地聊得正热，李昂出去接了个电话，回来后脸色大变。他把我拉出去，小声说："我媳妇和我妈打起来了，我得赶紧回去看看。我妈现在就要回老家，搞不好没人帮着看孩子了。"说完就匆匆忙忙地走了。

我追到楼下嘱咐："别着急啊！你媳妇刚生完孩子，你得哄着点，别让她抑郁了。需要我就给我打电话。"

李昂说了声"好"，就砰地一声关了车门，突突地点了火，轰的一声儿窜出去，消失在夜色中。

我暗自琢磨，以前听说过李昂的爱人脾气比较暴，有点任性，不知道"打起来"是什么概念？看他这么火急火燎地回家，难道两个女人动刀动枪了？

那天的事李昂后来向我这样形容——

李昂回家后，卧室里一片狼藉，让他心里一惊，第一反应是去婴儿房看看儿子是否安然无恙。宝贝睡得安静，好像并没有经历过什么风波。李昂的母亲不说话，坐在客厅里生闷气。李昂这才"张开"耳朵，听到老婆撕心裂肺的哭声。

李昂走进卧室一边捡起砸在地上的枕头、衣服、宝宝玩具、书，一边安慰老婆，"别生气了……生气对身体不好……再生气该没有奶水喂孩子了啊。"

"滚，你们就知道孩子孩子！有没有关心过我！我是你们家生孩子机器吗？"李昂的老婆坐在床上用力地捶打着刚被李昂捡起来的枕头，一边哭一边喊。

李昂发现说错了话赶紧解释："怎么会啊，我们关心你啊，最关心你啊，你是我们家的功臣啊！"

结果，越说越错，一听"功臣"，老婆更是气不打一处来，哭得更凶了："呸，狗屁功臣，生了个儿子我就是功臣了，我就是你们家生孩子机器，关心我个鬼！”

李昂发现又说错了话，愣在那里不敢再轻易开口，一个枕头飞过来砸到他头上，他老婆喊得喉咙都嘶哑了：“滚，你们老李家没一个好东西！”

李昂不知如何是好，想着还是问问母亲这是怎么回事。

老人家没等李昂开口，也满脸眼泪委屈地说：“你听听，你这个老婆说的都是什么话，真不懂事啊！好歹我也是长辈，我还是回老家多活几年吧。”说完，他母亲也躲进房间锁了门。

卧室的门也被重重地关上了，李昂在客厅里待了一夜。第二天，他只能揪心地先送走了母亲。

李昂一周都没来上班。他给我打电话说：“这段时间部门就靠你了。项目上有金荆、陈晨、单单他们，没什么大问题。你的重点就是把人给招上来，人不够用啊。”

我问他：“你妈真生气回老家了？大孙子也不管啦？”

李昂的声音里满是无奈：“哎，别提了。我媳妇和我妈一向不和，这次我媳妇有点过分了，一点儿小事就和我妈吵，说话太难听，还摔东西，我妈在自己家里都是请保姆照顾的，你说老太太能忍这委屈吗。你说我媳妇是不是产后抑郁啊？天天哭，不知道为啥就哭一阵子。”

我安慰他说：“哎，你也够不容易的了。别着急了，产后抑郁很多人都有，多哄哄，过了这个阶段就好了。”

听李昂诉了诉苦，估计他心情好一点了，不过要想让李昂赶紧回归公司，总得想点儿辙解决这个燃眉之急。

我琢磨着，如果能雇一个好保姆，李昂就可以解脱了。我脑子里搜罗着能找到靠谱保姆的人，想了半天，想到了一个远房亲戚或许有戏，就连忙找到那亲戚的电话，跟她说好了来帮李昂的忙。

老公听到我打电话，猜出个七七八八，不耐烦地说：“你管得也太多了吧？闲的吗？”

“那你说怎么办？无论是作为朋友还是合伙人，人家遇到这么大麻烦，我能不帮帮吗？”

老公不客气地说：“单位的事你可以管，人家家里的事你也管？把你自己亲戚都用上了？至于吗你？”

我急了：“有啥区别啊，我看你是管得太多了吧，我的事我能处理，碍着你什么事了？”

“碍着我什么事？你看看你，你把工作和生活分开过吗？大半夜的也没完没了说工作，一个电话打一个小时，在公司一遇见事儿就回家跟我这儿愁眉苦脸的，公司是你一个人的啊！”老公越说越气。

我抬高了声音，喊道：“你懂什么！”

“我不懂！行！我不懂！”老公夺门而出。

我上前拉住他：“你干吗去？话还没说完呢！”

老公推开我的手很不耐烦地说：“没什么可说的！我加班去！”说完，头也不回地走了。

我一肚子委屈地坐在沙发上生闷气，冲着门大喊：“你懂什么！”

就在李昂回来上班的前一天，金荆在办公室里嚷嚷起来：“你们看到昂哥发的朋友圈了吗？整个一家庭妇男啊！”

办公室里的人不约而同地翻手机刷微信。原来，李昂在朋友圈里写着：“我是个好奶爸吗？”配的照片里，李昂一手拿尿不湿、一手拿着奶瓶。

“唉，看看，一周不来上班，原来是回家看孩子去了！”金荆一脸不屑。

“看孩子也是人之常情啊，孩子总得有人照顾吧，你当了爹就理解了。”我得为李昂解释解释。

金荆不服气地说：“可以，照顾孩子可以，但别天天秀奶爸照可以吗？让同事和客户看了，以为咱老大就这么点情怀呢，这影响也太不好了吧？”

其他人都没有说话。

看气氛不太好，我想换个话题，“李昂明天就回来上班了，别再提了。对了，金荆，一会儿有个来面试的人，咱们俩面一下吧。”

结果金荆并没有给我面子，而是冷冰冰地回我：“不好意思小禾姐，我手头报告没写完，客户急着要。”

“好，那单单来面试，方便吗？”我压下一口气，望向单单。

单单答道：“没问题。”

从肖明手里夺回那家上市公司之后的一段日子里，士气大振，事事顺利。工作量变大了，每个人的压力都在增加。大家不仅急需立刻上项目的人，还希望人员有所储备。

李昂和肖明在用人方面有明显的区别，肖明会毫不客气地“压榨劳动力”，但李昂是见不得兄弟们通宵达旦、受苦挨累的。另外，肖明从来不做人员储备，有了项目再招人，火急火燎的，根本不给人喘息的机会，招到的新人多半都是还没来公司报到就直接上了项目，搞得新员工一接到行政助理给订了机票的通知，都会心里打鼓，甚至生怕自己遇到了人贩子，或者是传销组织。

李昂非常不赞成这种团伙式的管理，他说，就算是入了什么黑帮，也得有个拜把子仪式吧。这点，我和几个“老同志”都赞成他，我们要努力实现正规公司的人才储备计划。于是，新一轮的招聘轰轰烈烈地拉开了帷幕。

在公司里做过人力资源工作的朋友，一定特别理解人力这活儿有多不好干，有时候你就像一个照镜子的猪八戒，怎么做都里外不是人，一面是团队的最高利益，一面是员工们的个人利益，人力资源的负责人总得在两个利益之间做权衡，稍有闪失就得受夹板气。

招聘是个挺考验人耐心和洞察力的活儿，重点是面试环节，以前，有同事觉得全公司就面试的活儿最容易做了，还私下里宣称，面试谁不会面啊，不就是提提问题，看看这个人顺不顺眼、口齿伶不伶俐、逻辑清不清楚吗。

我当时一乐，想着，这位哥们儿，面试招人可不是去市场买菜，看看菜长得周不周正，菜叶子新不新鲜，再讨价还价一番。面试等于说是要领养一个孩子，孩子的智商、情商、思维模式、价值观，都将影响着公司这个“家”的发展。更何况吧，这孩子到了“家”，可不是你不喜欢了、不想要就可以不要的。尤其是新劳动合同法出台以后，老板们有时候会觉得自己不是在雇人干活，而是在养大少爷和姑奶奶呢！

好的面试官能够基本判断出应聘者的思维方式、行为风格是否和公司的文化相匹配；不太成熟的面试官却经常会对应聘者一见钟情或者将人家瞬间打发走。

很多应聘者喜欢事先做很多功课，准备很多问题的“标准”答案，还有的前辈会教导应聘者，要“有一说十”。我特别不赞同这个主意，我们团队也不喜欢这类人。所以提问的时候，要避免提出可以做标准化回答的问题，避免给应聘者有一说十的机会。

现在收效较好的面试方法称为“结构化面试”，面试官应该明白团队需要什么样的人，根据需要来设计问题，提问时要抓住一个问题追问细节，分析应聘者的一系列回答在不在一个逻辑链条上，而不给应聘者“非此即彼”作答的机会。比如，可以问：项目团队有几个人？怎么分工的？为什么这么分工呢？大家有没有抱怨过？你是怎么协调的？客户难缠时你是怎么化解危机的？

面试官的情绪管理很重要，如果你不是故意要对应聘者做压力面试，自己就要保持好心态。有人觉得我这么说很多余，谁还不知道面试时要态度和蔼、给应聘者营造好的氛围呢？但实际上没那么简单，情绪管理在职场中是个非常重要的课题。

有一次，我在处理项目上的报销，没有参加那天的面试，不过我们办公室没有密闭空间，面试过程就是“直播”的，这样一段对话清晰入耳——

应聘者：“你们公司的待遇怎么样？”

面试官：“刚毕业的研究生月薪4000元，五险一金。”

“啊？那让我怎么活啊！这可是北京！”

“你怎么就不能活了，我们公司这些年轻人不都活得好好的吗？”

“嗯，我不是那个意思，我是说北京房租那么贵，我，哎，我是想问咱们对海归有没有额外的待遇？我是墨尔本大学的研究生，可以考虑一下吗？”

“我还是悉尼大学的研究生呢，你觉得你多了不起啊，现在海归多了去了，有什么可牛气的。”

“嗯，好吧。我是觉得我拿这个工资，我跟父母跟朋友说起来太丢脸了。”

“那你就找个不让你们家丢脸的工作去。我们这儿伺候不起！”

“悉尼”遭遇到“墨尔本”之后还在生气，觉得这“墨尔本”特别特别不可理喻，他满脸通红、撸胳膊挽袖子地和我说：“小禾姐，以后别让我面试这种人，我这么好的脾气都忍不住想让他滚了。”

我笑了：“别生气，他是有点愣头青。话说回来，你刚从悉尼大学回来的时候，没有过他这种想法吗？”

对方不好意思地扶了下眼镜：“……是，是有过类似的想法，但不至于非得说出来，这情商也太低了吧。”

“嗯嗯，哪儿能都像你似的，人又帅，情商又高啊，哈哈。”我哄了哄“悉尼”。

有太多的应聘者在面试的时候都会或多或少地作些虚假或者夸张的陈述，但极品的很少见，恰恰就被我们遇到过一个。

那天，我和李小丫做面试官。

应聘者的简历看起来很丰富，但回答问题时前言不搭后语，边说边搓手，眼睛总是往左上角的房顶那儿瞟。

李小丫问他：“你原来所在的公司也是做管理咨询的？那你会画流程图吗？”

对方一口应了：“当然会！”

“我这儿有电脑，你来画个简单的吧。”李小丫把手中的笔放下，直直地盯着对方。

对方的眼神开始闪躲："呃，两位姐姐时间那么宝贵，就不用在这儿现场画了吧。或者您给我留作业，我回去画好了给您发邮件？"

"你自己也别浪费时间了，我觉得你没画过。我也不想为难你，你能不能告诉我，你这简历里哪条是真的？"李小丫已经不想再浪费时间了，一语戳穿他。

我们本来还想看看他会怎么卸下伪装，打算把摘下来的面具藏哪儿。没想到他挠挠头，吐了吐舌头，笑了："我简历吧，就名字是真的。"

可以想象我们当时的心情吗？两个"80后"大姐，陪着"90后"小孩儿玩猜真假！让我们最不能接受的还不是他作假，而是他自己觉得除了名字其他都是假的，这事儿无所谓！

我忍不住给了他一个忠告："你以后别这么骗自己了，这样是找不到工作的。"

李小丫强忍怒气请走了这位公子哥儿，回到座位，一会儿工夫就说了好多遍"这都什么人啊，太不靠谱了！"

"别因为这么个陌生人生气了，没招进来不就万幸吗？"坐在李小丫旁边的单单劝了劝李小丫，"我哥他们公司综合部三个小鲜肉，有一天被老板大骂了一顿，第二天人家仨全消失，不伺候了。他们不但没交接工作，还反咬一口，把自己的劳动合同偷走，去劳动仲裁把公司给告了，说公司没跟他们签劳动合同要求赔偿。你们说，厉不厉害？"

团队的招聘还在进行，我几乎每天都在见不同的人。

自从那次我和老公吵架，他摔门走掉了之后，我们好久都不说话，冷战的双方各忙各的。直到有天晚上，我们两个人自动和解了。那天老公回家很晚，罕见地带着一身酒味儿。他一把搂住我说，今天“BIU”（team building）发现了一个大新闻。

“你还记不记得我和你提到的那个大峰？入职一年，今天辞职了，请我们吃饭。”老公有点儿得意地眯起了眼。

我想了下，哦，是有这么个人。好像老公一直很欣赏他，说他和别的手下不一样，成熟、做事有思路、想得长远。

老公看我有些发愣，刮了一下我的鼻子。“他今晚把我叫到门廊里私聊了一下，大秘密啊！”他突然停顿下来，开始卖关子。

以前遇到这种情况，我都着急地追在他屁股后面问，什么秘密啊？什么秘密啊？后来我学聪明了，我推开他的胳膊，起身，不动声色地洗衣服去，装作一副不在乎的样子。

“哎，哎！你不听就算了啊。”老公在我身后喊着。

我头也不回地说：“你不说就算了啊。”

老公大步走到我身边，说：“好吧。秘密就是，他在创业，公司做得还不错，经营了快两年了，刚开始的时候拉到了一点政府的天使投资，最近拉到了A轮，XL公司投了他2000万元。”

我一下子扭过头：“啊？怪不得你说他比别人强呢，年纪轻轻挺厉害啊。这么说，他来你们公司的时候已经是创业公司的老大了？那他还来你们公司干吗呢？”

老公“嘿嘿”一笑，说：“这你就猜不到了吧。人家啊，来感受一下一流的互联网公司，了解产品、开阔视野！对了，他想让我和他一起干，说让我考虑考虑。”

我索性把手里的衣服往水池一丢，对老公说：“那他是来你们公司物色人的吧！他就是个猎头啊，深入敌人内部，厉害，厉害。”

那天晚上，老公还和我谈起他没有答应大峰去创业的原因。但我当时走了神儿没有细听，只记得结论：老公拉着两个同事一起，要为大峰公司做兼职，以后每周六都不能休息了。我满脑子都在想：大峰这种CEO亲自出马物色高级别人才，看来人才招募不是人力资源一个部门或者一个人的事，而是公司上下全部人马的任务。

一周后，我们团队里开展了“全员招募人才计划”，由在职员工来推荐他们身边优秀的人，被推荐者顺利通过试用期之后，公司会给推荐人现金奖励。

这个计划果然有效果，大家积极推荐新人，不仅招聘速度加快了，成功率提高了，新人融入团队的进度也提速了。不过，也有弊端，最明显的是两个：团队逐渐显示出“近亲繁殖”的趋势，某甲大学的好几个同学、某乙大学的一帮子人；“拉帮结伙”的态势也有苗头，新人融入的只是自己的圈子，而不是整个大家庭。为了避免第二种苗头扩大化，最好的方法就是把新人派到“远亲”的项目上；而防止第一种趋势的办法，也只能是限制“近亲”应聘。

第六章 决策

决策的第三个要素，是研究『正确』的决策是什么，而不是研究『能为人接受』的决策是什么。——《卓有成效的管理者》

2012 年夏天，我们的队伍扩大到了四十多人，如果大家都回到办公室，已经坐不下了。好在做咨询的大都在项目上，全国各地到处跑。李昂开玩笑说，“赶紧招到五十一个人，那样以后写标书、做宣传的时候，就可以说我们是“近百人的精英团队”了！”

给我们介绍项目的仍然是我以前认识的合伙人圈子，虽然我和李昂都知道必须拓展新的资源，但由于业务忙，也没把这件事提上日程。我接到合伙人的项目意向就会立刻告诉李昂，他会立刻和合伙人沟通业务需求和初步价格，随后会带着一个高级经理去见客户确定方案和项目金额，再由高级经理安排项目组成员。

显然，高级经理个个都会挑精兵强将和自己组成项目组上项目，“抢人”的事越来越多，抢不出结果，就找李昂评理。李昂也很为难，他会语重心长地搞平衡，这次照顾了陈晨、下次就会照顾金荆，当然，很少照顾到单单，单单也能接受。也有时候，李昂觉得实在为难，就会把我叫上，让我去搞平衡。久而久之，李昂干脆对我说：“小禾，你是负责人力资源的最高长官啊，以后项目上的人员调度，就全权授权给你了。”

我看着电脑上五颜六色的甘特图琢磨了一会儿：“如果咱们弄个办公系统会好些，用系统解决人员调配的问题，效率会提高很多。”

“你说得很对！我非常赞同。这点咱们得和‘国际四大’学学，很多事都可以用办公软件解决。”

我和李昂一拍即合，都觉得办公系统必不可少，我补充道：“嗯，现在很多企业都在用 SAAS 平台了，人员调度、财务数据、合同管理、客户分析，都能在网上搞定，很方便的。”

李昂也有种我们部门就要提高一个档次的感觉，满怀期待地赞成道：“很好！先让陈默上网看看做这个系统的行情。等大家伙儿从项目上撤回来，咱们商量一下。”

陈默，是一位和裴晓差不多时间入职的经理，长得高高壮壮，浓眉小眼，不修边幅。他擅长的领域是信息系统审计，这也是上市公司风险防范系统不可或缺的部分。但我和李昂对他的工作状态一直不够满意，他总是不思进取、满足现状，多出一分力就觉得亏得慌。之所以提他为经理，不是因为他工作出色，而是因为他擅长的东西别人不太懂。

都是北京人，他和陈晨却一点儿都不一样。陈默脾气平和，从来不骂人，从来不激动，有那么点冷幽默，偶尔讲些零下三摄氏度的笑话，时常捉弄捉弄新来的顾问，有的时候特别真诚地忽悠一下我们，我们都会上当。他逢人就会说："我和我老婆是在西湖断桥上认识的，当时我老婆穿着一身白色的连衣裙，打着一把竹伞，缓缓向我走来，顿时就把我给迷住了。"说这话的时候，他柔情得很，每个听过这段子的人都会相信他们的偶遇和深情，然后他会特别幸灾乐祸地说："你还真信啊！你觉得我像许仙吗？搞管理咨询的也这种智商吗？"

我走到开敞办公区找陈默想商量一下怎么启动办公信息化的事，看他正在几个新来的顾问之间认认真真地胡扯着，一身没有LOGO（标志）的大T恤、肥肥的牛仔裤，把他胖胖的肚子掩藏得还好，可惜无论如何也没有办法遮盖他的双下巴。他站着，用手比画着说："你们做项目能遇见好些个有意思的事。你们不知道我们原来有个被公司开除的王经理吧，给你们讲讲啊。"

我听着也觉得好奇，打算看看他又在编排谁。

"那天，王经理走在那家客户总经理小秘的办公室楼下，突然，一个遥控器砸在了头上，王经理抬头一看，小秘半推着窗子害羞地朝他微笑。王经理健步如飞地上了楼，恭恭敬敬地还了遥控器，见那小秘面带桃花、美似天仙，心潮难以平复，殊不知，小秘已有丈夫，虽然身材矮小、出身卑微，倒也是原配夫妻，哎。"

"陈默！行了行了。再讲就是王婆出场说媒，小秘毒死亲夫了吧！"李小丫赶紧制止了陈默继续毒害青少年。

"小丫，你不能要求我掩盖历史，我这是在给孩子们培训，让他们不要轻易和客户搞上什么麻烦的关系，懂吗？你看我这用心良苦的，你一盆冷水，我的苦心白费了。"

"什么麻烦的关系，人家的私事，你管得着吗？！"李小丫微怒。

陈默嘴上不饶人，接着挑衅道，“小丫，这我就不懂了，人家的私事，你这么生气干吗？”

“陈默，”我叫了他一声，“你能沉默一点儿吗？”

陈默见我来了，还变本加厉地挤对李小丫，说要让我评评理：“小禾，你来得正好，你说，我掏心窝子地教育新人，李小丫让我闭嘴，我闭嘴了，谁担负得起这么重要的职责啊？”

“行了，别闹了。说点正经事。”我把和李昂商量的事告诉了陈默。

“这事领导们不急吧？我有时间就查查，手头还有给客户的制度清单没弄完，给我算加班不？”陈默事事都要谈“回报”。

“你没干完活儿在这儿瞎扯什么啊？”

陈默见我还挺严肃，只好嘿嘿笑了笑说：“我开玩笑呢，干活去了啊。”

那年夏天，员工们忙得没工夫去抱怨办公室里的空调为什么吹不出冷风，没人去计较自己放在冰箱里的可爱多怎么被别人吃了。同事们和谐得不得了，而我和李昂之间却出现了以前从没有过的矛盾。

朱总提到让我们搬到总部，和大部队会师。李昂想了半天，问我，搬还是不搬？我说：“搬啊，当然搬！搬了肯定有好处。跟领导接触得多，才能知道所里的动态。”

李昂慢条斯理地说：“你也知道，肖明在的时候咱们就是跟事务所一起办公，所里总是给咱们安排那些费力不赚钱的活儿。那时候我就想，怎么不躲远点。”

他的态度让我有点意外，我跟他理论：“有舍有得嘛，那你怎么不说所里也给赚钱的活儿呢。咱们搬到总部，和合伙人见面也方便，智达有好多合伙人咱们还没见过呢。咱现在联系的都是原来天光的人马，这关系可都是积累了五六年的，让智达的合伙人能信任咱们，也得先混个脸熟啊。”

李昂摇了摇手里的扇子，试图说服我：“搬了咱们就没这么自由了，听说事务所考勤特别严，指纹打卡啊；再说大家在这儿不用有什么等级观念，气氛多好，我从来不用大家叫我什么李总，大家也不用看我脸色干活，到了总部，还不得天天给各位总们请安。”

天热人燥，我不由得皱了皱眉，还嘴道：“哪有那么严重啊，事务所毕竟是中介机构，没有那么官僚，你多虑了。”

李昂见说不动我，便搬出了他的“必杀技”：“那中午在办公室的人一起聚一下，商量一下吧。”

啊？所有人？我想不通，这样的事明明老大定了，其他人听指挥就行了啊。我扫了一眼办公室，在的员工不到一半，但感觉李昂的架势，是要全体员工一起商量。

果然，还没等我发表意见，李昂又补充道：“对了，不在办公室的人要发邮件征求意见，在的先当面聊聊。要听大家的意见，有的同事家离那边很远的。”

我感觉自己喉头发干，向李昂讨了一杯大红袍喝，接着说我的想法：“也不一定事事都得民主吧。凡事都有利弊，如果利大于弊，就得做，员工不同意可以保留意见，不能影响大局。”

李昂抹了一把脸上的汗，说：“和员工利益密切相关的，就是大局啊！”

“和个人利益相关那不叫大局，和集体利益相关的才叫大局！离家远的不能克服一下吗？”

李昂看着我，点了点头，但还是给大家开了会，针对搬家的事征求了每个人的意见。征求意见的结果是，大多数人不愿意搬。

这个人说："我家太远了，昂哥。搬了家我来回得四个小时浪费在路上。"

那个人说："那边吃饭不方便啊，昂哥，公司出钱给我们统一订午饭还行。"

还有人跳出来说："我家也远，咱们下班时间提前吧，要不然堵在路上得半夜到家了啊。"

这下可好，办公室又炸了锅——

"要不我晚点来晚点走吧，我不要订午餐，帮我订晚餐就行。"

"是啊是啊。听说那边停车特别贵，我要开车，工资都不够交停车费的。"

"哎！听说智达还指纹打卡，总部 HR 周周查考勤，咱们也打吗？太恐怖了吧？咱们又不是工厂。"

"咱们在这儿不是挺好的吗，多自由啊，为什么非要搬到总部啊？"

听着大家你一言我一语，还有间或的"啧啧"声，我心里越来越烦。烦，不是因为别的同事反对搬家，而是因为李昂，一看到李昂的反应我就有种说不出的焦虑。李昂一手扶着桌子，一手托着脑袋，听得倒很认真。我心里越来越紧张，就怕李昂会当场答应同事们提出的要求，更怕他散会后和我说："搬家的事暂缓吧。"

有一些团队的老大，出于各种原因，总是很痛快地答应员工提出的种种要求，但若长期如此，他就会发现，当机立断答应员工的事，多半是做不到的。你为一个人破了例，好几十号人都等着你破例；你为一件事开了口子，件件事都等着你给开口子。到头来，基本上会有两个结局，要么，老大不能兑现所有的承诺，大家纷纷对老大的信用产生怀疑；要么，老大做不到照顾好每个人的利益，大家就渐渐觉得老大偏心眼儿、不公正。

这些道理似乎每个人都明白，但落到自己身上、落到具体事上，确实会很令人为难，当你的兄弟向你提一个不那么过分的要求，你能不能三思之后拒绝他?

我的思绪越飞越远，我隐约觉得，老大有没有领导魅力不是看他是不是事事满足大家的要求，而是看他敢不敢于对某些事说“不”，说完了“不”大家还能心甘情愿拥护他，那才叫有魅力。想着想着，散会了。果然，等大家都散去后，李昂对我说：“搬家的事暂缓吧，得听听大家的心声。”

我心里凉了大半截。心想这哪儿像创业团队该有的样子？创业团队不是应该老大指哪儿打哪儿吗？老大不是应该像狼群的首领一样，看到哪儿有肉就疯狂地扑过去吗？事务所总部那么多值得开发的合伙人等着我们去混脸熟，那么多重大决策信息等着我们去第一时间捕获，那么多后台支持部门等着我们去建立更牢靠的关系，怎么能因为给一些员工带来一点不便利就不去了呢？利弊不是明摆着吗?

创业初期，太民主了不是什么好事，老大要有叱咤风云的力度，专断而高效才能推动团队的进步。要认准一个方向，排除各种阻力去争取好的结果。很多人反对一些决定，因为他们只能看到自己眼前的利益，你不能指望他们从全局出发。

我是越想越不理解。但我知道在这个时点不是和李昂争辩的好时机，他不能接受自己成为一个独断专行的人。

整个下午，我就坐在办公室赏花、读书，什么话都没说，我一直琢磨着，必须搬家，不搬不行，在这件事上没有民主可言。

第二天早上，路上特别堵。北京的夏天，明晃晃的太阳晒得人头晕眼花，每辆车都有气无力地龟速爬行着。我打开收音机，“飞鱼秀”在神侃，路边上班族们健步如飞，比汽车的速度快出不知多少倍。汹涌的奔走大军匆匆而过，为路边的垂柳带来了微风，柳条顺势微微摆动，给压抑的画面添上一笔生机。我望见路边有一个人在逆着人群走，左躲右闪，小心地避开冲过来的路人。

堵车的路段刚一过去，司机们就开始狂踩油门，我努力地跟上大部队，却因为跑神儿，没有在该出去的路口驶出。再往前开就是总部的方向，索性就去总部转转吧。

一进门，见到熟悉的合伙人正一路小跑冲向会议室，我连忙喊住她：“邱总！”

邱总停住了脚步。“哎呀，小禾啊，你来了啊。我赶着出一份报告，一会儿和你聊啊。我有大事要告诉你。”

“好啊，您先忙吧。待会儿见。”我冲她挥了挥手。希望邱总的报告能瞬间出完，她说的“大事”太吊人胃口了。

邱总是个女强人，也是我见过的女强人中最温柔和蔼、最善解人意、最与世无争的，在事务所里，她是个不折不扣的好人。她四十岁出头，个子不高，有些消瘦，眼睛很大，眉里藏珠，走路总是一路小跑，就像永远要和时间赛跑一样。我做董秘的时候，邱总是一个500人的大事业部的负责人，加入智达的时候，她已经是董事了，她主管的大事业部每年能为事务所贡献 3 亿元的营业收入。

我和邱总熟悉起来是因为一件不幸中万幸的事——

那是我在天光事务所工作的第二年，当时我和邱总就是上下级之间的工作关系，但邱总人很和蔼，对员工们很客气，有一次从美国回来还给我带了精美的护手霜，说谢谢我一直帮她。我特别感动，我哪里有一直帮她，都是些分内的工作而已。

有一天，我去给邱总送文件，她的房门罕见地紧闭着，房间里传来微弱的抽泣声。我正犹豫要不要敲门，一位合伙人走过来，小声告诉我："文件先别送了，邱总爱人出车祸了。"

我吓了一跳："那，人怎么样了？"

"哎，在医院昏迷呢，医生下病危通知了。开车撞人的是个缅甸人，还有点麻烦。"合伙人的语气不像是在开玩笑。

"啊？"我有点傻了，打算先回办公室候着。

"对了，小禾，你是学法律的啊，要不你进来和邱总聊聊，她现在挺想知道外国人交通肇事该怎么处理，她刚才给我打电话，电话里还说到要写遗嘱、做公证，哎！正好，咱俩一起进去吧。"

我踌躇着，合伙人已经推开了门。当看到邱总的第一眼，我的眼泪就下来了。邱总满面的泪水，眼睛红红的，头发也没了往日的整洁和光泽，嘴角上的泡看着就让人心疼。一个谈项目从来没输过、在行业里摸爬滚打二十年从不叫苦叫累的女强人，突然憔悴了。

这么大的事，我怕我那点儿法律功底不够用，马上去搜罗了一遍我认识的公检法人员和律师，最后找了一位做律师的师姐和一位当法官的同学，帮着邱总解答了所有的疑问。邱总的爱人也从死亡线上挺了过来。

后来，邱总特意走到我办公室感谢我帮忙，那天她微笑着，眼泪又流了出来。我认识邱总八年，总共只见她流过两次泪。

邱总成了我的贵人，她对我的求助从来都是竭尽全力地帮忙，要业务，只要有就给，没有现成的，她去说服客户加点额外的服务分给我们，该给她的业务介绍费，她说什么都不要，一分钱都不要，每次都说："你们年纪轻轻，创业挺不容易的，我又不缺钱。"

……

"小禾呀，小禾呀，你一会儿有空来我办公室吧。"从记忆里回过神来已经是半个小时后了，邱总从会议室出来找到了我。

我来到邱总的办公室，一大摞、一大摞的审计底稿已经堆成了小山，等着邱总签字的项目报销单已经在她桌子上排成了几排。

我先开口："邱总，今天的会还挺短的啊。"

邱总笑了笑，说："是啊，大家都急着回来干活，就速战速决了。"

我也笑了："哈哈，比原来在天光的时候痛快多了啊。"

"可不是嘛。小禾啊，你来得正好，昨天晚上董事会开了个预备会啊，有和你们咨询部有关系的事，不过这事儿还在讨论之中，看我忙得啊，你要不来，我还真想不起来和你透露呢！"邱总调皮地冲我挤了下眼。

我瞪大了眼睛："怎么听您说得还有点神秘。"

她把手上的文件理了理，很平和地说："也不神秘。会上提到要设立一家咨询公司，你和李昂到时候都有机会持股。现在有争议的就是，这个公司股权结构怎么弄，是做事务所的子公司呢，还是做个独立的联盟公司呢。”

我有点迷惑：“反正事务所也不能在工商注册上当显名的股东，总要找合伙人代持股份吧，那独不独立的有啥区别？”

“有啊，有区别啊。”邱总不慌不忙地说，“小禾啊，子公司呢，虽然事务所当不了工商注册的股东，就像以前咱们天光咨询一样，找人代持股份，实际上是事务所控制的；独立呢，其实就是，有的董事觉得这块业务没什么意思，不看好，不同意占用事务所的资金，他们说哪个合伙人要是看好了，就拿他们自己的钱投资。”

“哦，知道了。看来董事们对这个事意见还不一样啊？”我恍然大悟。

邱总点点头：“是啊，分歧挺大的呢。最后还是看朱总怎么定。大家也说了，正式会议的时候再讨论一下，最后怎么弄，就听朱总的。”

我脱口而出：“嗯，朱总一向很果断啊！”

“是啊，有时候呢，我觉得他有点独断专行，不过，这样是真有效率啊。除非你把利弊分析得再透彻不过了能说服得了他，要不然他就自己那一套。想想啊，咱们在天光的时候啊，好多事根本办不下去，咱们首席就是太民主了。”

我太理解邱总说这话的意思了。以前事务所的首席合伙人特别民主，我们不停地开会、不停地征求意见，好多事在董事会讨论还不够，还得上合伙人大会讨论，还得分组讨论，大家那可真是充分发言。这样一来，确实能发现很多平时被掩盖了的问题，但决策效率也大大降低了。毕竟合伙人多，意见也就多，没有绝对优势通过一个决议的时候，问题就被搁置下来，很多问题就是这样，永远得不到解决。

我特别庆幸那天开车溜号来到了总部，这消息对我而言太有价值了。明明知道总部就像一个堆满宝藏的秘库，我却一直不知道怎么打开那扇门，这下子，我终于找到了开门的钥匙。

一阵咖啡的香味扑鼻而来，我走到咖啡机前接了一杯，和邱总道别："邱总，您注意身体啊，我就快搬到总部来陪您喝咖啡了。"

回到办公室，听见李昂正冲着电话吼："他以为他是谁？不行就让他赶紧撤回来，用不了就让他走人！"

看来现在不是说事情的好时机，我就在开敞办公区转了转。同事们看到我，纷纷跟我打招呼。

"大家辛苦了！我桌上有咖啡，我给你们冲几杯去，谁喝，报名啊。"我给秘书使了个眼色，然后环视一周，发现有两个新来的同事，我还没记住名字呢。

部门秘书机灵，马上拿了几包咖啡帮大家冲泡。

我装作若无其事地对大家说："我上午去了总部，咱们以后要是搬过去，就不用喝速溶咖啡了，总部有咖啡机，现磨的哦！"

期待中的回答响了起来："哇！这么好。"

我微微颔首表示肯定。

有个年轻同事接话说："我女朋友昨天还和我说呢，觉得我这做管理咨询的，咋不像人家那么高大上呢，哈哈，咱们去总部就可以高大上了吧。"

"嗯，必需的啊！总部还有个图书角，环境不错，书也新，也挺高大上的。”我迅速回应他，心中窃喜。

一个同事歪着头，问我：“是吗，小禾姐，不过听说那边中午吃饭的地方很少啊。”

我伸出一根手指，轻轻摇了摇，说：“越来越多了，那边是新开发的嘛，配套也需要点时间，不过总部的行政部服务很好的，联系了两家饭店可以订餐送餐，还不贵。”

李小丫也插了句：“现在送外卖的很多，其实在网上订餐很方便的。”李小丫没多说，她给我使了个眼色示意我出去私聊。

“怎么了？”我问她。

她把脸前的一缕头发捋到耳后，说：“昂哥发火了，单姐项目上一个新来的同事不服单姐安排，让干的活都不干。”

“单单也挺逗的，她项目上的员工不干活，也不至于直接让老大解决吧。”我在心里叹了一口气。

她凑到我耳边，说：“昂哥说要让那人回来直接开掉。”

我看了她一眼：“刚过试用期，也不能说开就开啊！”

“嘿嘿，小禾姐，我叫你出来其实主要想说说我项目上的事，我这儿也有个员工我不想用了，说话口无遮拦，在客户面前什么都说，特别没层次，她还在试用期啊。”李小丫用手挽起长发，向我眨了眨大眼睛。

原来如此！我笑盈盈地回她：“我考虑一下啊。咱们增员增得有点快，人不好用难免的，不过我也得了解了解具体情况，咱也不能说开人就开人吧。别急。我先问问昂哥单单那位怎么回事。”

一进办公室，只见李昂正拼命地抽着烟，一副不知道怎么撒气的样子。

我一边关门一边说："别急啊。你看你，一个顾问就把你气成这样，至于吗？"

他把手里的烟向烟灰缸里一摁，说："单单也是，自己带的兵搞不定就来找我，这些鸡毛蒜皮的小事都找我，我不用干正事了！"

"是啊，没错啊，不过你急有什么用。你就好好和单单说呗，你说你先自己解决一下，有困难可以找小禾啊。"我指了指自己。

他脸上的表情舒展开，说道："对啊，你是负责人力资源的，这种事你来管，我懒得管。也不知道单单的脑子是怎么了，还给客户做咨询，沟通渠道都搞不明白！"

李昂是整个团队最显著甚至是唯一的核心，大家习惯了遇到事就找李昂，就像以前肖总在的时候，大家一遇到委屈、难题都找李昂一样，没有人真正把我当作团队的管理者，好像所有人，包括我自己，都觉得我只是李昂的助手，或者是个知心姐姐而已。

"消消气儿吧，告诉你一件大事。"我把邱总和我透露的消息原原本本告诉了李昂，他的气儿很快消了："我觉得成立公司是好事啊！你觉得呢？"

"是啊，好事啊！"我心里开始嘀咕，李昂下一句话会不会说，等大家从项目上撤回来一起商量一下？

"好！那就等大家从项目上撤回来一起商量一下？"

不出所料！

"你说的这'大家'都包括哪些人？"我试探地问他。

"至少是咱们从天光带来的那二十个人吧。"李昂也有点犹豫了。

"这个范围有点广啊。"我见他若有所思，先岔开了话题："要不咱们先说说搬家的事吧。上次你让我发的征求大家意见的邮件，几乎没有人回复。其实这种事不用搞全员表决，如果搬家能给大家带来更多项目和更好的待遇，大家不会那么计较其他小事。"

见李昂张口想说话，我没给他机会，接着说我的："你看，今天我见到邱总，就知道了所里这么大一件事，但是如果我不去，邱总忙得也想不起来找我。既然知道了，我们就早做打算，商量商量下一步咱们怎么办。我还听说上个月开执行委员会，各个分所的所长都来了，咱们都不知道。咱总在这边窝着，不是个事儿啊。"

"行，搬家的事就定了吧，具体的时间，还有和总部的协调你就多费心吧。"估计李昂已经觉得搬家的事是小事了。

"设立公司的事是大事，既然是大事，就更不能让太多的人参与意见，意见多了听谁的？你是老大，你自己先考虑好了，再找几个人商量就行，大家也主要看你的意见。"我趁热打铁。

李昂认真地说："嗯，也是，搬家这个事我倒是也琢磨了，确实不能满足每个人的想法。但凡事还是得多听听大家的意见，否则大家为什么要拥护我？"

"也对。对了，我刚才在网上看到这么一句话说得有点意思，说：民营企业老板啊，就是听大家的意见，和少数人商量，一个人说了算。你觉得呢？我觉得挺对的，听意见行，做决策还是老大自己来，不能太受别人意见左右。"

"嗯！"李昂深深地点点头。不过我知道，他还需要一点时间去想。

晚上加班，他看我也没走，便走到我的办公桌前表达了一下关怀："你怎么也加班？"

看电脑屏幕看累了，我伸了个懒腰，回他："梳理一下客户信息和合同履行进度。"

他说："我想过了，一个人独断专行肯定不行，太关注每个员工个人的诉求也肯定不行。"

这次轮到我深深地点头，我等的就是这句话，只是没想到他这么快就想通了。

"哎，我看我是脑子进水了，搞管理咨询搞了好几年，竟然咱自己的问题没想明白。你看，咱们给客户做管理咨询总说组织架构、组织架构，咱们自己也得弄一个组织架构，什么事，什么层级、什么机构就可以决策，以后真要是有独立公司，就更得把这些上层的东西设定好了。"他边说边憨笑，左手叉腰，右手来回摸着头。

我连忙献殷勤："哎呀，哎呀！要不说老大就是老大呢，你说我这两天着急上火忙忙活活的，都不如你今天说这几句话有价值。"

到这个时候，我们面临的决策不再是搬不搬家，不再是辞不辞退一个员工，不再是成立公司是好是坏，而是我们要建立一个怎样的决策机制，去用一个"系统"而不是个人，在每天遇到的"或许是对的"与"可能是错的"之间进行选择。

我茶壶里烧的水沸了。李昂从他办公室给我拿了大红袍泡上，又递来了几块奶油饼，浓浓的茶香和淡淡的奶油味巧妙地搭在一起，荡漾在房间里。

我们成立了一个五人的经理办公会，作为团队的"最高决策机构"。除了界定决策范围和议事规则，我们还对各个角色进行了职责划分。我和李昂就这样“合法合规”地成了团队的老大、老二，金荆、单单、陈晨因为是团队的元老而且各有所长，在办公会里各占一席，分别负责三个细分的业务领域——风险管理、财务咨询和内部控制。

很快，智达事务所董事会决定，为了实现“专业化、多元化、国际化”战略，需积极搭建包含审计、税务、工程造价、评估和管理咨询五大板块的多元化平台，成立独立的咨询公司，由董事长个人出资作为持股 60% 的控股股东，由咨询部骨干力量持股 40% 共同组建，公司的名称为：智达思。

大家为有了自己的品牌欢欣鼓舞了一阵子，人人都觉得自己走上了一个新台阶，但这种欢喜劲儿很快就过去了，团队很快陷入了另一种困境。

第七章 在前线

走出你的办公室！——《创业者手册 教你如何构建伟大的企业》

搬了家，万象更新，一个小家庭融入了一个大家庭。

李昂忙着项目上的事，空闲时间少，加上性格所致，不太愿意跟合伙人们多接触。用金荆的话说，让李昂改一份咨询报告比让他和一个合伙人闲聊，多出了 3 倍的“爽度”。我和他相反，更喜欢在所里好几层办公区窜来窜去，给各个合伙人和后台管理部门的人“请安”。

成立咨询公司的决定已经公布，但我们内部怎么分配股权还没有确定。我本来以为员工持股的只有经理办公会的五个人，但李昂说，金荆提醒他，应该让更多的经理参与，这样才能把大家牢牢地绑在一起。李昂觉得有道理，说可以开会听听大家的意见，而我认为，还是私下里先沟通一下，沟通差不多了再开会。

国庆节将至，团队迎来了一个突破。并不熟悉的江西分所所长给我打来电话，推荐我们为她的审计客户做咨询。

这是一家有着12家子公司的上市公司。12家！这意味着将会有一大笔收入进账。李昂估算了需要的人手，我预算出了项目的成本。李昂叫来陈晨，打算把项目交给他负责，两人第二天会飞到南昌和客户谈具体报价和方案。

我们三个商量好之后，已经是晚上十点，陈晨递给我和李昂一些点心当夜宵，提了一个要求和一个建议：要求把裴晓从金荆的项目上调到南昌这个项目，理由是金荆做业务不踏实，“说得倍儿多、做得倍儿少”，裴晓私底下和陈晨聊了几次，希望能换到他的项目上和他多学点东西；建议尽快制定考核制度，否则到了年底分奖金的时候，大家又该摸不着标准互相议论了。

我赞成尽快制定考核制度，但不同意调动裴晓，肖明以前总是把项目上的人调来调去，引起项目负责人和员工的很多不满，怎么能不吸取教训呢？

陈晨知道李昂心软，直截了当地对李昂说：“昂哥，你说咱们团队应该鼓励什么？是不是该鼓励踏踏实实地干活，漂漂亮亮地出报告？如果是，我得说，裴晓就是希望在这种氛围里成长，你知道她的潜力。如果你不支持她，她会怎么想？对了，陈默不是刚升为经理吗？让他到金荆的项目上锻炼锻炼，新经理总不能拿我这个项目做实验田吧？这可是新合伙人介绍的新领域。”

“帅晨，咱们共事这么多年了，你还不了解金荆吗，我为什么看好他？他把握方向把握得很准，他看到的是大方向，不拘泥于小细节。你们俩是我的左膀右臂，你俩是互补的。”李昂就觉得用人要用长处，不能总盯着所谓的短处不放。

“昂哥，别误会啊，我没说金大师没能力、没长处，我是说，大家的价值观不同，我只是希望和我价值观类似的人能跟我在一起干活儿，这样大家都乐呵。”

李昂心里也在纠结，左手右手都是手，手心手背都是肉，他的两位兄弟有这种分歧还是第一遭。第二天他和金荆打电话说这件事的时候，一直拿着电话尴尬地笑，也不知道金荆那边说了什么，反正李昂就只剩尴尬的“呵呵”。放下电话，李昂问我意见，我态度很坚决；他不甘心，又打了好几个电话问其他经理的意见。

最后，李昂决定，将裴晓调到陈晨的新项目上。金荆很不开心，直到又过了一天，前线传来“不幸”的消息，李昂他们和客户谈价钱，比我们预期的 220 万元低了 60 万元，金荆才找回了一点点心理平衡，他特别担忧地对我说：“哎呀，昂哥没把客户忽悠住啊！”

开项目启动会的当天，陈晨给同事们发了一封邮件，大概意思是，昂哥在启动会上的演讲非常精彩，赢得了在座上市公司各主要职能部门中层干部的一致称赞，附件中有两张照片和节选的一段李昂的发言内容。一张照片是李昂稳坐讲台的画面，神色中自信满满；一张是会后大家纷纷向李昂要名片的场面，气氛很热闹。发言的节选是这样：

我们在多年的风险管理咨询经验积累中，摸索出一个道理，风险控制体系建设，是监管部门用来管控上市公司的一个抓手，更是企业管理提升的一个有效入口。在二者之间，我们的团队更注重后者。同时，我们认为，只有了解、理解公司的企业文化，并将风险防范措施与之匹配，才是有效的。

这种反思是我们在前年的一个项目中体会到的。新疆一家上市公司，财务总监要亲自审批所有金额的费用支出，这项工作占用了他大量时间和精力，而且也影响了申请人的工作效率。他请我们为他想出解决办法，我们建议他分级、分层次授权。时隔半年，我们再与他探讨这个问题，他还是亲自审批所有支出。

我们问他为什么，他说，这是我们的文化，我们保持着新疆生产建设兵团的作风，一天的时间分成 3、6、15——吃饭 3 小时、睡觉 6 小时、工作 15 个小时，我们是打硬仗出身，不应该叫苦叫累，放权下去我不放心。唯一不同的是，他在办公室门口设立了一个自动发号机和两排椅子，请他签字审批的申请人找他时要先排号，按顺序进行。

我们认为，从合规的角度看，如果这种方式能够实际控制财务风险，保证公司资产安全，就是有效的风险防范措施。

由此，我们非常感慨：是企业不理解风险管理，还是我们不理解企业文化？我认为，还是我们不理解企业文化，但是我们必须做到理解企业文化。

后来读 MBA 这段时间，我跟同学们曾经反复探讨过“企业文化”这个概念，越探讨我就越怀疑，一个管理咨询公司，用三两个月的时间接触客户，真的能理解和领悟客户的企业文化吗？

但那个时候，我看了陈晨的邮件，想到李昂在客户项目启动大会演说自如的场景，挺受鼓舞，他在不到一年的时间里有了这样大的飞跃，让我蛮佩服。

做那个项目时，我们缺人缺得厉害，倒不是人数少，而是有经验的人太少，能用上的人有一半都是刚入职的“小朋友”。他们几乎没有工作经验，更别说管理经验，甚至有的“小朋友”连去做项目要穿的衣服都得我们给出很具体的要求，否则真就是一身西服配一双耐克鞋，一身套裙配一双凉拖去见客户！听说项目启动会之后的晚宴，客户曾半开玩笑地和李昂说：“李总啊，你们怎么可以雇未成年人来工作呢，哈哈哈。”

项目启动第一天，李昂突然给我打电话说他已经回京。

我很吃惊：“啊？不是要在南昌待一周安排工作吗？”

“哎，我老婆和保姆打起来了！我怕出事啊！”他已经在公司楼下，让我下楼和他聊聊。

我见了李昂，丝毫没有寒暄，直接问：“怎么又和保姆打起来了？什么叫打起来了？”我脑子里的画面是他老婆拿着扫帚、保姆拿着撑衣杆对打的情景。

“真的动手了，现在保姆要告我们。”他的脸上写满了愁、愁、愁。

我哭笑不得：“啊？打伤了？你老婆这么能打啊！”

他耸了耸肩：“哎！也没有打伤，就是互相撕扯，不过听保姆说我老婆把剪子都拿起来了，我老婆倒是没承认这个。”

“因为什么啊？”

李昂找了个台阶一屁股坐下，有点理亏地说：“是我们安了摄像头，保姆要告我们侵犯隐私权，要精神损失费。”

我问他：“你老婆孩子还好吧？”

他点头：“嗯，没事。帮我出出主意，她要是真起诉了，我们有胜算吗？要是输了得赔多少钱？”

“安摄像头没告诉她？”我又问。

“客厅里安的告诉她了，她卧室里安的没有告诉她。”

我张大了的嘴迟迟合不上，就像下巴脱臼了一样，我把手放在额头上，轻轻滑动着，仿佛这样就可以理清我的思路，但实际上，我真是太无语了！

看他一脸着急的样子，我安慰说：“精神损失费她得不到的，万一起诉你们，法院也就是让你们停止侵权，公开道歉之类的。但我觉得你现在要想的不是官司输赢，而是怎么安抚保姆别让她起诉，还有，你们家孩子谁来照顾。”

“嗯，你说得对。怎么安抚保姆能好些？你看，我这给你添麻烦了，本来保姆还是你介绍的，哎！我老婆那个脾气，哎！”他“哎”得一声比一声长。

事已至此，我只好劝他说：“那倒没事，我倒是可以帮忙劝劝。但我原来也都没见过她，比较生疏，说起话来也没有分量。其实最好的办法就是你老婆向她道歉，或者你代表你家向她道歉，买点礼物，缓和关系呗。也得考虑一下要不要另请保姆了，要不然，你们互相还能信任对方吗？”

李昂家里的事又一次让他焦头烂额，当然，这次他学聪明了，没有发朋友圈，也没告诉其他同事。

一波未平，一波又起。

南昌项目启动后的前三天里，陈晨每天都会在凌晨发邮件汇报当天工作进展并抄送经理办公会的人，因为这个项目是我们没有接触过的行业，而且的确时间紧任务重，需要各种力量去支持。第四天，陈晨邮件话锋突变，要请假回京看病，申请更换项目负责人。陈晨打电话给我：“小禾姐，真不好意思，你知道我的，不到万不得已肯定不会撤出来。我痔疮犯了，挺严重，医生说再不做手术就完蛋了。哎，我都不好意思说，真够没面儿的。”

“没事，赶紧回北京吧，保命要紧啊！”

我知道李昂那两天走不开，和他商量项目上怎么办。

“就让裴晓做这个项目的负责人吧，这个节骨眼，赶鸭子上架，也确实没别的办法了，好在裴晓靠谱，也聪明，还善于交际。”李昂平时就看好裴晓。

“好，没问题啊。”我满口答应。

他顿了一下，说：“我还有个想法，希望你支持。”

我看着他：“必须支持，你说吧。”

“我希望你能亲自去南昌参与这个项目，要不然，项目组人少不说，没有个能跟合伙人说得上话的人，很多工作协调起来就比较麻烦。”他的语气听起来轻缓，却不容商量。

这事太突然，我以前一直觉得，做公司管理必须熟悉公司业务，肖总也曾经鼓励过我尝试到前线去做做项目，他觉得我学法律出身还做过管理工作，做我们这种管理咨询的业务应该没问题。可现在突然把去前线的机会摆在我面前，我还是挺打怵的，就像一个新兵日思夜想要到前线冲锋陷阵、立功寻赏，但当长官真的让你拿着枪暴露在枪林弹雨中的那一刻，你还是会觉得恐惧、想要退缩。

回到家，我和老公商量。去做项目的话，出差少则半个月多则一个月，行吗？老公让我决定，他说我觉得对我发展有好处，就可以去。

“那你生活可以自理吗？”我嘲笑这个平素不洗衣服不做饭的家伙。

“平时都在单位加班，周末也去兼职，有人管饭就行呗。衣服嘛，打包给你快递南昌去呗。”老公说得倒是轻松。

自从老公兼职为大峰那个创业公司做事，就经常倾诉他正式工作的这家公司各种各样的问题，说他们大公司病了，病入膏肓，上面的人左一出、右一出，方向飘忽不定，仗着公司资金雄厚，不停地立项目、砍项目、组团队、解散团队，搞得大家都没有归属感，也没有成就感。一个产品方向，好多个部门都在做，看起来在搞内部竞争，其实效果很差，后台支持的人也不知道该支持哪个部门了，天天为了争人、争项目经费打来打去。这不，为了做智能家居，仨部门开抢一个美国回来的博士，博士可赚大了，争来争去的被捧到年薪 150 万元，不过好不容易入职了，不到三个月，智能家居的项目被砍了。

我看老公那架势是受不了大公司的环境了。他每周六周日都去做兼职，很辛苦，反而很开心。我出差在外，一打电话他基本就俩话题，即一个是大公司没前途、一个是创业团队有激情。

在前线做项目的好处，就是能和同事们真的在一起同甘苦共患难，感受他们感受着的兴奋和紧张、成就和焦虑。以前，我是没吃过猪肉但见过猪跑，现在，我终于吃过猪肉了！以后，我可以大胆地对管理和管理制度提意见，再也不会有人轻易地对我说：你不懂项目，别站着说话不腰疼。

南昌的项目，我最重要的作用倒不是做几个访谈、写两份报告，而是给裴晓打气、找资源、跟合伙人沟通项目进展和怎么解决困难。李昂用了十天的工夫解决了家里的问题，重返南昌，我见到他的时候，终于如释重负，带着前所未有的体会和思考返回北京。短短十天，我瘦了八斤，整个人清爽了很多。

回北京之后，大家伙儿见了我都惊讶地问我用了什么减肥秘籍。我听着特开心，有那么几分钟我已经飘飘然了，人瘦了心里美，做项目又长了见识、多了思考，还交到了好朋友，这年头有几个同事能成为真正的好朋友呢？

但短暂的飘飘然，是用十天的晕头转向换来的。那十天，所有事情都赶到一起了。

白天，我跟着项目组写提纲、做访谈、弄样本抽样调查、填写底稿、写制度梳理报告和管理提升建议；晚上，我恶补做风险管理咨询必看的“蓝皮宝典”，查各种法律法规和地方条例。项目的目的是帮助客户做到“完善管理、防范风险”，直白地说，就是为了帮助客户应对证监会的检查。除此之外，还要处理项目外的事。

那阵子我天天感慨，工作中成本最高的事就是沟通。我们团队是隶属于事务所的一个部门，很多事情都要服从总部的管理，说得正能量一点叫“享受总部的服务”，这服务享受得可不算舒服，处处需要我去协调。

员工要买房子需要单位开收入证明，为了贷款，希望收入证明里写得比实际工资高，人力资源部说什么都不给开。新员工入职上了项目没来得及去总部报到，财务就不给员工发工资，说是人力资源部没有通知他们有新人入职。

有人和我投诉市场部的人官僚气，没有李昂或者我的亲笔签名就死活不在我们的标书上盖章；有人和我投诉行政部，订好的会议室被别人占用；有人和我投诉信息部迟迟不给员工开通门禁权限。

还有，给我们介绍项目的合伙人向我投诉，客户抱怨我们派出的顾问根本不了解会计准则的变化，很不专业；董办主任希望我们出人手参与中国注册会计师协会举办的知识竞赛；质量控制部合伙人希望我们派个人支援事务所，因为证监会要求所里借调出五个人参加对上市公司的抽查，审计团队的人都忙得脚打后脑勺根本没人愿意去……

一般来说，项目上的事还算是有条理和章法的，但项目外的事情大都是杂乱无章的突发事件，处理这些琐事会耗费很多时间。同样是耗费时间，做项目的时间换来的是可衡量的结果和业绩，但处理项目外琐事耗费的时间，换来的是特别虚无缥缈的“管理能力”提升。很多公司不重视管理，就是因为管理看不见、摸不着。那些天，我变得很暴躁，我掩盖自己的情绪波动，也掩盖自己的真实面目，就像《X战警》里面那个会变脸的蓝色魔女，要保持不变回原形就得时刻全神贯注。

处理“后院起火”的事，我得一会儿就出去一趟，躲到角落里打电话。有一天，客户公司的董秘吴总问裴晓：“苗经理是不是身体不舒服？”还有一次，客户人力资源部部长和我们一个顾问说：“苗经理挺神秘的啊。”

比我更紧张的是裴晓，她第一次上阵独立负责这么大的项目，经常睡不着觉、头疼得厉害，客户稍稍提出一些质疑，她就坐卧不安。我总是鼓励她：“你已经很厉害了！”

裴晓就这样战战兢兢地承担着项目经理的压力，不过，这倒不足以压垮她。整个项目组都很团结。陈晨特别敬业，他做完了手术就加入了我们的战斗，他住院住了两个星期，几乎每天都撅着屁股帮我们修改报告，不是开玩笑，是真的撅着屁股，因为他做的是痔疮手术。陈晨这种投入和认真的劲头，我是第一次亲见，后来我回北京，下了飞机就去医院看他，给他买了一堆好吃的，我都搞不清楚自己是作为领导慰问员工，还是作为好友去探望兄弟，还是作为一个内心对他极为佩服的粉丝去看望偶像。

项目进行中，组里的高级顾问一边干着手头的活儿，一边教新来的小顾问怎么填底稿、怎么画流程图，新来的小顾问没有一个开小差，也没有一个人抱怨为什么天天不让人正常睡觉，他们好像心知肚明，干这行就是这样的状态。一个刚入职不到一个月的“小朋友”还说：“我觉得咱们工作强度还好啊，小禾姐，我同学在毕马威，那真是女人当男人用，男人当牲口用，大家赚钱就是给自己攒棺材本儿呢。”

裴晓给“小朋友”吃宽心丸道：“昂哥从来不赞同那种工作方式。工作如果只是为了赚钱，就没有那么有意义了。”

当时我还在想，裴晓工作应该也不是为了赚钱，她家庭条件很好，父亲是当地小有名气的商人，男朋友是个富二代。她每天打车上下班，要不是死党让她陪着坐坐地铁聊聊天，她绝不会尝挤地铁的苦头。她信用卡也从来不自己还，主要是自己也还不起，她那点工资根本负担不了她的开支。那她那么投入地工作是为了什么呢？考验自己、挑战自己吗？

“小禾姐，我男朋友从美国回来了，听说我在这儿特意飞过来，晚上请大家吃饭。”裴晓突然来了这么一句。

“哇！”还没等我说话，同事们开始欢呼了。

“高富帅请我们吃饭！我们没听错吧小裴姐！”那个顾问这么说还算入耳，好在他没说“富二代”，裴晓最忌讳这个词了。

大家奋斗了好几天，筋疲力尽，这个消息绝对比心灵鸡汤还要提神！一个高富帅，为了自己的漂亮女朋友特意飞过来请兄弟姐妹们吃大餐，我们乐得忘乎所以，居然都没觉得自己是一个个超高度数的电灯泡，厚着脸皮不假思索地赴宴了，估计是项目压力导致大家情商下降。

“大众点评”上说，这是当地最高级的酒店。一进门，就有穿着修身旗袍、面容闭月羞花的美女温柔地接待我们，大堂的中央，一道雕花镂空的黄花梨屏风尽显底蕴，富丽堂皇的水晶吊灯虽带给人一点点西洋宫廷风，但也巧妙地呈现出行云流水的中国古典风情，与那张屏风和美女们的旗袍交相辉映。

裴晓那天特别美，盘起了发髻，戴一条 Tiffany（蒂芙尼）的项链，显得白皙的脖子更加修长，淡蓝色的眼影、粉亮的唇彩，深蓝色的 Burberry（巴宝莉）风衣配上一款书本大小的手包，一款细跟的皮鞋亮得耀眼，就像灰姑娘的水晶鞋，散发着神奇的魔力。

再看她男朋友，一身休闲西装，头发散发着光泽，一根根神清气爽地立着，目光炯炯带着含情脉脉的微笑看着裴晓。

席间，同事们都没怎么说话，也不知道是因为东西太好吃占上了嘴，还是反应过来自己是电灯泡，的确没有什么可说的。快吃完的时候，服务生上了果盘和甜点，裴晓的男友拿起高脚杯，提议大家干了杯中酒，说马上会有重要的事情宣布。

“小禾姐，各位朋友，谢谢你们一直以来对晓晓的照顾。很抱歉，晓晓可能没办法再和大家并肩战斗了，我要带她去美国结婚了。”说着，还拿出一枚戒指，轻轻举在裴晓蜡像般凝固的面孔前。

“什么？”裴晓惊讶地问道，看来她并不知情。

对方胸有成竹：“机票都订好了，纽约的圣约翰大教堂也在排期了。”

“你说什么呢？”裴晓皱起了眉头，脸涨得通红。

“你不是说过要在教堂举行婚礼吗？我知道你性格，和你提前商量你反而犹豫。你看，今天正好请朋友们见证一下我向你求婚的浪漫时刻，不惊喜吗？”男主角有点急，但声音还是那么有风度。

裴晓快要急哭了：“你觉得这样有意思吗？这不是惊喜，这是惊吓！”

“看你说的，我怎么舍得吓你。我和伯父伯母已经商量好了，以后你可以在美国做我的贤内助，喜欢读书也可以读读 MBA，我让我爸给你写推荐信。”男友兴致勃勃地为裴晓规划着。

“你，们，都，疯，了，吧！”裴晓一个字一个字地说着。

男友莫名其妙地反问：“是你疯了吧？你看看你每天过的这日子，你觉得有价值吗？”

大家面面相觑，都没有贸然说话。

我率先开口：“小裴，这顿晚饭好丰盛啊，大家都开心点，不开心的事慢慢聊开了就好了。”

另一个同事也接上：“对对，菜好丰盛！”

“谢谢小裴，谢谢姐夫啊。”大家纷纷反应过来。

“姐夫”这个字眼儿很不合时宜，裴晓拿起酒杯，发现里面没有酒，很快换了一个装满普洱茶的杯子，不是喝水降火气，而是向男友的脸上泼去。

“什么姐夫！我希望你清醒清醒。”裴晓说完，补充了一句：“这顿饭我买单。大家回去休息吧，明天还得干活呢。”

男友一把拉住了裴晓的手。同事们有些尴尬，我向大家使了个眼色，让大家回避一下，让他们自己解决。我们陆续起身走出包房，只听裴晓冷冷地说了一句“放手！”追上了我。

南昌的十月，秋雨微凉，裴晓没有打伞，我撑起伞和她走在一起，风夹着湿寒，催着我们加快了脚步。

走到酒店房间门口的时候，我小心翼翼地问：“小裴，你希望一个人静静还是跟我聊聊？”

“和你聊聊，我有好酒，喝一杯。”裴晓的语调很平静。

我们住的一家特别陈旧的准四星级酒店，房间里只有那种带盖儿的古老的白瓷杯，我们俩就拿着这极不搭调的白瓷杯，一口、一口地品起酒来。只是，我品尝的是醇厚的法国干红，裴晓品尝的是说不清滋味的爱情与人生。

开始，我们都不说话。我只是猜想，一个在多伦多大学拿到过奖学金、有思想有理想的女白领，应该不能够容忍一个男人凭借着自己的家世随便评判她的价值、任意摆布她的人生吧。

房间里灯光昏暗，微醺的我俩异口同声地打破了沉默：“其实……”

“你先说。”我碰了下她的杯子。

裴晓垂下眼又看看我：“其实，我们俩算是青梅竹马了，但要说感情，我俩没有轰轰烈烈爱过。这不是我想要的爱情，他要给我的生活也不是我想要的未来。你想说什么，小禾姐？”

“其实，他本来想让你开心一点，也没有错。只是他可能还不够懂你。”我安慰她。

“没错，他太不懂我了。他做什么事总说是为了我好，其实他根本不知道我想要的是什么。”裴晓又倒了一杯酒，干了。

“呵呵，你要的是一个苹果，他给了你一卡车香梨？”

"哈哈。"裴晓只开怀地笑了两声，就又叹了口气，情绪低沉下去。

知心大姐要做到底！"你刚才说到轰轰烈烈，什么算是轰轰烈烈呢？哪有那么多轰轰烈烈啊，爱情就是我微笑地看着你，你认真地在做事，平平淡淡的不好吗？人人都期待有一场轰轰烈烈的爱情，但是后来你会发现，轰轰烈烈容易，长长久久才难。所以啊，是不是轰轰烈烈并不是评价爱情的标准。"借着酒意，我一口气讲了一大串。

"嗯！小禾姐，你这么说倒是有点道理。你觉得爱情里最重要的是什么？"我看到裴晓的眼眶有点红。

"尊重和包容。"我从包里找了包纸巾，递到她手里。

"哎，他并不尊重我，我也很难包容他，其实，这种感觉困扰我很久了，我早就觉得我们俩根本不合适。"裴晓忧郁的眼神中带着一种沉重的遗憾。

"呵呵，这两点是我觉得重要的东西，你得问问你自己觉得什么最重要。然后想想你们有没有可能维护这个最重要的东西。想好了这些，才会解决你的困扰。"我转着手中的酒杯，越发觉得白瓷杯和红酒实在不搭。

"或许，困扰你的还有你的家庭、你的父母。希望你俩在一起白头到老的是你爸妈，而不是你自己。"我接着分析道。

"小禾姐，你说到我心里了。"裴晓听到我这么说，眼泪一下子流出来了。

我问她："看没看过《飘》那本小说？"

"你说《乱世佳人》？看过电影。"

"Tomorrow is another day（明天是新的一天），一切都会好起来。"我用最喜欢的一句台词安慰她。

“嗯，我信你说的，小禾姐。我愿意和你聊天，就是因为你真诚，所以你说的我信，一切都会好起来。”她拿起纸巾一遍一遍擦着眼泪，但眼泪还是一行一行地流个不停。

走出办公室，裴晓把我当成了姐姐。

第二天，裴晓发高烧起不来，我和吴总的秘书解释了一下，由我代她向领导汇报项目进展。

吴总的秘书有些不高兴，我也觉得有点理亏，这个汇报的工作，本来是李昂答应做的，后来换成了裴晓，现在又换成了我。吴总的秘书的脸色有点阴沉："苗经理啊，你们这样子有些不妥吧？本来说李总汇报，结果李总说走就走了，别的项目就比我们的重要吗？"

“哪儿会啊，咱们公司重要啊！李总特别重视，您看，他特意把我从一家央企的项目上调过来。他是被事务所老大叫回去配合迎接证监会检查去了。您肯定理解我们啊，证监会检查大家都跟快丢了魂儿似的。”

“理解是理解，本来说好了裴晓负责这个项目，怎么她也不来汇报，你们这换来换去的，你说，你要是我们单位领导，你能高兴吗？”

我赔笑道："嗯嗯，换谁都不会高兴。不过裴晓发高烧爬不起来了，她最近特别投入，经常通宵，累的。您放心，今天汇报的内容我都熟悉。真是让您费心了，您看您，一直帮我们各种协调，我以前也是给领导当秘书的，这工作特不好干。”

“是吗？你也当过秘书啊！呵呵，那咱俩能说到一块儿去了。伺候领导都不容易啊。”

汇报工作的时候，吴总不停地看手机，这让我很受打击，他那心不在焉的样子让我突然有种被欺负了的感觉，我们这么辛苦工作，他们公司那么多乱七八糟的问题我们都认真梳理了，他就不能尊重我一点吗？同事们说得太对了：上市公司没有最烂，只有更烂！

“吴总，看您这么忙，耽误您时间了。下一步我们的计划是……”

“好，我知道你们的计划，邮件我看过了，没有意见。辛苦你们了。”他打断了我。

我心想，我还没说完话呢，您就打断我，太没有风度了！上市公司老总就可以这么高傲吗？我正咽不下这口气，想找点儿话茬理论理论，只听吴总说，他同意给我们付一期项目款。一听到付款，我顿时觉得吴总也蛮帅气的，好吧，他刚才的怠慢我可以忍。谁让我们是乙方呢？“甲方虐我千百遍，我把甲方当初恋。”必须忍！

他站起身，礼貌地送我出门，说了句：“你们公司都是娘子军吗？呵呵。女孩子做事不用太拼了，我不会给你们太大压力。不过，说点实在的，你们除了帮我们应付检查，也解决不了什么问题，很多企业请咨询公司，并不是为了提高管理水平或者真去解决管理上的难题。”

他突然说这些，我有点没转过弯。

他似乎看到了我脸上瞬间的迟疑，说道：“我这么说让你受打击了吗？”说完，他笑了。他一笑，我觉得他好像也没那么讨厌了。

“那倒不是，我是在想，若是这样，我们应该做些什么。”

然后他伸出手，和我握了握手，本来是礼貌性的道别，他却握了我好一会儿，若有所思的样子。

我端详着吴总，四十出头的男人，头上几丝白发，略带棱角的脸庞，皮肤略黑泛着暗黄，眼里有血丝、毫无光泽。他桌子边上的牙缸、牙刷和毛巾，告诉我他是个蛮拼的人。

走出办公室，我开始思考：我们是谁，我们在做些什么？

第三天，裴晓爬了起来，化了妆，继续工作。我向她笑笑，她也冲我笑笑，都没有说什么。同事们向她投去各种各样的目光，她没时间去一一揣摩大家目光里的潜台词。

吴总的秘书走过来，扔下一个坏消息："裴经理，咱们这个项目得暂停一下了。"

"哦？我们有哪里做得不好，您批评！"裴晓不卑不亢地回答着。

"倒不是不好，你们也辛苦了。是这样，江西证监局给我们吴总打电话了，说是听说咱们是智达会计师事务所的咨询部，那我们公司审计单位和咨询单位就是一家，这违背了证监会要求的独立性原则。审计肯定不能换，领导的意思，可能得换咨询机构了。"

裴晓觉得这消息是个重磅炸弹，炸得她几乎魂飞魄散了。她是顶着压力来做这个项目负责人的，光调整工作计划就被客户折磨了三个回合。我以前见过肖明手下一个高级经理，因为客户反复无常地让他来回调整工作规划，在电话里就和客户大吵起来。我们这个项目不仅来回调整计划，竟然现在还说不做了！

裴晓本来就被男朋友弄得心思凌乱，再加上生了场病，已经没有精力生气。她只是很担心，担心我们这乙方当的，连被甲方虐的资格都没有了。

她把我从访谈现场叫出来，告诉我这件糟心的事。

"别着急，我想想。"我虽然在安慰她，可自己心里一时半会儿也没主意。我心想，能不能有一天让人安生一会儿啊！

“小禾姐，我不甘心160万元就这么没了。”裴晓咬了下嘴唇。

我拍拍她的肩膀：“不至于，昨儿吴总已经答应付20万元了，成本已经cover（覆盖）住，怕啥。再想办法呗。”

“要告诉大家先停工吗？”裴晓问我意见。

“不用，总会有办法的，停工干吗？”其实我根本不知道是不是有办法，有什么办法。

这时候，我想到了李昂，同时，也想到了他妻子和他儿子。如果我能用两个小时想出办法来，还是先不要去打扰李昂吧，否则，还是得让他拿主意。

“咱们以事务所咨询部的名义做了好几家上市公司的业务啊，又不是只有这一家，怎么这个就出问题了呢？”裴晓皱着眉琢磨着，病还没好利索，声音都是哑的。

我回忆了一下，想起来：“这风险李昂以前说起过，前些日子事务所宣布要建立独立公司的时候，李昂还说到时候这种风险会降低很多，没承想没来得及。各地证监局对独立性要求松紧不一，想查咱们，咱也得认。”

裴晓警觉地问我：“这么说，其他几家大事务所也面临这个问题吧？”

“嗯，肯定是，行业潜规则。大家都觉得法不责众，就看证监局脸色了。我一会儿打电话，请合伙人跟证监局的人沟通沟通，不过估计这也不一定能解决问题，毕竟这事也是有红线的，还得想个彻底点的办法更稳妥。”

“也不知道别的事务所怎么处理的。肖总在的时候还是挺简单的，独立公司就是有好处啊。”裴晓手里转着笔，她不经意的感慨让我眼前一亮。

“哎呀！小裴，我看好你！”我喜上眉梢。

裴晓满脸不解：“啊？我没说什么啊。”

“我有办法了，咱们应该还有希望！”我就像一休哥用手指在头顶画了几个圆圈之后“叮”的一下，有了主意。

第八章 有知者有畏

从积极的角度说，一个初创公司就是说服一群人，一起规划并铸就新的未来。一个新公司最重要的力量是新思想，新思想甚至比灵活性更重要，而规模小才有思考的空间……恰恰每个初创公司都不得不做这场思维运动：质疑现有观念，从零开始重新审视自己所从事的业务。

——《从0到1 开启商业与未来的秘密》

裴晓的话让我想起了“天光咨询”，我们从肖明手中把深圳的上市公司客户拿回到北京天光咨询继续承做业务，原来的领导们也没有过问过什么，我们为什么不可以继续用这个“壳”？

我召集大家开了个紧急电话会议，把面临的问题说了说，然后把我的思路告诉他们：“咱们就只能用天光咨询的壳儿了。不过也麻烦，客户会把项目款打到天光咨询的账户，这钱我们到时候怎么用？如果原来的董事怪罪下来，说我擅作主张，不仅利用天光的名义还动用天光的资金，我可能也得吃不了兜着走了。”

单单在电话里说：“啊，还有这事呢。我们下面的人可不知道这么多麻烦事，领到工资就行。”

“麻烦！”我也觉得这是在自己给自己挖坑呢。

陈晨说：“对了，昂哥不在线吗？忙啥呢？我看，这个还是让昂哥搞定吧，小禾姐，你说呢？”

“他，他，他不是忙着应付证监会嘛。”我一说谎就心虚。

金荆出声了：“小禾姐，你就别帮昂哥藏着掖着了，我知道他家保姆撂挑子了，他在家看孩子呢。”

“啊？”我有些尴尬，好在是在电话里。

陈晨说道：“其实大家能理解他，不用瞒着我们。他也不至于不管工作的事，你总这样，看上去是替他着想，没准别人以为你看扁他了呢，又没准别人以为你啥事儿都想说了算呢。”

天啊，我从来都没想过，“别人”还可能这么想问题。

我知道大家都是好心，就解释说：“也对，我就是想着咱们能解决的就解决了。”

“嗯，我也就是提个建议，不过大事还是应该让昂哥搞定。你决定吧小禾姐。”

电话会议结束我给李昂打了电话，电话里传来小宝宝的哭声。

李昂说，他支持我的决定，他认为用天光咨询的壳，最好还是由我来向包总请示，毕竟我和包总熟悉。他还说，他们已请到了新的保姆，过两天就会去他家接班了，让我有事随时找他，他会第一时间处理，工作的事他会放在第一位。

我知道包总非常忙，也知道他其实并不愿意再过问咨询公司的事，一般都给他发短信和邮件说事，不求结果地等待。不过这次他迟迟不回复，我有些按捺不住，只能给他打电话，他拒接了我的电话，发短信说在英国开会中，我又发了短信简要说了事情的紧迫性，他还是不回复，我发的消息都被绑上了千斤坠，沉到了太平洋海底。

晚上，我坐在台灯下，第二天就要交的“合同管理”流程的风险控制报告，迟迟还没有写好。我给李昂发信息说明了情况，坐等他回复，终于等到了：“实在不行，先斩后奏吧，你不是有天光咨询的合同章吗。这个事对天光也没有风险，领导们追究下来，我替你扛着！”

夜深了，我的时空就定格在那里。

我得做出一个决定。谁都知道在这个节骨眼儿上，最有效的办法就是先斩后奏，但只有真正操刀的人，才会真正担心这一刀下去的后果。这样的一个局面，让我陷入了一种前所未有的不安。让我不安的还不是怕领导们指责我擅自以天光名义签署合同，而是项目款打入天光账户之后，我们怎么才能正常地拿回这笔钱，难道到了那个时候，李昂还会说“没事，你先斩后奏吧，领导们追究下来，我替你扛着”吗？

如果有件事，你做了就会承担风险，但整个团队就会得到好处，你做还是不做？如果这件事，你团队的老大应该做，但他不方便做，你做还是不做？如果还是这件事，你团队的老大应该做，但他对你说，只有你做才能更快解决问题，你做还是不做？

这几年，“创业”这个词就像是一个“网红”，火速红遍大江南北，就好像你不谈创业，都不好意思和人打招呼。围绕着创业的各种服务、各种公众号、各种励志的鸡汤和猛药，填满了创业者的时间和空间。熬汤的和熬药的，常常用“上等的食材和药材”，把汤药浓缩到千儿八百个字，灌进创业者嘴里，还美其名曰浓缩的都是精华。我就看到过这样的一篇“精华”，说创业的时候，核心成员不要分彼此，没必要划分权限和分工，谁能做什么就做什么，只要是对团队有好处的就要大胆地去做。这话说得没有错，但不能一概而论，实际情况复杂多样，创业团队的管理也没有什么金科玉律能遵循。

那天晚上我想来想去，我们是创业团队，大家应该能做什么就做什么，只要是对团队有好处的就行，别那么计较事情该谁做、不该谁做，那就先斩后奏吧。后来，我才慢慢发现，不是那么回事。但这是后话了。

我熬了个通宵，写好了“合同管理”的报告，又写了一份“变更合同主体”的协议，发给吴总的秘书提出申请，建议以这个办法解决证监局提出的“上市公司的审计机构和咨询机构不具备独立性”的质疑。吴总的秘书上班后第一件事就是和我说起此事，她说吴总也在犹豫我们用另一家咨询公司的名义做这个项目是不是个好办法，毕竟，作为董事会秘书的吴总要考虑是否对此进行公开披露，披露或者不披露，后续可能都会有麻烦。

不到中午，吴总的秘书面带喜色地告诉我，吴总同意我的办法了，这就可以走公司的审批流程。我和裴晓击掌以示庆祝，我冲动地跑到吴总办公室，主动向他道谢。

进去的时候，他正在往一杯牛奶里倒麦片，见到我笑了笑问：“苗经理，吃早饭了吗？”

我诧异地看了看表说：“现在都快中午了，您还没吃早饭啊？”

“哦，常事，昨天熬通宵了。”他一边说，一边用勺子搅和着，麦片随着他的动作枯萎塌陷，沉入浑浊的牛奶，他抬起头看了看我：“你不是也熬通宵了吗？”

我想到自己的黑眼圈有些难为情，想赶紧向他道个谢就撤：“您不愧是董秘，消息灵通。我就是来感谢您的，这么痛快就同意了我的申请。”

吴总喝了一口麦片牛奶，频频点头说："苗经理，你真的不来一碗吗？味道不错。”

“不了不了，您忙吧，我先回去了。我明天就回北京，一并和您道别了。”我边说边打算转头出去。

吴总叫住我说："怎么，你刚得到了我的帮忙，就要走了？不继续帮我了吗？”

我一听，觉得自己的话有些多余，忙解释说："哦，李昂就要回来主持大局了，他比我厉害多了。哈哈。”

吴总看了看办公桌，目光停在了一盒斯里兰卡红茶上，他递给我："我看出来了，你是李昂搬来的救兵。哈哈哈。”他见我不好意思地勉强笑了笑却没有伸手接过那盒茶，就又递了一下："拿着，要知道我可是不随便送人东西的铁公鸡，能给你这么好的东西也是罕见啊，给，这个你拿回去给同事们喝吧，辛苦了。”

我接过茶，谢了吴总，收获满满地准备“打道回府”了。

那天，李昂回到南昌，我是盼星星盼月亮终于把他盼回来了。我的身心压力来了一个乾坤大挪移，全转回了他身上，我顿时觉得身轻如燕，走路都蹦蹦跳跳起来。

我回北京的前一天晚上，李昂请我到南昌有名的蛤蟆街吃小吃。

据说蛤蟆街被整顿以后，风味小吃没那么地道了。所谓不地道，就是那些乌烟瘴气却香味扑鼻、热火朝天的路边摊全没了，街道两边都是装修规整的店铺。不过我俩已经很知足，点了一大堆好吃的，瓦罐汤、生煎、烤生蚝、烤茄子、烤扇贝，边吃边聊。

“我得谢谢你，帮我解决我家里的事，又帮我解决项目上的事。”李昂给我递过来一罐汤，提醒了我两次“小心烫”。

“咱俩‘中国合伙人’嘛，没什么。”

“辛苦了！”

“还好，收获也挺大的。”

“说说。”

“一言难尽，如果用一句话概括，就是我开始思考我们的业务前景了，甚至是担忧。”

李昂递过来刚烤好的茄子说：“你这收获听着有点不吉利啊。说说。”

蛤蟆街的茄子真是极品，以前我从来没吃过那么好吃的茄子，烤出来的茄子被平摊成一张“方纸”，一根根茄子丝看起来油腻松软，再撒上点辣椒粉和孜然，入味极了。

“不，你不用担心，我是因为不懂、不了解。你是老大，你给我们指方向，我懂了就不担心了呗。”

李昂放下筷子，认真地说：“有什么困惑？”

“就说两条吧，最近才悟到，从中国的现状看，风险管理咨询这个业务是政策驱动的，上市公司大都是为了应付证监会才做这个，这政策一变，我们怎么办呢？还有，我们的咨询顾问对企业的很多问题根本不了解、不理解，都是照着以前的底稿抄，或者抄蓝皮宝典上的话，有些顾问可能都不明白蓝皮宝典不能直接用，只是个指南而已。客户不直说，但是他们觉得咱就是纸上谈兵啊。”

“嘿，你这十天，业务做到开始思考公司战略的高度了。”李昂开玩笑。

“以前只看过猪跑，现在算是吃过猪肉了。昨天一个顾问还跟客户的人力资源经理较劲呢，说企业风险管理指南上要求企业做好考勤，你们连考勤都没有，怎么管理的？我当时都冒汗了！这一看就是没做过管理的“小孩子”说的话啊。还有，就连裴晓这种级别的人也在问我，合同上有公章没有法定代表人签字能行吗。”

我们团队的业务人员，除了李昂，分为四个大的级别，从高到低依次是：高级经理、经理、高级顾问和顾问，每个大级别里又分有两个小级别，比如高级经理 A、高级经理 B。就拿裴晓来说，级别是经理 A，这么大的项目本不该由她带队承担项目负责人的任务，都是高级经理级别来担任。

我们的任务是帮助企业梳理制度、审查管理流程，大到组织架构、小到销售环节，我们需要找到企业管理中现有的漏洞和潜在的风险点，帮助企业合理控制风险。但实际上我们做的工作并不深入。就拿合同管理流程来说，如果对合同效力不明白，就不能很好地帮助客户做好控制和防范风险。然而，经理们对这类法律方面的知识毫不了解，就连金荆、陈晨、单单这三位项目经验丰富的高级经理，也对这些不太熟悉。

李昂仔细听完，说：“嗯，你说得对，是有这些问题，我们还没有做到为客户提供特别深入的、专业级的服务。很少有项目做到了真正帮助客户防范风险，提升管理。也有，但确实少。”

“同事们钻研得不深可以弥补，毕竟大家年轻都可以学、可以补，问题是我们要不要把咨询做得那么深入？我就糊涂了。我这两天总在想，我们现在做的事情价值在哪儿？或者说，价值有多大？”我是真着急了。

那是我第一次对公司的前景担忧，我开始“有知有畏”了。

李昂想了想，和我交流道：我们现在做的风险管理咨询服务，是在帮助企业梳理每一个管理流程并且对流程的风险和有效性加以诊断，我们可以通过这些工作积累很多行业、很多公司在管理上的经验教训，这些工作都不白做，可以为以后做精深的咨询服务奠定很好的基础。而且，我们已经有过成功的案例，帮助企业做到了节约成本、提高效率，上船和重啤公司是最典型的例子。李昂觉得我们的话题有点沉重，想到未来，他也没有足够的信心。他趁着服务员上菜，换了个轻松的话题，说感觉今年团队的业绩不错，等明年发了奖金，大家可以去他的家乡好好玩几天，他家离海不远，我们可以包一艘渔船，凌晨的时候出海打鱼，绝对好玩。

我一听也提起了精神，"好啊，好啊！我自从被你拉下水以后，还没旅游过呢！我特别喜欢旅游，等忙完这一阵子，得好好补补。"

"行，既然你都说了是被我拉下水的，我得对你负责任。等成立了新的咨询公司，步入正轨之后，我邀请你去英国玩，办一张地铁票，穷游伦敦城市和郊区，我给你当导游，绝对五星级服务。"他侃侃而谈中带着几番地主的洋洋自得。

我拿起手机给李昂拍了张照片，用百度魔图在照片上写了一句话：李昂答应带苗小禾去英国玩，于南昌蛤蟆街。写完发给李昂对他说："李总，我可记住了啊，到时候你可不能抵赖。你在英国待了好几年吧？有啥特别值得回忆的事？"

"特别值得回忆的事？"

"对，终生难忘的那种。"

"两件事。我刚到英国，住在一个蛮乱的街区，去的第二天就被贼偷了，入室的！好在我贵重的东西都没丢，还得感谢我老爸给我买的破烂大旅行箱。”李昂边说边抽烟，这个话题引发了他久远的回忆。

“啊！你还有这么惊险的经历！为什么说破烂旅行箱？”我也吃饱了，专门听起故事来。

“别提了，我老爸图便宜，给我买的旅行箱质量不咋地，当时我第一次出远门，我老妈给我带了好多东西，不停地往那箱子里塞。结果在英国一下飞机，我刚从传送带上拿下来那箱子，就发现完了，轮子坏了，我就只能扛着烂箱子走，都快累死了。我气得半死，心想，老爸你这是省的哪门子钱啊，简直害死我了。不过，就是因为轮子坏了，那个贼也没扛动我那箱子，我当时一拍大腿，我说老爸你怎么这么英明！”他边说边拍大腿，如情景再现一般。

“哈哈哈！那还有一件呢？”

“你得早点回去休息了，明天一早还得赶飞机。”

南昌的秋夜日渐寒凉，李昂递给我他的西服让我披上。

可惜，另外一件事，我们一直没有机会再聊起；他那天在蛤蟆街上的承诺，后来也一个都没有兑现。但我相信他当时说的时候都是发自内心、诚心诚意的。就像谈恋爱，如果一个男人对你说：“我会爱你一辈子。”你得相信他说这句话的时候是真心的，就算多年以后他不爱你了，你也不用揪着那句话不放，怪只能怪你自己，误把那时那刻假想成了永恒。

回到酒店，我又失眠了，我开始上网查国内外知名的管理咨询公司的背景、现状、核心业务和专长等。外资的，像罗兰贝格、麦肯锡、埃森哲、毕博，内资的，像北大纵横、和君咨询，我更加“有知者有畏”了，看来我们做的业务和我以前理解的那种牛哄哄的管理咨询还有相当大的距离。

我又把目光转到了做“风险管理咨询”这个细分领域，国际四大、深圳迪博，这些咨询团队才是我们努力的目标。我们曾经在竞争中打败过德勤和安永，不过我们取胜的原因不复杂，就是价格低。但我在做项目的时候常常听说，德勤的报告出得很“水”，安永的顾问只会抄模板，迪博的经理都是大忽悠、不干实事儿……这些传闻有多少真实，又有多少水分？哎，我们的定位在哪儿，我们的未来是什么样？我给老公发信息说了说迷茫的感受，老公回：“皇帝不急太监急。你先想想你自己能做些什么吧。”

第二天下了飞机，人很多，想到等出租车要排很长的队，我赶紧小跑起来。

“小禾苗！”有人喊我。

我回头一看，“刘天星！又是你！”巧了，刘天星也刚下飞机。

“去哪儿了？”

“南昌，你呢？”

“重庆。”

我打量了一番刘天星，感慨道：“每次见到你都一身西装，够帅够职业啊！”

刘天星倒是不自谦，自信地说：“本来就帅，见客户必须职业点啊。一会儿去哪儿？”

“二龙路医院，看望一个同事，在那儿住院呢。”

“那不就在马甸南边吗？我路过，一起走吧。”

“好巧，一起走吧。”

刘天星也感慨我们的种种巧合，“一出差就遇到你，缘分啊！”

“呵呵，是啊。”

首都，首堵。

那天风很大，天空碧蓝。

我想到上次见到他，他提到要创业，就问“你不是打算创业吗？有进展吗？”

“工作不忙的时候就琢磨着。最近做了几个小产品，打算过两天去车库咖啡找投资人聊聊呢。”

“车库咖啡？”

我的孤陋寡闻被他发现了，刘天星解释说：“对啊。你还不知道车库咖啡呢？中关村创业大街啊，原来的海淀图书城，去过没？”

“没有，还真是第一次听说。有空去感受一下。”

“嗯，去感受感受吧，气氛相当火爆啊，还经常有外地的人组团过去参观学习呢。”

“是吗！那你做了什么产品？看看我懂不。”

这时候，出租车司机，一位北京老大爷忍不住了：“你们这些年轻人啊，什么创业创业的，我倒要看看你们怎么个创法！好好的工作都不干，见天儿地瞎折腾，我上午拉一刚毕业的学生，也说要到中关村创业去，真够让爹妈操心的了。工作就是踏踏实实的，赚钱养家，咱干一行爱一行，是不是！看你们这些个年轻人啊，心浮得，都以为自己能成马云呢？”老大爷给我们开启了人生课堂，他还特入戏地不停叹着气。我们俩谁都没接茬。

刘天星给我用手机展示了他产品的 demo（小样），有一个叫“烂笔头”的记事本吸引了我。

“嘿，这个好像对我有用啊，我喜欢写日记。你这个就是分类记事本，是吗？”

刘天星听我说有用，更起劲儿地介绍着：“对啊，随时随地写，随时保存到网上，还可以提炼关键词、搜索，还可以建组和朋友们分享文章、集中评论，怎么样？你觉得有没有搞头？”刘天星眼睛里又有了那种眺望未来的光芒。

“嗯，挺好的。建组分享、集中评论、要点提炼、搜索方便，那岂不是团队里的知识分享和积累可以在这上边实现了？”

“冰雪聪明啊！说得没错！”

我心里暗想，我们可以成为刘天星的第一用户，老同学能一起合作一件共赢的事，互相支持创业，那岂不是天大的好事。

看望了陈晨之后，我回到公司立刻给李昂发了信息，说了“烂笔头”的功能。我说做管理咨询的如果连知识分享和行业积累都没有，肯定做不好，建议团队用“烂笔头”把这块做起来，每天做一点儿，一年之后就会有很多收获，五年之后会有质的飞跃。

李昂直接给我回电话聊起来：“你说得没错！很好啊！非常好！看来以后得多让你做项目，做了项目你感悟很多啊！”他也觉得我说的工作必须要做起来，否则，我们再做十年也做不出名堂。

“好，那就这么定了吧，大家都忙着做项目，我先把基础的东西搭建起来。至于和我同学谈开发价格，还是你来吧，我得避嫌。”

“互联网、信息技术这些东西我也不懂，让陈默去谈吧，正好咱们上次提到了信息化的事，一下子做多了用起来也不好落实，就从这个小功能开始吧。你俩配合，请你同学帮咱们好好弄弄。”

我请陈默和刘天星商量，给我报个价，我再和李昂商量确定。

陈默严肃地问我："领导，咱来个友情价还是杀熟价？"

"正经点！"

虽然嘴上说让他正经点，心里却想着，陈默这是话里有话，我开始怎么就没想到熟人间合作会有这些问题呢！价格高了低了的，好像都麻烦啊。价高了，同事们会觉得我把利益输送给了自己的朋友，价低了，天星会不会觉得吃亏，心里埋怨我？

不过，转念一想，事情也可以反过来。同事们觉得我介绍靠谱的朋友为团队做了件好事，刘天星也觉得我帮他开了张，实现了自我价值。想到这儿，我豁然开朗起来，决定力推此事。

那时候，我每个月都会给李昂做一张财务报表，很简单的记账方法，不区分那些复杂的利润表、资产负债表、现金流量表，也没有那么惹人烦的借贷分录。后来读 MBA，会计学老师说，有的企业的记账方法很简单，属于"保姆式"流水账，我才发现我那时候记的账居然还有名字！

不过李昂基本不会看，财务方面的事他不太敏感。陈默说，他觉得两万块钱可以，刘天星没有还价就同意了，我自然不会有意见，李昂更没有意见。

这天，我早早下班，心里一直惦记着刘天星说到的车库咖啡，出了门，望了望天边的火烧云，我深深吸了口爽朗的空气，就直奔中关村创业大街。走到街口，还没来得及欣赏街景，就被路边一块立着的铁板扯住了脚步，上面白字红底儿，写着一段话：

你

用小米手机

穿凡客T恤

泡3W咖啡听创业讲座

满嘴都是颠覆性的商业模式

朋友圈都是CEO/CTO

知乎、果壳关注无数

36氪每天必读

BAT大格局了如指掌

张小龙贪嗔痴如数家珍

李厂长的心路历程信手拈来

肉夹馍只吃西少爷

约饭局要去雕爷牛腩

爱罗永浩胜过乔布斯

喜欢kindle胜过iPad

逢人便谈互联网思维

如果上述条件你重度符合

那你在北京应该还买不起房

每天和100万人挤地铁

是重度创业综合征患者

世纪佳缘终身资深会员

"有点意思。"我自言自语着，放眼望去，一条窄窄的灰白巷子，两排矮矮的小楼，各种咖啡厅和创业孵化器聚集在此，使得位于二楼的车库咖啡并不容易被发现。我摸索着上了楼找到地方，刚推开车库咖啡的大门，一股新鲜气息扑面而来。

即使场景里没有"人"的因素，单单看咖啡厅的格局和装修，就已经让人觉得它与众不同——没有吊顶的天棚，满眼是裸露的管线；没有粉刷的墙壁，架着几个摆满书籍的木架子；没有架子的地方，贴满了各种寻求资源的启事；没有装饰的木桌子上，摆放着插线板和“团队席位”的桌牌。但这家 24 小时营业的创业咖啡厅，怎么可能没有“人”的因素呢？各式各样的创业者聚集在这里，怎么形容呢？沸沸扬扬，热火朝天，熙熙攘攘？都不恰当。那种情景是一种亢奋，有人亢奋地喋喋不休，有人亢奋地奋笔疾书，大家说话必谈“互联网 +”，几句话不离“梦想”，一会儿工夫就得聊到好几次“你找到天使了吗？”

走出车库咖啡，往北一点点就是曾经人头攒动、名声大振的海淀图书城，我站在门口向里张望，小书店都已经关了张，有人在往出搬些陈旧的《GRE 必过宝典》。我问，这楼上的书店都关了，以后什么用途？搬家小哥瞥了我一眼说：“开创业孵化器呗。”

我站在街口，回头望了望，闭上眼睛，听到了时代的变革。

中关村，这片神奇的土壤，是否会像多年前柳传志那个时代一样，让中国人重新认识自己，也让世界重新认识中国。我们正是这场变革的见证者，或许，也是参与者？我在想，大街上的创业者，十年后的你，会是什么样子？

晚上回到家，我一进门就呆住了。家里像是遭劫了一样，东西铺天盖地乱成一锅粥，茶几上有残留着番茄酱的比萨盒子、空的薯片袋子、敞着口的可乐瓶子；沙发边的地上放着三双袜子，一件长袖 T 恤，电视遥控器被电脑的鼠标线缠绕着。

一进卧室，老公趴在床上，四肢伸展开，一只手臂垂在床边。

“啊！”卧室没开灯，我看见床上的他吓了一大跳。

“啊什么啊，你老公快饿死了，今天晚上没吃饭，想着回来叫个外卖，一直没送来，邪门了。”

“你怎么没在公司吃？”

“这两天太郁闷，不想干了，消极怠工。”

“那就休息休息。又出什么事了吗？”

老公翻了个身，脸朝上无精打采地说：“哎，我们部门也被拆了，意料之中的，不过我没想到啊，我去的那个部门的头儿，以前答应过给我留一个项目让我负责，昨儿告诉我，项目给别人了。这都什么人品啊！我以前没少帮他忙啊！其他人也不理我，我这么高级别，根本没人带我学新东西，他们还指着跟我做项目，我哪儿有项目啊！”

本来我看着遭劫的屋子火直往上蹿，一看老公这么郁闷，自己拿了瓢凉水把火浇灭了。索性，我也躺在床上和他聊天，什么也不干，聊到送外卖的送了一份肯德基套餐，我俩分着吃了。

“你是不是想去创业了？”

“嗯，想，但是犹豫，去创业，工资就降了，现在能拿到的股票套现那些钱也没有了。”

“我不在乎你赚多少钱，开开心心最好。再说，大峰那创业公司不也说给你股份吗，要是以后上市了，你就发达了呢。”

“我想想吧，在大公司里待遇确实好，不光是钱，还有培训、商业医保、各种过节福利，健身房桑拿房随便用，待惯了也很难下决心走。再说，创业公司也不是想上市就能上市啊，未来的事谁能说得准。”

“你决定。创业，就是放弃现在要未来。看你要什么了，我都支持。”

“你昨天短信里还说你对你们业务担心了，你看到未来了吗？”

“哎，还没有！”

第九章　三种公平

有些人很容易忽视不公平待遇，或者调整他们的认知使自己免于心烦。但是，许多专业工作者、技术员工对公平相当敏感，他们有可能会迅速行动，以纠正他们感到的任何不平。——《管人的真理》

李昂回北京之后的第一件事，不是问我“烂笔头”的进展如何，而是和我商量，陈晨在住院期间还做了不少工作，应该在工资方面给他补偿。公司制度里有规定，请了病假，工资只发 30%。李昂说，就给陈晨按照 80% 发吧？我表示没问题。

做知识分享系统，给陈晨发更多的病假工资，这两件本来我们觉得没什么问题的事，却在团队里引起了小小的骚动。

金荆从项目上回来，第一件事就是找李昂。他刚走到办公室门口就劈头盖脸地问：“昂哥，花钱做知识系统，为什么不和我们商量一下？”

“这不是好事吗？你不同意吗？”也不知道是从什么时候起，李昂不再每件事都找大家商量了。

金荆听了这话更不服气了，叹了口气说：“昂哥！我觉得同不同意是我们的事，你找不找我们商量是你的事。听说开发的人是小禾姐的同学，这事儿就这么定了？有没有货比三家？这是你决定的还是小禾姐决定的？”

我在办公室听得一清二楚，心里就像被针刺了一下，快步走到李昂办公室门口，盯着金荆说：“金荆，这件事是我们俩共同决定的。”

金荆见我突然出现有点吃惊，愣了一下，尴尬地咧了咧嘴，笑得很僵硬：“小禾姐，你也在。”

李昂也从座位上站起来，向我俩招了招手，示意我们进到屋子里关门谈。他让金荆坐下，说：“就两万块钱的事儿还用货比三家吗？”

金荆不接受李昂的说辞反驳说：“咱们部门规模这么小，两万块钱也是可观的支出啊，你看现在一些国有企业，金额五十万元的都要走招投标程序，他们的资产可都是上亿元的级别啊。关键是，这个开发系统的人还是小禾姐的同学！”

“金荆，你是对这事没和你商量有意见还是对我找同学来做这件事有意见？”

金荆看了看我，稍作思考向我解释说：“小禾姐，我可是就事儿说事儿。我对你没有意见，但我作为一个朋友也好，作为咱们部门的管理层也好，我说句心里话，你得慎用自己人。你用自己人，还不和我们商量，就算我没有意见，别人就没有意见吗？”

金荆那张嘴一向得理不饶人，我还没来得及说话，他就转向李昂，理直气壮地质问：“还有，为什么提高陈晨的病假工资不和我们商量？”

李昂好像也没想到，金荆和我的对话还没说到结论，就轮到他"受审"了，而且这个问题听起来很刺耳，李昂根本没料到金荆居然还会对这件事有疑问，他反问道："陈晨病得那么严重，住院的时候也在干工作，你觉得不应该提高病假工资吗？按制度只发 30% 的工资合适吗？"

"提高可以，但是提高到 80%，这个有标准吗？以后大家只要带病坚持工作就都有 80% 的工资吗？我度蜜月的时候婚假请超了，多那几天假还给我按事假算的呢，我那几天也都是大半夜的改报告，一分钱工资也没有啊。"

金荆的咄咄逼人让我很吃惊，李昂的脸色更是变得难看，他用一种看陌生人的眼神看着金荆："你那时候身体好好的，也那么计较吗？你看陈晨，坐都坐不起来，还吭哧吭哧地干活，你看着不觉得心里难受吗？我就想不通了，咱们仨以前在老肖手下并肩作战，不管老肖怎么给咱们出难题，咱们都一直相互支持，抱团取暖。现在陈晨为了赶工作进度、撅着屁股写报告都打动不了你？"李昂越说越激动，声音并不大，但句句深沉，像鼓槌敲打出的声音。

金荆见李昂这么激动，变得平缓下来："昂哥，别激动。我不是针对陈晨，我是说事儿。而且这也不是我个人的意见，我是代表大家来说的。单单不说，但她心里就平衡吗？真是会哭的孩子有奶吃。昂哥，你不能人家一和你提要求你就答应啊。要是这样，还要制度干什么？要是这样，我们以后都来提要求。"金荆比较有杀伤力的话就是"我是说事儿"，他常常强调，团队里要有不同意见，要对事不对人。

"金荆，这么多年难道你还不了解我吗？我最重感情，无论是陈晨，还是你，还是小禾，只要遇到这种事，我都会照顾！"

“昂哥，你冷静点，我在说团队管理，不是在说朋友情谊。”金荆不把话说透就不甘心，还想继续和李昂辩论。

我一见这情形，感觉他们俩只能越吵越伤感情，赶紧说：“大家都有情绪，再说下去可就不是说事儿了，变吵架了啊。先都回去冷静冷静。”我催金荆赶紧出去，我也回到办公室降温去了，就在我帮李昂关门的一瞬间，我看见李昂把烟盒儿拿起来用手狠狠地揉成一团。

快下班的时候，我的情绪好多了，思来想去，金荆的话也有些良药苦口之意。我来到李昂办公室，劝了劝他：“别郁闷了。金荆说得也有一定道理，以前你们几个抱团反对老肖，批判的靶子有好几个，其中被攻击得最厉害的一个不就是老肖没标准吗，自己想一出是一出，说给谁涨工资就涨、说给谁晋级就晋。我请同学来做知识系统，确实想得不周到，要不咱们就找找其他人，比比价？”

李昂摆弄着被他揉得不成样子的烟盒，无奈地说：“哎，知识系统这么个大好事，金荆也太计较了。再说我已经同意了，陈默和刘天星也谈完了，我去比价？我是这么出尔反尔的人吗！我说话就这么不算话吗！”

“消消气！没人说你出尔反尔啊，没人说你说了不算啊。”

“我主要还不是因为金荆反对我而郁闷，我是在想，两兄弟，我的左膀右臂啊，怎么互相不容了呢？怎么搞的？”李昂开始翻箱倒柜地找烟，没找到，眉头紧紧锁着，继续伤心地说：“你知道吗，我们仨以前，那才真叫同甘苦共患难。入咨询这行，我们仨前后脚，金荆最先，我最后，但我们遇见了，一见如故啊。我们仨在老肖手下做得最牛的两个项目你听说过吗？叶华房地产，还有一个乐风种业，这俩行业当时我们都是第一次接触，老肖拿这些新行业操练我们。”

“操练你们？这个词好好笑。”

“别笑，那时候条件挺苦，叶华在亦庄，老肖不让我们住在客户附近，说经费不够，我们那时候谁都没有车，天天公交、地铁、再公交，路上单程两个半小时。有一次金荆挤地铁脚扭得走不了路，一个电话，陈晨就跑去接他，把他扛到医院。”

看来李昂真是动了感情了，他从来不曾带着那种凝重的、欲哭无泪的表情叙述旧事，也从来没有在我面前这么细致地谈过“兄弟情”。他沉浸在过往里接着讲：

“我们做乐风种业，要下农田考察，我们几个以前谁都没去过农村，那次被风吹日晒不说，腿上、脖子上被不知道什么虫子咬了一串串的包，疼得我汗珠子噼里啪啦直掉。他俩怕虫子有毒，赶紧找了个驴车，我坐着驴车到了大路上，他俩给我拦车，恨不得横在路上拦，我直说你们不要命了吧！”李昂的眼睛已经红了，泪花忽闪忽闪，他把手里的杯子“啮”地敲在桌子上，像是倾诉也像是发泄：

“我们仨，在老肖手下从来没互相怀疑过，从来没撇下另两个自己去跟老肖谈级别、谈钱！你说，他们现在怎么这样了！怎么这样了！”李昂的声音越来越大，开始吼起来。

在李昂的回忆中，屋子已经渐渐暗了下来，我们谁都没有去开灯，他在昏暗里追忆三兄弟同甘共苦的日子，我在窗外路灯散进来的微弱光晕中倾听李昂的肺腑之言。如今，时过境迁，角色转变，至少金荆有一句话说得有道理——我在说团队管理，不是在谈朋友情谊。

我最后劝了劝李昂：“别这么激动。你看你说的，就好像兄弟反目了似的，这不还好好的吗。人家提点意见也合情合理，别想那么严重了。兄弟是兄弟，同事是同事，人家是站在同事的角度提意见。”想到他们仨都是大城市里长大的独生子，当时没被那些项目吓跑也挺不容易，一定是相互鼓励和扶持熬过来的，但毕竟把兄弟情搅和在团队管理里面，会让人的思路全乱了。如果不知道李昂倾吐的兄弟情，外人可能也不会理解他为什么那么激动。

“我不是激动，我是不明白，你也知道，陈晨不止一次抱怨金荆说得多，做得少，现在金荆又对陈晨的事意见这么大。我做错什么了？有什么事让他俩不平衡了？”李昂边说，边把手中揉成团的空烟盒儿舒展开。

“嗯，老大不容易啊。要不，咱们尽快出台考核制度吧，至少在发年终奖金的时候，大家有个标准和依据，也就没话说了。知识系统开发的事，要不我再和金荆解释一下？”

“算了，有什么好解释的。不如，你私下里问问单单，是不是也有意见。”

我私下里问了，单单很诧异地说：“我没有意见啊，都是好事啊！就金荆有意见吧？你不觉得，以前昂哥什么事都和他商量吗？现在不和他商量他就不平衡了呗。”

经理办公会里，不和谐的因素悄悄蔓延。我们就像是一个经历了风吹雨淋的青花瓷瓶，表面上光鲜美丽，实际上瓶身布满了细细的暗纹，谁也不知道哪一天，一阵风吹来，瓶子会突然碎掉。

对于整个团队来说，我身在其中；而对于三兄弟而言，我是个不能袖手旁观的旁观者。虽然我体谅李昂的压抑和不解，但我还是很想对李昂说：以前，你是“老大哥”，现在你是几十号人团队的“老大”，还是尽快从“兄弟情”中跳出来吧。可是我又问自己，如果是我，兄弟情深，怎么才能跳出来？我没有找到答案，所以我也没有和李昂说那些话。

或许，有什么因素让一些人觉得这个团队缺失公平了？

千丝万缕，只能挑一个点入手解决。一般来说，解决公平问题的可行方法是设计一套有效的考核制度，这也正是我们以前一直缺少的一种管理手段。

人们对考核制度的作用有着不同的认识，有人觉得它是用来解决效率问题的，有人说它是用来解决公平问题的。公平与效率，人人希望兼得，但实际上，它们往往就是鱼和熊掌。我们当初制定考核制度，主要还是为了保证公平。

考核制度的出台，人力资源不是“制定者”的角色，而仅仅是“组织者”的角色，一切指标和 KPI（关键绩效指标）设计都应该由业务部门确定。我的角色就是组织者。考核对团队至关重要，经理办公会的人必须参与。金荆不愿意做特别具体和细致的工作；单单虽然愿意参与，但李昂觉得单单循规蹈矩，带队带得也不太顺，偶尔还会遭到员工偷偷投诉，不适合想综合管理上的问题；只有陈晨比较全才，带队带得好，工作细致，对业务认识比较深刻。就这样，我来制定制度框架，包括原则和考核流程、适用范围和争议解决，陈晨提案具体考核指标和权重，最后拿到经理办公会上讨论。

在老肖时代，李昂、我、金荆、陈晨和单单，都对老肖自己拍脑袋决定员工待遇和级别的事非常不满，只是不满的表现形式不一样。

单单从来不和肖总发生争执，她觉得老板就是老板，和老板争论没有好下场，她也不怎么和其他同事们讨论这方面的话题，只是有时候会和我们几个发发牢骚；李昂、金荆和陈晨抱成一团，但最有胆量当面质疑肖总的是金荆，他不仅敢当着肖总的面说："您这是团伙意识！"还敢在很多同事面前当着肖总的面挑战他："您要是不拿出个标准，以后谁服您！我就不服！"李昂和陈晨没有那么冲动和直白，他俩会在同事之间造势，从不同侧面表达对肖总这种举措的不满，但从来不和肖总产生正面交锋。

我比较特殊，因为我是肖总的助理，随时可以和肖总一对一对话。当李昂他们知道我也对肖总的管理方式不赞成的时候，顿时觉得找到了给力的同盟。我也觉得我有责任提醒老板，指出他在管理上的偏差。我曾经说过这么一段话：

"肖总，您知道我是学法律的。法律上有实体法、有程序法，为什么要有程序法呢？因为从结果的角度上看，公平公正没有绝对的，只有相对的，那怎么让人觉得人们得到了相对的公平公正呢？就是有个合法的程序，通过这个大家都认可的程序判断出来的结果，大家就愿意接受。您说这结果就是绝对的公平合理吗？未必，但是大家心理上认可了。"

肖总当时觉得我说的有点儿道理，他犹豫了一阵子，最后还是说，等我们队伍再扩大了，就按我的想法弄出个制度，缓一缓吧。那时候，他觉得员工为了待遇公不公平天天较劲不算什么事儿，公司的主要矛盾是"市场和业务"，而老大要抓的正是主要矛盾。

经过了几天贪黑起早的努力，考核制度的设计终于大功告成。陈晨从他那"私人定制"的、像一个马桶圈一样中空的椅垫儿上站起来，左右扭了扭腰。他得意地把精心设计的考核表发给了我、抄送给了经理办公会的其他人，瞬间得到李昂的“回复”：“Well done！ Perfect！”（干得不错！完美！）

我打开表格一看，吃了一惊。

陈晨设计的考核表非常细致、非常精美，指标划分很细、评分标准详尽，处处有勾稽关系，多处有公式，表格美观度很高，用不同颜色区分不同级别、不同 KPI 领域，让人一目了然。以对经理级别的考核指标为例，分为项目规划、项目执行、报告质量、带队能力四个大部分，每一部分又对应 4 ～ 5 个小项目，比如带队能力中包括：员工培训、统筹安排能力、解决员工疑难问题、项目中对员工的生活照顾，每一个小项都有对应的分数档，备注栏还有对相应分数的解释说明。

李昂通知经理办公会的几位，第二天下午开会讨论考核制度。

“小裴！你回来了！”李小丫看到裴晓走进办公室，噌地站起来迎上前去，两姐妹拥抱在一起，就像小学生放了个长假之后又见面了。

“昨天向吴总做了一次阶段性汇报，回来出报告了。”

“吴总同意付第二笔项目款了吗？”我还没好好问候一下前线回来的战士，就着急地问起钱的事来，我也不知道自己什么时候就跟掉到钱眼儿里了似的，以前我从不这样的。

“还没有，吴总说年底了，审计师在出年报，等他们算好了账再考虑。”

“啊？他这么说怎么听着悬呢？按理说，应该先把这笔钱做个预算出来做到账里才对啊。”我听着不对劲儿，手里攥着手机，有种立刻打电话问问吴总的冲动。

“啊？是吗！吴总没说什么，就说等审计师啊。”裴晓第一次当项目经理，对这些不敏感。

“他们如果不做出预算计提应付款，过了新年就不好调账了，到时候还得说等汇算清缴之后再付款，那得拖好几个月了。”

“啊？是吗！”裴晓显得很疲惫，我也没再追问。

我赶紧和负责审计这家客户的合伙人沟通了一下，她反馈说，客户今年的效益非常不好，年前付款可能有问题。合伙人自己也着急，她也得收审计项目的钱呢。

我赶紧打开电脑看收支表，我的表分为实际收支和预计收支，后者是和项目进展关联的。我们本来预计这家客户将在 12 月初付款，那笔款有 40 万元，如果不按时到账，我们的资金压力就大了。

裴晓给我发来信息 :“小禾姐，晚上请你和小丫、帅晨吃饭吧，谢谢你项目上帮我很多忙，一定要来！”

下班后，我们到了一家鱼头泡饼，这家店超级火爆，门口排队的人排成蛇形，拐了好几道弯，大家闻着飘出来的鱼汤的浓香，口水流了三尺长。好在我们订了座位，而且座位靠在角落，相对安静。

“你们美女往里坐，我就旁边儿待着，跪一会儿站一会儿，方便。”

“你那关键部位还要休养多久啊？”李小丫指的是陈晨刚做完手术的部位。

“且养呢！”

“你那‘90 后’小女友，怎么最近没听你提起来啊？”

“别哪壶不开提哪壶行吗？吃还堵不住你的大嘴！”陈晨塞给小丫一口饼。

“啊？不会吧！”我一听，这是分手了啊。

“小禾姐不用这么惊讶吧！那都不是真爱，分了。”陈晨站着吃得也挺来劲儿。

裴晓一直沉默着，我看她有心事，试着问：“这是做项目累着了？”

“哎，还行吧。”她想了想，坦白了：“我和我男朋友分手了。”

“分，早就该分！”陈晨好像很开心，给裴晓夹了好几块鱼肉：“吃，该吃吃，该喝喝，能怎么着，看你哥我，得潇洒点！”

“帅晨，你别站着说话不腰疼，谁像你似的，交女朋友跟买衣服似的，总换。”李小丫拍拍裴晓的肩膀以示理解。

“少废话，那些女孩儿不算是我女朋友好吗！最多算红颜知己。嘿，我还真就是站着说话腰疼了，我得跪一会儿。”陈晨换了个姿势：“我告儿你们啊，我，陈晨，北京爷们儿，骨子里是个重情重义的人，你们别把我说成花心儿萝卜！”

裴晓没有理睬陈晨的贫嘴，接着把最关键的话说了出来：“我爸我妈生气了！我爸说要跟我断绝关系。不过我知道他是气话。”

我拍了拍小裴的肩膀安慰道：“肯定是气话，宝贝女儿他才不舍得断绝关系呢。”

“行了行了，你再拜我为师吧，我不仅教你报告怎么写，还得教你如何摆脱爱情的困扰。来，给师傅倒个茶，一会儿师傅带你们去后海喝酒！”陈晨举着杯子等裴晓倒水。

“哎，什么叫师傅带你们去？我可不拜你为师啊！”我看陈晨乱了辈分，赶紧提醒。

裴晓给了陈晨面子，倒了水。

吃得差不多了，我们叫来服务生买单。

“您是现金还是刷卡？”

“刷卡。”

十几年前有部热播剧叫《流星花园》，这时候，剧里面道明寺遭遇的情景再现了！

裴晓刷卡发现信用卡被冻结，连续刷了三张，都没有一分钱蹦出来！

陈晨性子急，脱了西服，一把抓住服务生的衣领，给我吓得赶紧上前拦着。

“小禾姐，您甭管，我有分寸。”他托了托领口，然后眼睛一瞪，冲着服务生低声质问：“你们这是什么 POS 机！”

裴晓上前把陈晨拉到一边，我和李小丫都愣住了，琢磨着是卡出的问题还是机器出的问题，正想着该怎么办，陈晨满脸凝重地回来，拍在桌上一张卡：“哥们儿，刷这张。”

陈晨刷了他自己的卡，一手拉上裴晓，一手拉上小丫，说了句：“都跟我走！小禾姐，您跟着我，您看我这也没第三只手拉着您了。”

他出门拦了辆出租车，带我们来到了后海。

一路上，裴晓泪流满面，一句话不说。她伤心、绝望，她没有想到她父亲居然这么狠心。

我们猜测着，这个时刻，父亲带给她的打击，远远超过失恋带给她的痛苦；父亲为了家族前途和脸面逼她就范带来的打击，远远超过她没钱请朋友吃饭带来的尴尬。

后海从来都是那么热闹，即使在冷瑟的深秋，也要用盛夏般的温度迎接即将到来的冬季。池塘里的荷早已退去，映着岸上灯红酒绿的粼粼波光抓住机会毫无遮挡地炫耀起来。室外凉，多半人都在酒吧屋子里面，有的窗子是敞开的，传来一阵阵狂热的浪潮。

我们选了个比较安静的酒吧。一进门，陈晨就问：

“你们这儿能跳 Salsa 吗？”

服务生没有听清，侧着耳朵问：“先生您说什么？”

“Salsa 舞啊，萨尔萨，拉丁风情的。你新来的吧，这都不知道。”说着，陈晨张开双臂扭了扭腰肢。

“哦，对不起先生，我们这里周五晚上才有舞曲，今天没有。”

“真扫兴！”

“行了，陈晨，就这儿吧，好好聊聊天呗。”

我们选了个靠窗的座位，不远处就是幽静的荷塘，与桌上的一盏荷花样式的烛灯遥相呼应。伴着台上歌手的一首老掉渣的《跟往事干杯》，我们仨静静地坐着，陪着静静流泪的裴晓。陈晨手术后本不应该喝酒，但他一定要喝。他把一瓶喜力推给裴晓：“爱徒，喝酒！一醉解千愁！听着正在唱的歌了吗，跟往事干杯！”

裴晓哭得更伤心了。

陈晨从钱包里掏出信用卡，“啪”地拍在桌子上：“爱徒，拿着！没什么大不了的，师傅先把生计问题给你解决了，你回头再跟你家老头儿掰扯别的。”

“呃，帅晨，你不给她密码吗？”李小丫认真地说，睫毛忽闪忽闪的。

扑哧，裴晓笑了。“就你事儿多！”陈晨举着酒瓶伸到小丫面前：“师傅罚你喝一瓶！”

“我要喝 RIO，啤酒苦。”李小丫还向我和裴晓推荐：“你俩也都别喝啤酒了，来点鸡尾酒多好，各种水果味，人生本来就该是甜甜的。”

我不喜欢RIO，就开玩笑说：“人生太甜了，偶尔来点苦涩的也好。”

“哇，小禾姐，有哲理啊！”李小丫摇摇裴晓的手想让她开心点：“小裴，别难过了，人生的苦涩只是偶尔的。小禾姐有才气，我也不示弱啊，我给你来上一首诗，拜托你开心点啊！”说着，李小丫柔情似水地朗诵起诗来：

笑那浮华落尽，
月色如洗，
笑那悄然而逝，
飞花万盏，
谁是那轻轻颤动的百合，
在你的清辉下亘古不变。

裴晓擦擦眼泪强颜欢笑地说：“好了，师姐，诗很美，只是，这好像是一首情歌啊，不适合我。还是喝酒吧。”

我们几个开始喝酒，喝到微醺，开始玩真心话大冒险。

裴晓本来很能喝，因为心情不好，很快就有点醉了。小丫本来就没什么酒量，RIO又容易醉人，已经喝得有点高，兴奋地不停说话。我们拿了个勺子开转，转到谁谁就接受真心话大冒险的挑战。

“陈晨，你，选什么？”

“大冒险呗，我胆儿大。”

“那你在咱们部门的微信群里选一个女孩，表白，赶紧地，别犹豫。”

陈晨一脸坏笑：“有什么可犹豫的！”拿起手机打开微信群就开始表白李小丫。他是这么写的：小丫，我暗恋你很久了，喜欢你的长发，喜欢你的大眼睛。

李小丫看了，怪陈晨无聊，想写上几句话澄清，头晕、手也不听使唤，只好发语音：“大家散了吧，我们玩真心话大冒险呢，陈晨不敢祸害别的姑娘。”

“唉，你真没劲。”陈晨埋怨李小丫不会玩，接着转勺子。

“小丫，你选吧，真心话还是大冒险？”

“真心话。”

台上换了位歌手，特别有摇滚范儿，有人竟然点歌点了《勇气》，梁静茹的温温柔柔，这摇滚范儿怎么唱啊？没想到，歌手竟然用轻摇滚的调调，把这首《勇气》唱得超级有味道，有种为了爱情飞蛾扑火的一往情深。

“说吧，你为啥都三十了，还不交男朋友？你心理有病还是生理有病？”陈晨有点口不择言。

李小丫急了：“你才有病！谁说我没有男朋友！”

“哦？”我们仨异口同声，下巴都要掉在地上，平时从来没听她提过。

“哈哈！”李小丫怪怪地笑，明显是喝多了，她还举着酒瓶继续喝。“不过，我男朋友注定不能和我在一起，呵呵呵。”

“啊？”我们仨又异口同声，下巴已然掉到了地上。

“他是叶华房地产的CEO，哈哈哈。”完了！喝多了！

我们仨连声儿都没发出来，太惊讶、太惊讶了！叶华房地产是我们的客户，陈晨全程参与的项目啊。李小丫曾经在项目快收尾的时候参与过一周的时间，一周，就和那个CEO在一起了？那个 CEO 是有家庭的，所谓的有家庭，就是有老婆有孩子。

我还算清醒，脑子里突然想起来那天陈默编排曾经的王经理和客户小秘的段子，李小丫那时候就有点沉不住气，原来是有原因的！

裴晓的问题已经不是问题了，李小丫的事才让人操心啊！

“哈哈哈，看你们的表情。发现我是个小三儿，吃惊了吧？别告诉别人啊，哈哈哈！”小丫说完这句话，趴在桌子上睡过去了，手里还握着酒瓶。

“爱真的需要勇气，去面对流言蜚语。”一首《勇气》，轻摇滚的旋律久久回荡着。

“这小子，搞婚外恋！当初做项目的时候他迟迟不给咱们付款，还敢泡咱们的妞儿。”

我用酒瓶在陈晨面前轻轻敲了敲，提醒他：“帅晨，先别说这些了，把小裴小丫送回去才是正事啊。你怎么样，喝多没？”

“小禾姐您放心，我清醒着呢，这七瓶八瓶的不在话下。”他这么一说，我才发现，桌上一排满满的酒瓶儿。

“不过你一个人怎么送两个啊？”

陈晨撸起袖子，没好气儿地说：“我给那小子打电话，让他来接小丫。送完，我再揍他一顿！”

“哎哟，你就别添乱了，人家有老婆，你大半夜的打电话，这不是找事儿嘛。”

陈晨拍了拍自己脑门儿：“哦，对，我喝高了，喝高了。便宜那小子了！”

我们叫了辆车，一个一个把她们俩送回去。陈晨先后把裴晓和李小丫扛回了住处，出来的时候累得够呛，嘴里嘀咕着："便宜了那俩小子了，富二代、负心汉，哼，没一个好东西！爱情就是个屁，就是个屁！到头来不还得你们师傅照顾你们。尤其是你，李小丫！"陈晨抬头看着李小丫家的窗子："李小丫，你就是有毛病！那么多好男人你看不上，你看上个大色狼！你有毛病！"陈晨的语气中流露出一丝伤感。

"喂！干吗呢你们，我看你有毛病！大半夜的鬼吼什么？"小区看门的大爷闻声赶来，我连忙道歉，把陈晨拉走了。

陈晨送我回家的路上，坐在后排座位上一句话不说，我借着忽明忽暗的灯光看他的脸，脸上挂着忧伤。

在后海得知惊天大秘密的第二天，我们四个上班都迟到了。

金荆看到我说："小禾姐，我下午去见客户，不能参加考核制度的讨论了。"

"哦？很急吗？昨天不是都说好今天开会的吗？"

"嗯，挺急的。"

"那等你回来吧。"

"不用，你们定吧，五分之四出席会议有效啊。"金荆还挺熟悉我们的议事规则。

"那你也看了陈晨的邮件，有什么意见？"

金荆突然一脸严肃地反问我："小禾姐，你有什么意见吗？"

"我就是觉得做得有点细了，个人感觉没有必要做这么细。以前没有制度，现在有了，最好是从粗到细一点一点完善。"

"哼。"

我见金荆有些不屑的样子，问："哼是什么意思？说说呗。"

“不是有点细，是太细了！我们考核是为了给大家营造一个公平的氛围，不是来给大家增加工作量的。比如说，考核一个顾问级别的员工，要让他填报自己写了几份底稿，这怎么统计呢，这简直就是在增加没有意义的工作量啊。其他，我没什么可说的，你们定吧。”

我还想接着讨论，金荆接了个电话出门了。

“哎，你要去见哪个客户？”

“叶华房地产，谈谈今年的风险管理评价怎么做。”

我一听，咽了口唾沫。

金荆在走廊里喊：“小丫你快点啊，王总让我叫你一起去，听见了吗？”

王总，就是李小丫那位，叶华房地产的CEO。我看着小丫从容地出了门，心想，她一定不记得她昨天晚上说了什么。

望着李小丫优雅的背影，笔直的腿，飘逸的长发，走起路来微微摆动、散发着青春韵律的身体。我暗自感慨了一下，是挺美的。我默认，可以吸引有妇之夫的女人，一定是美女，可以吸引知名企业高管的人，一定是有智慧的女人。瞬间，我也担忧起来，以前那个王经理和小秘的绯闻闹得沸沸扬扬，老肖都觉得忍不可遏，在非常气愤地批评王经理“不正之风”“影响太坏”了之后，很快辞退了他。可李小丫是我们的朋友，我们该怎么面对她这种事呢？

下午，我们四个人的讨论并不激烈，李昂很欣赏陈晨，他觉得陈晨做出来的考核表很完美。单单老样子，什么反对意见都没有，一直说挺好的、想得很周到。我觉得金荆说得有道理，就把他的话复述给大家听，单单说，嗯，也有道理。

李昂想了想问陈晨怎么看。

“昂哥，别的我不想多说，只想说一句，要把公司做大，就得精细化管理！”

“嗯。”李昂犹豫了。

“我回来了。”金荆出现在会议室。“王总爽快，谈好了，二十万元，做总部和两家子公司的风险管理评价。”

“Good job！”（干的不错）李昂高兴地说。

“就怕你们草率地决定了考核制度，我赶紧回来说说。”看来金荆还是不放心。他没有废话，开诚布公地说自己的看法：“我听到刚才帅晨的话了，我首先要说的就是，我们为什么非要把公司做大？你们得想清楚做大到底有什么好处。就算做大，也不是一两年能实现的。考核制度第一次弄，要留余地和口子，你们弄那么细，先不说有多少是没有意义的考核指标，就说这工作量，也太大了吧。”

金荆举了几个他觉得不合理的例子，比如，考核经理还要考核经理在项目上对员工的照顾程度？大家都是成年人，都是职场人士，还需要照顾吗？比如，考核顾问底稿填写错误的次数，他觉得连填写的份数都不好数，还要算填写错误的次数吗？

他强调：“你们记不记得小禾姐和老肖说过的话？用程序解决公平正义，我同意。我们现在要做的也就是建立一个程序，只要我们的考核是逐级进行的、是各个项目组的负责人评分的，而不是昂哥、不是你或者我单独拍脑袋定的就行。”

李昂皱着眉点着头。

我同意金荆的意见。

单单觉得大家说得都有道理。

“单姐，你能不能有点立场啊？”金荆不高兴了，他最不喜欢这种不明朗的态度。

“我没别的想法，我还是那句话，昂哥，你要不要把公司做大？你们看看‘四大’的考核是怎么做的，人家用系统评价啊，很细致，考虑很周全。不一点一点做起来，咱们什么时候才能赶上人家啊。”陈晨说。

“别拿‘四大’说事儿，‘四大’那是国际所，积累了多少年的，你急什么。”金荆回。

两人针锋相对，我不再发言了，李昂开始抽烟，我看到了他内心的挣扎。

最后，李昂给出了结论：“金荆说得有道理，帅晨，咱们不能急，一步一步来。要不你把表格再简化一下，把最关键的指标定好就行。”

陈晨甩出一句话：“换人吧，昂哥，我没思路。”

“金荆，你思路不错，你来一稿吧。”

金荆也不接招，他搪塞说：“昂哥，我不行，明天叶华房地产的访谈工作就开始了。”

最后，我根据金荆的思路改了一稿，大家没再有争议就通过了。我们为此还发了正式公文通知了每个员工。

我们那时候制定考核制度，主要是为了解决公平问题。不过那个时候，我对公平的理解并不全面。后来读MBA，组织行为学的教授针对公平讲了这样一段话：

要从三个层面看待公平，即结果公平、程序公平和人际公平。通常，新员工更注重结果公平，比如在意分配奖金的额度，所以要让他们感受到多劳多得；资深员工更注重程序公平，比如在意是否参与了议事过程，所以要让他们多参与管理，多发表意见；空降兵更注重人际公平，也就是人际关系公平，比如在意公司里是不是已经有小团体拉帮结伙排挤自己，所以老板、上级有事不能背着空降兵，不能总在私下议事。

以前，我们理解的公平是“平面”的，基本上还停留在结果公平的层面上，停留在奖金如何分配、哪些员工能晋级的事件上。我们用这种思维去评判金荆对李昂的不满，就会以为金荆表面上在抗议李昂不和他商量事，而实际上就是觉得陈晨拿到更多的工资他不服气。然而，如果我们知道公平的三个层次，我们就可以理解，最触动金荆神经的，最让他觉得不公平的真的就是“不和他商量事”，他更需要的是程序公平而不是结果公平，只是我们没看透，其实就连他自己也没看透。

第十章 挣扎

当现在的我说起过去，剥离掉娓娓道来的故事，当初每一个辗转迷惘的选择，都可使用归纳法清爽地分为四大要素：追求，痛苦，启迪，决定性瞬间。——《按自己的意愿过一生》

那天晚上，老公凌晨两点才回家，还喝了不少酒。我没有睡熟，他回来重重地往床上一躺，把我弄醒了。他自己喝得多，还没忘记警告我："以后不许出去喝酒。以后谁要让你喝酒，就说自己怀孕了。"

我给他倒了杯水，催他洗漱脱衣服赶紧睡觉，他突然坐了起来，对我说："你老公打算放弃现在，要未来了！"

他一口气喝了两杯水，睡意全无，拉着我聊天。他说觉得在大公司他已经毫无价值可言，没有成就感、还被人边缘化的日子，他是一天也过不下去了。他将是那家创业公司的第五位正式员工，人称"码农元老五"，即将踏上他的创业之路。

"不管你做什么，我都支持你！"我给了他一个拥抱，一切尽在不言中。

如果用这几年来大众默认的“创业”来界定创业，和我比起来，老公他们才叫创业。他们公司时髦，是纯正的互联网公司，是纯粹靠天使投资、A轮融资运转起来的，是奔着被收购或者上市奋斗的，是要为技术插上翅膀、借助资本的力量飞上天的。

而我们的创业没有融资，运营所需的钱都是一点一点赚回来的。我心里一直惦记着南昌那项目的回款，下意识地打开预计收支表，盘算着未来三个月的现金流状况，有六家客户都将在这个阶段回款，但是金额都不大。我心里紧张起来，南昌这个不回款怎么办？

“李昂，除了南昌这家客户，还有五家客户快回款了，让各个项目负责人催催吧。”

“好，没问题，我和他们说。”

一会儿，一个坏消息和一个好消息几乎同时出现了。

坏消息是，有三家的反馈都是付款没问题，但要延迟一段时间，我算了一下总金额，也有将近40万元。好消息竟是我意想不到的，南昌那家客户的董秘吴总竟然亲自给我发来邮件，说看了我们的报告，其中的“合同管理流程的现状及风险提示”写得很好，听说这部分是我写的，他希望我能为他们公司的中层做一次合同管理方面的培训。

我看到了希望，我想着培训没问题啊，给我们钱就行。也不知道什么时候，我就跟掉进钱眼儿里似的，我以前不这样啊。

在重返南昌之前，刘天星和我当面沟通了一次，我们的知识系统框架已经搭起来。我俩商量，找一天，请陈默和经理办公会的几位高级经理一起详细探讨一下，具体功能怎么实现。我按照和刘天星签署的合同，批示付给了天星第一笔款，占合同金额的 15%。那时候，十万元以下的经费支出我都有权审批。

就在约好了开会讨论知识系统功能的那个下午，金荆又一次和我说，他有报告要出参加不了。我问他很急吗？答案是，很急啊。

巧了，陈晨那天也来不了，说是上次在酒吧喝酒喝多了，痔疮反复，要去医院换药。

李昂决定，会可以照常开，毕竟有高级经理单单、经理陈默，有李昂、有我，可以讨论。

“李总，谢谢啊！”刘天星见到李昂，两人握手。

“穿这么正式，呵呵。”西服衬衫，锃亮的皮鞋，一身清新，一脸微笑，这是刘天星的标配。

“当然，见重要客户都这样。”

正式开始讨论之前，大家闲聊了一阵子，说了说北京的交通、说了说雾霾、说了说贵得离谱的房价、说了说家庭。刘天星、李昂和陈默找到了共同话题，三个人都推心置腹地感慨，压力大啊！

“天星，你还行，养闺女，那是招商银行，我的是俩儿子，那可是汇丰银行啊，会疯啊！”陈默做了个凄惨的鬼脸。

会议开得非常顺利，因为喜欢提不同意见的两个人都不在。

开过会之后，我本以为知识系统的搭建会火速推进，没想到团队里的风言风语悄悄流行起来。有人和我透露，个别同事在议论我，说我请来了自己的同学，开发了一个本来可以不用花钱的系统。市面上类似的系统有免费的，结果要花两万块钱做。还说，我们客户的回款都成问题了，我还私自批给了我同学一笔开发费。

我就按捺不住怒火，问："谁说的？"

"小禾姐，别生气，只是个别人，极个别，你就别问是谁了。"

我又生气又委屈："当初谈价钱不是我谈的啊！"

"对，不是你谈的，但是陈默也不傻，知道是你的同学，能不识时务地给个低价吗？你在咱们团队的地位，虽然不算掌控生杀大权吧，也是有分量的。"

我一脸无辜："唉！可是那价钱也不高啊！"

"高不高的，也没什么客观标准，喜欢煽风点火的管你实际高不高呢。"

我无语了，不知道该说什么好。我下意识地用眼睛猎杀了办公区里的每一个人，根本不知道谁是那"极个别"的人。

这是我第一次感到受委屈。

算了，不要追问是谁说的了，有什么意义呢？如果我能去南昌把项目款要回来，大家就没什么话说了，我付给刘天星劳务费 3000 块钱，要回来项目款 40 万元，看他们还打算说什么！

赶紧好好准备培训！

"小禾，听说吴总给你发邮件让你给他们做培训，怎么没人和我说起来？"李昂突然问我。

"哦，对，对！不好意思，不好意思，我想和你说来着，有些事打岔打过去了。我疏忽了，你看我去合适吗？"我突然感到自己真是白当那么多年董事会秘书了，以前服务那么多领导，都没有出过什么纰漏，怎么自己带团队了，反而事事想得不够多、不够周全了呢。

"去啊，去！这是好事。都没请我去，直接找你，你还挺厉害的。回头你把你讲的按照知识点或者专题，放在咱们的知识系统里。”

一听到“知识系统”，我心里又打了一个结儿。在去南昌的飞机上，我仍然为我们的现金流担心。我想，如果我这次说服不了吴总付款，还有什么办法缓解这个压力？走之前，我和李昂也聊过，李昂对此相对乐观，不知道是因为他信心十足，还是因为他平时不管财务对此不敏感。李昂答应我，要调查分析一下，客户拖延付款是因为我们的团队服务不好，还是报告写得不好，或是其他什么原因。

到了南昌，意想不到的事在等着我。

下了飞机，直奔客户公司，先见到了吴总的秘书，她对我特别热情。

“苗经理啊，你们搞咨询的真是太辛苦了，我看您每次来都坐最早的一班飞机啊。这次吴总特别交代我了，给您订了五星级的酒店，上次您住的地方太陈旧了。”

“不用！不用！我住一晚就走，不要破费。”根据我们的合同约定，项目食宿费都是客户承担，但我不好意思搞特殊化，也搞不明白怎么这次请我来做个培训就对我这么厚待。

“吴总是非常尊重专业人士的，您这次来，是给我们传授经验的专家啊！不要客气了，您也说了，就住一个晚上，不算破费的。”

这次为了来要钱，我也是尽了最大努力准备了培训内容。嗯，看来，作为“专家”我得自信点，就来当一个最熟悉法律的管理顾问，或者当一个最懂得管理的法律顾问。

下午，我按照事先准备好的PPT讲起来：“……合同管理，不等于合同审核。不可否认，合同条款中的猫腻可能会让一家企业遭受重大损失，但很多风险并不产生在白纸黑字的合同文本中，而是产生在文字之外……”

培训很成功，参加培训的人们在会后继续和我交流了很久。

吴总一直没说话，只是一次次带头鼓掌。

晚上，吴总请我吃饭，就在我住的那家五星级酒店的西餐厅。

走进餐厅，灯光柔和，一首流行的法国歌曲音韵跳动着，旋律轻快。每一张桌子上，都有一个淡绿色的小瓷瓶，里面插着一朵红玫瑰，瓷瓶边上，一张淡黄色的菜单用一条红丝带卷了起来，刀叉亮得耀眼。

我坐了半天，吴总把菜品点好了也不见别人来，再看看小巧的餐桌，我反应过来，这顿饭没请别人。

“您的秘书不来吗？还有财务总监那位高冷的姐姐？今天她见了我居然和我笑了，呵呵，少见。”我提到的都是上次来做项目的时候，经常参加我们饭局的人。

吴总笑了：“今天是我以个人的名义感谢你。”

“吴总太客气了，感谢我什么啊。”我这是一个陈述句，他听成了疑问句。

他还挺认真地回答：“感谢你给我们写了一份实实在在的报告，感谢你给我们上了一课，感谢你让我的心态变年轻了。”

我端详着他的样子，才注意到他穿着一件淡粉色的衬衫，映着他轮廓鲜明的脸庞，显得蛮年轻，气色比前一次见面时好了许多，如果不去在意他藏着的白发和留着的胡子茬，确实看不到太多岁月的痕迹。

他点了一瓶红酒。

我说："我怀孕了，不能喝酒。"这台词是我老公反复强调的，那天我第一次用。

"哈哈哈哈。"吴总大笑。

笑得我摸不着头脑，愣在那里。

"怀孕了还穿这么高的高跟鞋？这么冷天还穿裙子？哈哈哈。"他轻而易举地把我揭穿了。

我的脸一下子热起来，低下头不知所措。

他给我倒上酒："还没喝酒，脸就红了？年轻女孩子确实不能随便喝酒，就喝半杯，我不让你多喝，剩下的我拿回家。"

开胃菜刚上来，吴总突然说："稍等一下。"他从包里拿出了一个盒子，上面赫然印着爱马仕的标志。

"这个送给你，我个人的一点心意，表示感谢。"

我看着这个四十岁的男人，有种不祥之感，想必他送我礼物并不是为了堵住我的嘴、不让我向他提项目款的事。一个老男人，送我这么贵重的礼物，肯定别有用心。但我默认讨老男人喜欢的应该是美女，我又不美，他什么意思？

我的心在怦怦怦地跳，挣扎着，是走，还是坐在针毡上脸带笑容地陪他吃完这顿烛光晚宴？

我一边往椅子背儿上靠了靠，一边摆摆手说："这么贵重的礼物，我不能收，再说您是我们客户，哪有客户给我们送礼物的道理。"我说着又往椅子背儿上靠了靠，就像离他远上几厘米就可以脱离危险一样。

他看我认真地拒绝，说："好吧，不为难你。"把礼物收在一边。

开胃菜并不开胃，汤也像白开水一样没喝出滋味，副菜主菜吃的是什么，我全不记得，只有内心的挣扎让我记忆犹新。我怎么开口向他要那笔钱？我还要不要那笔钱了？我总不能就这样回北京吧，我得带着我们几十号人的工资回去啊。

我也不记得我是怎么开口提项目款的事了，只记得吴总说，项目款一定会给，但是请我们缓一缓，他们公司效益下滑得很厉害，亏损非常严重，财务状况一有好转一定会付款，请我理解。

我理解不了！效益下滑得厉害还请我来做什么培训，来回机票酒店花那么多钱，省省吧！效益不好你作为公司高管是怎么管公司的，还请我吃这么贵的西餐，还买这么贵的礼物？虽然我也知道他自己的钱和公司的钱不是一回事，但我还是很气愤。我就是来要钱的！不是来给你们培训的！不是来吃饭拿礼物的！

心里这么想着，脸色上总是有些变化，我的大脑正在遣词造句，要把心里想的东西转化成能对他说的语言，他已经用勺子盛了一点冰激凌送到我的嘴边，说："我知道你这次来的目的就是要回那笔钱。"

我下意识地忙把头往后靠，噌地站起来。

他也站起来："对不起啊，我没有别的意思，你误会了。"我被这个暧昧的动作弄得惊魂未定，挣扎着想了想，挣扎着坐下来。我说，吴总，40 万元对您公司来说是小数目，对我们团队来说可是大数目，您公司实在有困难，是不是可以考虑先付一部分？

"小禾。"他开始叫我的名字，不叫我"苗经理"了，我身上一阵冷，突然觉得好害怕。我想还是算了吧，钱我还是先别要了，到时候让李昂来要吧！

他看出来我不自然的表情，双手交叉放在桌子上，坐直，像谈公事一样地说："小禾，批这笔钱，不是我一个人签字就行的，我们的审批流程你们都很了解了。作为个人，我很欣赏你，非常想和你成为朋友。坦白地讲，我对你很有好感，因为你让我看到了一种执着和单纯。当然，我也不希望给你带来困扰。"

我想到他们公司的审批流程，他说得没错，也放松了一些，听他继续解释："公是公，私是私，我作为公司的董秘是组织和安排咱们这个项目的，但我不是最终决策者。希望你能理解。"

我想了想，终于有勇气把游离的眼神聚焦在吴总的脸上，问他："吴总，您这次请我来，就是为了让我做个培训？"

他舒了一口气，把双手合十放在胸前说："要我怎么回答你才会满意？"

没等我开口，他马上又说："别说，我知道我该怎么回答了——如实回答。"

见我淡淡一笑，他接着说："这次请你来，我也有点私心。我曾经对你很好奇，你来我们这里做项目的时候，不是项目负责人，但你好像比裴晓经理级别更高。你可能没有注意，有一次你在人力资源部做访谈的时候，我也在他们办公室，我发现你对管理的理解比你的同龄人要深入。后来我打听出来了你的角色，我挺欣赏你的。当然了，我们公司也确实需要办一场这样的培训，让大家提升提升法律意识。一举两得，不好吗？"

我彻底不知所措了，"您，您让我很为难，公和私，都很为难。"这顿晚餐，要怎么收场？我明天就要空着手回去吗？

吴总见我的眼神又开始躲避他，就摆出一副极放松的状态说："哈哈哈，你看你，和讲课的时候判若两人啊。早点回去休息吧，你自己上楼，我不送你了，免得你觉得我是好色之徒。你们年轻女孩子都这么看老男人吗？"

那一瞬间，我看着吴总，头发比上次见他长了些，眼睛里的血丝好像有了点好转，留起来的胡子茬显得他有些不修边幅，但他略黑的皮肤和有棱角的脸颊，看起来倒不是猥琐之人。我收回了目光，挣扎着慢慢转身，我在想，我就这样回去了吗？

回到房间，我把所有的门锁门闩立刻锁好，坐立不安中我给闺密打电话诉苦。闺密在这个节骨眼上还开我的玩笑："我一直以为被老男人看上的都是些丰胸肥臀大眼睛的靓妹，你这种小眼睛小鼻子小个子的也这么受宠吗？"

"别胡闹了，再说我屏蔽你！"

"他给你安排了这么好的酒店，没准就是暗示你啊，你要是以身相许，人家说不定就给你们钱啊。"

我生气地挂断电话，时不时看看锁着的门，心想，吴总不会是这种人。

第二天中午下了飞机，我在机场犹豫不决，是回事务所还是回家？第一次公关失败，回事务所怎么和大家交代？我挣扎着，一步一步走着。

手机响了，是李昂的信息："平安落地了吗？回家好好休息一下吧。客户推迟付款的，有我们的原因，也有客户本身的原因。明天见面聊。"

这是第一次，我实实在在地感受到危机。这个危机，叫作"现金流断裂"。以前看到房地产、零售商之类的大企业因为现金流断裂导致公司倒闭，都觉得那离我们太遥远，新闻频繁报道这类事件的时候，在我的思维定式里一直认为现金流危机是大企业的悲剧，这时候我才意识到，大大小小的公司都一样，只是小企业“死了”不足为道，死就死了，自生自灭吧。

不能回家，不能把问题拖到明天，小企业可以因为现金流断了而死，绝不能因为我们的懈怠拖延而死。

李昂见了我自然高兴，他心里肯定也希望我赶紧回来。

“咱们上次提到的几家有风险的客户，你跟审计他们的合伙人联系联系吧，争取让合伙人出面最大限度地保证正常回款。”李昂对我提出了要求。

“好，这个我尽力。”

有个项目在郑州，审计那家客户的合伙人邵总我认识好多年了，他透露客户的股价跌得比较厉害，不过给我们付个十来万块钱还是不成问题的，但是客户的财务总监张总负责我们的项目，他脾气有点怪，邵总也是小心翼翼地伺候了他好多年。这两天，张总不断地挑我们毛病，说我们咨询团队有这样那样的问题。

邵总和我分析了形势：“小禾啊，这事儿得两看，你们呢，肯定多少有些问题，人家不会鸡蛋里挑骨头，不过张总这人好面子、有点自恋，你们这项目李昂来了一个照面儿就走了，张总不高兴也是有可能的。”

“那我就让李昂再拜访一下张总呗，多谢您提点，要不然我们都找不到问题的根儿。”

我和李昂一说，李昂也不高兴了，他歪着头不耐烦地说：“要去你去，至于吗？哪个项目不都这样啊，我还能天天伺候他？再说，报告我都认认真真地把关了，没有丝毫的对付啊。

这啥风气啊！”

不管怎么样，李昂识大局，最后折中了一下，让我陪他一起去郑州见客户。

我们准备了礼物，邵总面子大，把张总请出来，大家一起吃饭。席间的主题是我赔笑脸说好话，李昂一杯一杯陪老总喝酒，谦卑得很。酒品见人品，这方面李昂没的说，他虽然不喜欢应酬这些老大，但毕竟知道我们来的目的就是要钱，可惜他酒量一般般，很快就连吐带睡地倒下了。

那个油光满面的张总端起酒杯说要给我敬酒，我一想，这样我太被动了，怎么可以让他敬我？回头他该说我不懂尊卑不给我们钱了。我刚要说“我敬您”，他说，入乡随俗啊，河南这个地方的习俗呢，就是敬酒的人不喝，被敬的人连喝三杯！

什么？我傻眼了！

“唉，别那么书生气，又不是刚毕业的大学生了。苗经理啊，不喝，就是不给我面子啊！”

我听出来了，这是社会，这是他的地盘，能不能给我们钱，就看我给不给他面子了，我可真是第一次明白了，原来钱可以用面子来换。

喝！

三杯白酒进肚，从脸到喉咙到胃，一路燃烧着，刚坐下几秒钟，我就觉得脑子不清醒了。

“来，苗经理啊，老夫也是给你上了人生第一课啊，哈哈哈。我们这地方啊，有个习俗，要喝就要‘三盅全会’，哈哈哈，来，美女！倒上红酒和啤酒！”

老家伙叫服务员给我倒上红酒、啤酒，那刚进肚的三杯白酒，不算数。

我的脸开始发烧，头开始发晕，看着那几杯酒慢慢变成一摞摞钞票，我冷笑了几声，这酒能换钱吗？我看了看倒在墙角椅子上的李昂，看了看低着头的邵总，又看了看那老家伙无比丑陋的嘴脸，站起来，端起红酒一口气干了。

这杯下去，我开始摇晃，眼睛已经有些睁不开，但我心里清楚，老家伙不会放过我，既然已经这样了，只能继续喝了。我看着服务员又给我倒上了红酒，摇晃着去摸那酒杯。

邵总扶住了我，拿过我手里的酒杯，后来的酒都是他替我喝的。

"谢了。"我手脚不听使唤，但心里还清楚。

我看着老家伙的狰狞面孔在我眼前晃成三个，我诅咒他公司股票跌成零！转念一想，不行，他还没给我们付钱，那就诅咒他公司股票在付了咨询费、审计费之后跌成零！跌成零！

第二天醒来，我头疼得厉害，心想，昨天喝的一定是假酒。那个尖嘴猴腮的老东西，简直太可恶了。

回到北京，我们盼着钱快快从网线里长出来，天天催财务上网查账，问有钱到账了吗？

那个可恶的老家伙，居然厚着脸皮让邵总给我们带话，说这周来北京要到证监会作陈述，还要让我们陪他喝酒。估计我就是那次喝了假酒伤了神经系统，那之后我的脾气就特别躁，总觉得要从脑门往外蹿火。我想骂人，平时不骂，也找不出脏字儿来。我就去同事们那儿喊："你们谁教我骂人？"

办公室里零散坐着几个人，他们呆若木鸡地看了我一会儿，陈默忍不住开口了："小禾姐，我们不上当，你这是在考验我们的文化修养啊。"。

李昂说：我也想骂人，我不伺候这种人渣！我不要那十几万块不行吗？老子不伺候了！去他 × 的！”他看了看我，说：“没事，你想骂人就骂，我们都当没听见，你就骂，他 ×× 的。”

“他 ×× 的！”我骂了一句，爽！

我又骂了一遍，太爽了！

李昂如果知道，我们后来还要经历一笔一笔的钱要不回来的折磨，就不会再那么豪言壮语、摆出绝不会为五斗米折腰的架势了。

又一个圣诞节快到了，2012 年即将走远，写字楼里为圣诞、新年装扮起来，大堂里高高的圣诞树上结满了希望的果子，圣诞老人的背包里鼓鼓的。那年，中国的 GDP 增长率不算低，但增速已经明显趋缓。会计师行业就像资本市场的一支体温计，测量着社会经济的温度，每年为企业出具财务报表的时候，无论报表表面上是漂亮还是不堪，注册会计师们对企业的真实情况都心知肚明。像我们这样知名的大型会计师事务所服务的客户，基本上可以代表中国各行各业的经营状况，那年，我们的合伙人普遍反映客户当年的业绩下滑严重。

我站在树下，想到给肖总当助理的时候，我要给员工发圣诞礼物，肖总说赚钱不容易，节约很重要，我就本着勤俭持家的原则给员工准备了小小的礼物，虽然礼物小，但员工都很高兴。很奇怪，员工并没有感谢决定出钱买礼物的肖总，而是感谢花钱买礼物的我。以前我们觉得肖总为几千块钱、几百块钱斤斤计较太小家子气，看来真是只有赚钱的人才懂得心疼钱啊。现在，我开始对运营开支精打细算了，要不要决定出钱为大家买圣诞礼物呢？想着想着，我好难过。看来我们必须请那个可恶的老家伙喝酒。

邵总给我打电话说那老家伙要找我们喝酒的时候，对我说："小禾啊，混社会不容易，呵呵。自己干点事就是挺难的，社会就这样，什么鸟儿都有，你自己小心点，别逞能喝多了。"看来，毕业好几年了，我才刚刚走入社会！

为了防止舍了孩子也没套着狼，我让李昂做两手准备，让他去向事务所老大再借一部分运营资金。我们第一次向事务所借的钱，不到一年就还了 60 万元，现在想起来简直后悔得直跺脚。现在创业的，不都是拿着别人的钱做自己的事吗。

李昂说他第二天要出差向一家客户做汇报，还说第一次向朱总申请资金就是我去的，很成功，这次还是我去比较好，他相信我一定能搞定。

我觉得奇怪，本来并没听说他明天要出差的，就说："你明天要出差？那个老家伙明天来北京，得请他喝酒。"

"哎，小禾，我，这个，我真去不了了。你看，要不我让金荆、陈晨陪你吧。"

我脑门又开始蹿火了，关键时刻，老大怎么可以躲呢？

金荆说他要"封山育林"，备孕没法喝酒，我听着不高兴了，备孕备得真是时候，以前怎么没听他说过。

陈晨够仗义，说要会会那老家伙，他还嬉皮笑脸地说："可以叫上裴晓，裴美女长发披垂，柳眉凤目，身材颀长，到时候让她向那老家伙抛几个媚眼儿，准能搞定！"

我忍住笑说："小裴怎么这么倒霉，摊上你这么个讨厌的师傅。"

陈晨看出我的心思，得意地揭穿我："嘿嘿，小禾姐，你心里不知道有多支持我的提议呢吧？反正她最近心情不好，还说要约酒喝呢。"

好！人多力量大。

这次有帅哥靓女一起出席，老家伙眼睛里都放光了，真是给足了他面子。我这次没怎么喝，陈晨、裴晓都有酒量、有酒胆，把老家伙喝晕了。醉醺醺的老家伙，伸出手想摸裴晓的脸，裴晓立刻把酒杯塞在老家伙手里，让他接着喝，我还以为她要泼他一脸酒呢，还好还好，裴晓应变能力了得。陈晨恶狠狠地瞪了老家伙一眼，在他背后咬牙切齿，使劲挥舞了两下拳头，以示愤怒。

等陈晨把老家伙扶进了酒店，我打心眼儿里感谢他们俩："谢谢帅晨！谢谢小裴！"

"谢啥！昂哥和小禾姐的事，就是我的事！"陈晨扬着头仗义地说，然后一甩头，看着裴晓指点她："是不是，小裴，快表态啊，喝傻了啊。"边说边用手在裴晓眼前晃了晃。

"师傅你正经点儿。昂哥和小禾姐的事，就是咱们大家的事。"

陈晨向裴晓伸出了个大拇哥，嘱咐道："老头子真够厚颜无耻的了，以后你们女的别掺和这种饭局了。"

我心想，谁愿意参加这种饭局啊！谁愿意啊！

陈晨说完，一撇嘴，不满道："我还是那个疑问，昂哥是怎么搞的，这种事他怎么又躲起来了。金荆更是个狐狸，我就总觉得，昂哥这种遇事就躲的劲儿，都是金荆怂恿的。"

裴晓把 LV 包挎在肩上，搓了搓手摆出一脸神秘的样子，眯着眼睛小声说："金荆不就是昂哥的军师吗？"

陈晨瞪圆了双眼说："这金大师，把昂哥都带坏了！"

"好了好了，时候不早了，都回家睡觉吧，不管怎么说，你俩算是立功了。"我觉得抱怨李昂的逃避和金荆的狡猾已经没有意义了，事已至此，重要的是我们就快要回钱了。

我们本来以为这次喝得很成功，没想到老家伙又过了一周，还是不给我们付款，他们公司已经拖欠我们三个半月了。我给他打电话，他不接，发短信，他不回，再打、再发，一直没回音。

我真的要开始骂人了！

我立刻订了火车票，把陈晨、裴晓召集上，赶到郑州，到了老家伙的公司，一脚踢开他的门，陈晨拿出狼牙棒，裴晓拿出双节棍，我掏出了水果刀，指着老家伙大嚷："你个混蛋，当我们好欺负吗！快把钱给我们！要不然你别想好好过新年！"裴晓也唰唰地挥舞了两下手中的棍子："下次你再敢跟女人动手动脚，你试试看！"

——当然，这只是我平安夜那晚做的梦。

惊醒后，我一阵难过。我觉得自己就像个小丑，甚至还不如小丑，小丑戴上面具只博观众一乐，我却要戴上面具求人施舍。

老公被我梦里激动地踹门那一脚给踢醒了。天色蒙蒙亮起来，我向他讲了讲我的梦，他搂着我拍拍我的肩："看你，被钱折磨成神经质了。过来，给哥哼个小曲儿，消遣一下。"

"我都这么崩溃了，你还让我给你哼小曲儿，你神经病吧。"我毫不留情地砸了他一拳。

老公龇牙咧嘴装作很痛的样子，然后憨笑："行了，解气了吧。你们创业咋那么多憋屈事儿呢？还是我们好，起码不愁钱，我们的钱根本花不出去。"

我努了努嘴感慨道："哎，怪不得都把投钱给初创团队的人叫天使啊，真是太善良了。”

“今天圣诞节，我们租的那个别墅也正式入驻，双喜临门，大家要庆祝一下，我破例带你去玩玩，别郁闷了。”

我一听兴奋得两眼立刻放光：“哇，太好了！”

老公他们公司在回龙观租了一套别墅，上下三层，前庭后院，月租金只有一万六。推开门，一张大大的会议桌上已经摆满了水果、巧克力、坚果，墙壁上挂着团队里每个人的照片，用淡蓝色的木质相框镶嵌好，摆成一颗心的造型，仰头一看，屋顶悬着五颜六色的气球，气球间，隐约露出一个金色的“Q”字，这是公司名字的缩写。

“呦，嫂子来了？”

我闻声一回头，看到一个特别帅气的有些像胡歌的小伙儿正冲我笑：“乐飞，也不让嫂子坐下？”他好像早就知道我要来。

“嫂子，呵呵，第一次有人这么叫我啊。”

“呵呵，乐飞在我们这里年纪最大，您就是嫂子啊，叫我大峰吧。”

“哦，你就是CEO吧，这么年轻啊！”我吃惊了。

大峰不好意思地笑了笑，从楼梯上三步并作两步地跳下来：“唉，也不年轻了，长相有点骗人，哈哈哈。”

楼上噼里啪啦的脚步声，一连串走下来好几位同事，异口同声地说：“嫂子好！”

然后又噼里啪啦地上楼去继续写代码了。

大峰想得周到，怕我在一群IT男的沉默中觉得无聊，就特意给我介绍了他们的工作室：“嫂子，我们地下室有健身房，后院也可以坐着晒太阳，您随便坐；冰箱里有饮料和零食，随便吃；俩电视，您随便看，看看我们的视频 demo（小样）也行，这儿有蓝牙耳机；我们订了蛋糕要中午送到，到时候咱们举办个小仪式。”

大峰说完，把老公叫走继续工作去了。

自从老公开始创业，虽然工作不分昼夜，但心情还算不错。既不像从前一样抱怨工作无聊，因被人排挤而郁闷，也不再指责我工作和生活分不开了。

落地窗外，雪一片一片飘了起来，后院那棵大大的圣诞树，在瑞雪中迎接着新年的到来。这静静的世界，反而让我躁动起来。

我给邵总打电话问候节日快乐，醉翁之意不在酒，在于请他帮忙催款。我还说，等我们收到了钱，一定第一时间把应该给他的项目介绍费给他，他连连说："算了算了，你们年轻，没有家底儿，不容易，介绍费我不要了。你以前没少帮我忙，我也该帮帮你了。”

“我以前哪儿帮过您什么忙啊，老领导这么说我反而惭愧了。”

“怎么没帮过啊，那年我们申请省里的破产管理人资格，要不是你连续几宿不睡觉给我们弄了那么多资料，我们也没戏啊。我前几年做破产管理人就收了 2000 多万元了。”

“嗨，那就是我的工作。”

“年轻人，工作那么投入不容易。你啊，现在遇到这点儿困难都不算事儿，经历多了就不在乎了。我一会儿就和张总说说，我审计费拖一拖，先把你们的钱付了吧。我尽力争取。”

放下电话，我的眼泪一下子流了下来，止不住地流啊流。邵总的几句话，给了我安慰、鼓励和希望，可这种感动与前所未有过的委屈纠缠在一起，我心中只有酸楚。

为什么人和人的差距就这么大呢？

为什么要点钱就这么难呢？

一个堂堂法学院的高才生，怎么就变成低三下四催账的人了呢？

最搞不懂的是，为什么去要钱的是我？什么时候变成这样了？

好吧，就这样吧，我已经尽力了，邵总如果能帮我要回来钱，算我能做的都做了，吴总不给我们批款，我也无能为力了。至于向事务所首席去申请运营经费，我已经没有力气和心气厚着脸皮去说了，让我缓缓吧，谁有能力，谁去搞定吧。

我的工作权限里写着，我有权审批 10 万元以下的经费支出，哪条工作职责里写着，我该负责把断了的现金流给接上，把不够的运营资金给补上？没有！一条都没有！

第十一章 一次旅行

我希望以旅行的方式爱你：更勇敢尝试，更细心体会，更坦然接纳。永远心怀期待，也清楚地知道，前路或许会有遗憾。——《谢谢你离开我》

“小禾姐，您约了刘经理，他到了。”秘书提醒我。

差点忘了，我今天约了刘天星谈知识系统的事情。

我到了会议室，他看出来我心情不好，问我怎么了。我正找不到倾诉的人，就把一肚子的苦水向老同学倒了倒。

刘天星把椅子向我挪了挪，用手托起下巴，歪着头看了我一会儿说：“要不你先放松一下，别绷得太紧了，调整完之后说不定有新思路、新机会呢。创业还真不容易啊，不过你看那些大佬，不都绝处逢生过吗，咱这点儿小事儿在人家看来都不值一提。打起精神啊！”

我心里说：我又不是老大，我也不想当大佬，我为什么要创业呢？我“生”得好好的，去寻“绝处”干吗？让创业见鬼去吧！见鬼去吧！

但看着刘天星注视着我的眼睛，那种眼神，是一种安慰、一种鼓励、一种期待，他好像在期待着我振作起来的时刻。我点点头对他说："嗯，我知道这点小事其实不算什么，容我缓缓，咱们先把该做的事情做好。"

刘天星放松地坐回他的电脑边，打开程序说："没错，该干吗干吗，心情慢慢调整。"然后又抬起头很认真地说："小禾同学，你要好好积累创业的经验教训，我还等着跟你取经呢。"

我们例行公事地聊完了系统，把刘天星送走后，他的鼓励也随着他撤走了。一想到那个老家伙的嘴脸、一想到要不回来的钱、一想到李昂和金荆他们的逃避，我的心仍然揪在一起，无法释怀。回到办公室，抓起电话拨给老公，我说我要让创业见鬼去了，我不想当催账的了，我要去旅行，我要把这些乱七八糟的虐心事打个包，扔得远远儿的。

老公说："行，我也看出来了，你和给老板打工那阵子确实不一样了，本来脾气还不错，现在你看你天天那急躁劲儿。你就不适合创业，不想创业就别创了，咱家一个创业的就行。不过我肯定没时间，我们这忙得都吃不上饭了，哪儿还有时间和你旅游啊。"

"那我自己去！"

"不行，绝对不行！你找个伴儿还行，一个人出去不安全。"

"好嘞！"

"找个比你长得好看的啊。"

"啊？为啥？"

"这样劫色的就不劫你了。"

“……”

三个小时之内，我就找到了游伴儿——跟我在一个被窝里睡过觉的大学闺密。我在“帝都”、她在“魔都”，相隔两地，却挡不住我们这场说走就走的旅行。元旦三天假，另外请两天假，五天，去哪儿？就去云南，好，就丽江、大理。当天下午，机票、火车票、客栈、攻略都搞定了。

事情一拍即合，少不了幸运和巧合的因素。闺密工作清闲，又有着文艺青年的情怀，超级期待邂逅云南古镇上的艳遇，加上本来就和我关系甚好，两人都开心得忘乎所以了。

踏上旅途，我很快放松下来，一路走来，无限好的风光带来无限好的心情。

来到丽江，闺密喋喋不休地唠叨着要邂逅艳遇。

闺密走进客栈有些失望，亭舍的格局和布置似乎和她想的大相径庭：“哎，你说这客栈，安安静静一个小院儿，木窗木栏的，古朴得很，怎么会有艳遇呢？”

我看了看高高挂起的灯笼，调侃她说：“这么幽雅的庭院，太适合谈情说爱了，你看那暗暗的灯笼微微的光，多浪漫啊。”推门进了房间，一个黑丝网罩着的床头灯亮着，我提高了嗓门告诉闺密：“你看，安全套都是用玫瑰花瓣包围着，还不够有情调啊。”

大龄剩女道出了肺腑之言：“就算有情调，就算这环境适合谈恋爱，问题是，谁和我谈，怎么找到那个和我谈的人？安全套用不用玫瑰花瓣包围不重要，重要的是，谁能用上！”

“知心爱人是遇到的，不是找到的，你非要问我怎么找到，我可没经验。”

闺密懒散地往床上一仰：“小禾同学，我现在要的不是一个知心爱人，只是一段艳遇，谈两天恋爱，开心几天就行，你概念界定错了，亏你还是学法律的呢。”

我把草帽扣在她脸上，对她有些“恨铁不成钢”的不满：“你看你，总是这样随随便便的，三十好几的人了，还没有一个正经的男朋友。”

闺密把草帽掀开一脸无辜地说：“哎，说来轻巧。我也没少谈恋爱，每段感情，我总是期待着一份悱恻缠绵，却总是意兴阑珊地结束。我每次交朋友都很认真的，我和他们谈人生、谈理想，期待着那种琴瑟和鸣的感觉，可是他们都不懂我，都太现实了。一见面就说自己有房子有车什么的，你看我像贪图那些俗物的人吗？像吗？”

我故意往上推了推眼镜，凑近了盯着她看了半天说：“不像，不像，你是女中豪杰。”我觉得有趣，人家女孩儿巴不得对方用金银珠宝表真心，闺密可好，视金钱如粪土。

“我前阵子爱上一个人，他懂我，我说我希望以后能在洱海边开一家酒吧，他说他会陪我一起看夕阳。要是那些俗人，一准儿说要给我开店的钱。”

“那你们怎么不继续谈下去？”

闺密坐了起来，忧郁地说：“哎，他有老婆了。我相信他是真心爱我，但我不敢面对他的家庭。”

这让我想起了李小丫，直觉告诉我，她要遇到麻烦了。

“多大年纪啊，老不正经，花心贼子。”

闺密一谈论起那个人，兴奋起来：“刚四十岁，下次有机会我带你见见他？超级有魅力，深沉的脸，温柔的心。”她一副花痴的样子真让人受不了。

“你还和他交往啊？”

“我不嫁给他，就不能和他交朋友吗？”

这句话倒是蛮有意思，又有几分道理，我坦白地说：“能。我好奇，他是怎么对你表白的啊，他不怕你一个未婚少女给他一记耳光？”

闺密给了我轻蔑的一瞥，就像老师教育学生一样对我说：“他没那么轻浮，又不是二十岁小男生，他猜透了我的心，慢慢融化了我。”

“哎呀，肉麻！”我一身鸡皮疙瘩。

“他是我们公司的合作伙伴，我们认识一年多了，终于有一天，他请我去西餐厅吃饭，环境特浪漫，还送了我一本书，当时包着包装没看到是什么书。我们聊到餐厅打烊，聊得特别投缘，他说我让他看到了执着和单纯，这些很宝贵。”

西餐厅，执着和单纯？怎么似曾相识？

我感到心跳的频率有些不对劲，闺密盯着我，似乎看出了我内心的波动，我赶紧回了她一句：“老男人都是这么捕获女人的吧？”。

“不算老好不好，四十岁而已。我回家打开包装一看，是张小娴的小说啊！你知道我最喜欢张小娴的。”

“是，知道，我也喜欢啊。哪本？”

“《你终将爱我》。”

“太直白了吧，真受不了这种有妇之夫，道德水准真挑战我底线。行了，你还是和我谈人生谈理想吧，别琢磨艳遇了。”

“噢！对了，你前阵子给我打电话说起那个南昌的老男人向你表白的事，有进展吗？有吗，有吗？”闺密突然想到那件事。

我装作镇定的样子，一边看手机一边说：“没有，而且也不是表白。你别臭词乱用了。”

我想起了吴总，那个请我吃饭送我礼物的四十岁老男人。我曾揣测他的心意，后来我告诉自己，他只是想和我交个朋友而已，毕竟自从那次从南昌回京以后，他再也没有联系过我。

我和闺密彻夜畅谈，谈理想、谈爱情、谈大自然的美，唯独不谈工作和事业，这两个词本就和这浪漫的地方格格不入。

在大理双廊镇，慢生活，自然醒，梳妆打扮，呼吸新鲜空气，吃个“早午饭”。我们在小巷子街边儿的铺子享受着帝都、魔都不敢奢望的悠闲，米线饵丝小笼包，印染桌布和一曲紫竹调，让我们飘然若仙，似变成了两只孔雀，不思归去。其实，周围的环境并不唯美，不远处有好多工地在施工，声音嘈杂，下过雨，地面泥泞，巷子很窄，时常有各种大小车辆堵在这家非常简陋的小吃店门外。但我当时关注的只有好吃的、特色桌布和那一曲葫芦丝。

也就是在拥挤、混乱、嘈杂、一路泥泞的小镇，我发现了从来没见过的红秋葵在翠绿翠绿的青菜间炫美，客栈里调皮的小花和摇椅在洱海边陪着主人看夕阳；我看到了古铜色脸庞的老奶奶在热闹的街边烤乳扇，穿着少数民族服装的姑娘提着篮子自在地走在石板路上。

从双廊镇到大理古城的路上，闺密觉得不舒服，我一摸她头，很烫，可能在洱海边赏景被凉风吹到了。不一会儿，她开始吐，车子颠簸，她越吐越厉害，下了公交大巴，她已经难受得走不动路。我让她靠在树上休息，去路边叫车，正常出租车等了半天都没等到，两辆黑车分别向我招揽生意，我没搭理。

“苗小禾？！”有人从车子里喊我。

我顺着声音望去，一辆 SUV 在不远处掉头回来，我想着这种人生地不熟的地方怎么可能有人认识我，车子停下来，走出一个人——吴总！

“吴总？您，您怎么在这儿啊！”我吃惊地问。

吴总一身休闲装打扮我还是第一次见，自由自在的感觉显得他年轻了许多。“怎么，你能在这儿，我就不能在这儿吗？”

我想起闺密还病病歪歪地靠在树上，没多说话，先搀扶着她说：“吴总，您送我们一程吧，我大学同学，病得不轻。”

吴总走过来帮我扶着闺密说：“没问题。”他问了问病症，判断说应该不仅仅是着凉，可能还吃了不干净的东西。他送我们到了客栈，立刻给闺密买药去了。

闺密一头栽在床上睡了过去。

吴总回来的时候，不仅买了药还买了两份米线，嘱咐我说：“都是清淡的，吃点东西吧。我先走了，有事可以给我打电话。”

“多谢了，吴总！这么麻烦您。”我没有想到会有这么巧的事，在最需要帮助的时候，吴总居然能出现在面前，而且他此时并不像一位上市公司的高管，更像是一位兄长。时空变换，人与人之间的感觉也奇妙地变化着。

“不用客气，缘分。天色不早了，你也别出门了，明天一早我过来看看你。”吴总说完这句马上改口说：“看看你同学病情怎么样了。”

“哦，不用这么麻烦，您住哪儿？”

吴总故意贴近我问：“怎么，想知道我住哪儿？和我走吗？”

我忙后退了两步说：“我说您住得远的话不用过来看我同学了，我会好好照顾她的。”

吴总坏坏地笑了笑，似乎看到我紧张他就得意。然后他也向后退了两步告诉我："大理本来就不大，我住大理市里，抽空回来看看母亲的，我是云南人，你还不知道吧。"

"这么美的地方不待，你居然去蛤蟆街生活！"我觉得不可思议，自言自语道。

吴总听我这么说，本来转身要离开，顺势又转回来，说："我爱人是南昌人，所以我去了那儿。不过，她现在在美国了。"说完，他就走了。

第二天一早，吴总打电话问了闺密的情况，确定了不用去医院，就问："好点了就好，那她能出去玩吗？我带你们去苍山吧？有点高，看她体力行不行。"

闺密大病未愈，只吃了一点点东西，实在不想走远路，只想在古镇里随便转转买点纪念品，我在电话里谢绝了吴总。

而闺密却打起精神来，仿佛觉得自己错过了一场好戏似的，八卦地问发生了什么，那个吴总是谁。我就原原本本地告诉她事情原委。她突然一把抢过我的电话拨回给吴总："喂，吴总您好，我是苗小禾的同学，她一直说要去苍山，我虽没力气但不能拖累她，您陪她去吧。"

吴总哈哈哈的笑声传出来，他和闺密说："你们真是中国好闺密啊，让她尽快下楼吧，我就在你们客栈边上呢。"

闺密还不忘了大声地向吴总道谢，然后推推搡搡把我赶出门。

吴总已经把车门打开了，他压了压帽檐儿，一手扶着车门，一手叉腰地说："苗小禾同学，当地导游还免费，你真是太幸运了。"

我"扑哧"一笑，上了车。

来到苍山下，见不到苍山的壮美和温厚，天不算晴朗，眼前只有云雾缭绕。吴总下了车，看了看我说："你这身衣服到上边肯定冷啊，还说想去登苍山，都不好好做攻略吗？”有点上司批评下属的语气，边说边从后备厢找出一件旧棉服自己穿上，把一件新的冲锋衣递给我：“一会儿套上这件。看你这样子，估计也爬不了几米，干脆坐索道上去吧。”

“好。”我心里窃喜，正犯愁爬山爬不动呢。

苍山的索道分为两段，我们买了全程的，直通 4000 米的山顶。索道第一段结束后在半山腰停了几秒钟，换了第二段的缆车继续向上攀爬，这段缆车猛地加速，走势陡峭，我忽然觉得心脏跳得飞快，快得悬了起来，随着心慌，后背一阵阵地出汗，呼吸变得困难，手也有些发抖。吴总注意到我的脸色，紧张地问我：“你不舒服？嘴唇都有点紫了。”

我张了张嘴，却说不出话，越是心慌就越害怕，越是害怕就越心慌，我想用手捂住胸口，手却不听使唤，一个念头在我脑子里闪现：我会不会死在缆车上？

吴总握住我的手，他的手是热热的，我的手定是冷冷的，我闭上眼睛，就连睁着眼都会觉得累，耳朵也像被东西堵住了一样，只听到吴总似乎隔了很远的声音：“可能有点高原反应，突然升高你不适应，不用紧张，一会儿就好了。”

就像过了一个世纪，缆车终于开门了，我的腿软得站不直，有些脚踩棉花的无力。吴总扶着我走出缆车大厅，一踏上外面的露台，一阵刺骨的寒冷钻进脖子。吴总把我手上拿着的冲锋衣接过来给我披上，见我有点发抖，就用力抱了抱我，我没有抗拒，也无力抗拒。我们在露台的铁栅栏边上环顾了一周，云雾中的苍山，并没有我期待的那么美好，身体的不适应催促我赶快下山。

下山的缆车上，我的身心渐渐恢复，就像一只被锁死在狭小笼子里的鸟被放回了大自然，一切压抑在心中、紧绑在腿上的束缚都消失了。

吴总见我脸色好转，自己走起路来也轻松了，还和我开起玩笑："苗小禾同学，你这点本事还非要登苍山呢？坐缆车都撑不住。"

我不服气："缆车那段上升得太突然了，身体没准备好啊，再说了，我从来没上过那么高的山。"

吴总帮我把冲锋衣脱下，用一种我从未见过的平静、踏实、温柔、欲言又止的眼神看着我，许久，直到我不敢再看他的眼睛，他才说话："我经常想起，什么时候还能再见到你，你说，这次见面算不算天赐的缘分？"

我低着头说："人与人能够认识，都是缘分。"然后抬起头仰望苍山的云雾，感慨道："刚才比坐过山车还刺激，我真以为自己要死在缆车上了。"

"别胡说！"吴总带着我往停车场走去，也有很多感慨，他说："过山车，嗯，做企业有时候就像是坐过山车，创业的人是这样，企业高管也是一样，每天看着公司起起落落，自己的心也跟着大起大落，压力大啊。不过，估计你今天这种感觉，才是创业者独有的，就是那种要死了的感觉，还有那种绝处逢生的感觉。"

他边说边看我，见我不走了也站住，问我在想什么？我说："没什么，觉得您说得特有道理。"

时空变换，吴总脱下了西装，我换上了平底鞋，我们从隔着桌子说话，不知不觉变成了肩并肩散步聊天。想到第二天就要回帝都，我心里有种奇怪的感觉，觉得自己像做了个梦，朦朦胧胧，似在云中。

回到客栈，闺密在看《女人明白要趁早》，见我回来，一脸唯恐天下不乱的坏笑。她问了半天我什么都没说，她觉得再问也没劲，就悻悻地洗漱后躺在床上继续读书了。

天蒙蒙亮的时候，我仍然睡意全无，打开电脑，写下一篇回忆双廊镇的日记。

美在双廊

这次旅行，印象最深在双廊，并非因为它最美，而是因为它应了那句话——“这世界从不缺少美，而是缺少发现美的眼睛”。

出发前，有朋友劝我千万不要来双廊，说那里就是个大工地，到处脏乱差。可是，想起朋友曾在双廊拍到的那张美到令人窒息的晚霞大片，我还是去了。很遗憾，我们等了两个晚上，也没有等到那片炽烈的晚霞。不过，我们遇到了另一种美。

……

美，有无数种迷人的姿态，不用痴心地等待，因为美，是一种遇见。

“写得好美啊！”闺密也没睡着，她从小就喜欢我的文字。

“可惜，怎么写也写不出眼睛里看到的美。”然后我向闺密做了个鬼脸调侃道：“可惜，没有艳遇啊！”

“你真会抓重点！我是没有，你有就行呗，哈哈哈。”

“别胡说！”

说累了，睡不着，天已亮。我披了厚厚的毯子走到露台，轻靠在木凳上赏海，洱海的美在于它与苍山的依偎。想起张小娴文集中那篇《旅行的意义》写道：“我希望以旅行的方式爱你：更勇敢尝试，更细心体会，更坦然接纳。永远心怀期待，也清楚地知道，前路或许会有遗憾。”这本是描写爱情的一段话，恰恰说出了我对这次旅行的感受：心怀期待，却难免有些许遗憾，但不放弃尝试，用心体会，坦然地接受，眼中和心里，充满了美与满足。

一想到晚上就要回京，第二天就要上班，我的心情一下子低落下来。又想到自己和吴总独处了那么久居然都没有谈项目款的事，更是懊悔。

上午，刘天星发来微信：“小禾，玩得怎么样？乐不思蜀了吧。昨天晚上看到一个创业者的文章写道，创业就是一次旅行。你有同感吗？知识系统明天就可以试用了。”

看到这儿，我鼻子有点酸，眼睛也模糊了，刘天星的话不多，但他带给我的启发却不只是一碗“鸡汤”那么简单。当我还在因眼前的困难而垂头丧气、想要放弃的时候，刘天星提醒我，创业就是一次旅行，最值得享受的不是最终看到的美景，而是追求美景的整个过程。

我回复天星：“玩得不错，满血复活。刘天星同学，你已经走在创业的路上了。”

在机场我和闺密拥抱道别，闺密自幼有侠女风范，向我一抱拳说了句：“青山不改，绿水长流，后会有期。”我们就嬉笑着各自奔向回程了。

登机后我正打算关手机，突然收到陈默发来的微信：“小禾，什么时候回事务所？有急事找你。”

“什么事？很急？”我琢磨着，陈默很少和我联系，怎么突然在这时候找我？

“女士，请关上手机电源，飞机马上就要起飞了。谢谢！”

第十二章 向前一步

当选择一份工作时只有一个标准是重要的，就是它是否能让你快速成长。

——《向前一步》

到家已经夜里十二点多，老公还没回家。

“我到家了，你什么时候回来？”我给老公打电话，响了好几声老公才接起来。

“线上事故，通宵，不说了。”他很快挂断了我的电话。

朋友圈里戏传过打个电话就能让一个男人立即出现的段子，在电话里只需说：“来吧，几个美女等你一起喝酒呢。”老公说：“让我们互联网码农立即出现，只需说四个字——线上事故。”

老公所在的 Q 公司所做的业务是为网络直播提供技术支持。2013 年，网络直播的市场竞争很激烈，直播的内容提供商往往没有自己的技术支持团队，需要把这一块外包给技术过硬的人。和互联网沾边的 IT 男，加班是家常便饭，像 Q 公司这样为网络直播提供服务的，从技术大咖到刚入职的小同学，都要 24 小时候命。《重新定义公司》一书中提到，在互联网创业公司，有着这样一批人，他们不用别人给自己安排任务、设定 KPI，他们对工作的热爱和对完美的追求完全是自动自发的，他们是一批自我驱动的人。

老公和他的伙伴们，就是这样一群人，网络直播服务中遇到困难，无论是火烧眉毛的线上事故，还是不急解决的技术难题，他们从不计较这事属于谁的职责范围，都会很自觉地开动脑筋，自动投入，做出最大限度的努力。

晚了，我没打扰陈默，心里却犯起嘀咕，这位段子手急着找我要干吗？

夜深人静，想到旅行前的一幕一幕，我暗下决心，催款的事我不擅长，再不想为这种事折磨自己了。我打开电脑打算给李昂写一封邮件，说明我对自己工作的认定和规划，写了半天，总觉得措辞不到位。干脆撤销，心想，还是明天当面和他沟通吧。

第二天，我很早到了办公室，陈默已经坐在那里等我。

他看起来很憔悴，头发油油的，胡子也没刮，羊绒衫上粘着一块油渍。

我心里一颤，忙问：“你……出什么事了吗？”

我看到陈默眼中的红血丝，知道事情不妙了，只听到他声音微弱地回答：“我，我家里出了点儿事，需要借些钱，你看能不能帮我一下？。”

“啊？出什么事了？”

陈默稍稍转过脸，声音还是在嗓子眼里转：“那个，也没什么大事，就是那个，确实有点急，你要是方便先借我一两万块钱，我处理完了再和你详细解释？”

我站在原地一脸狐疑地看着陈默，心里琢磨着他们家到底出了什么事。不知道何事就借钱给他？他看出我的不解，就拿出纸笔迅速写了张借条，签上自己的名字，把金额空着让我自己填数。他递给我欠条，说："小禾，相信我，我会还你的，连本带利一起还，同事一场，相信我吧。"

欠条递到我面前，我犹犹豫豫地接过来，拿起笔，又犹犹豫豫地掂量了一阵，写了金额：壹万元整，用支付宝给他转了账，他便道了谢出门了。

我在后面追问道："你去哪儿？”声音消失在空荡荡的办公区。

李昂一到办公室，我没顾得上和他沟通职责范围，而是急着问他知不知道陈默家里出了什么事。李昂说他也不知道到底出了什么事，陈默在元旦放假的前一天也向他借钱了。

"你借给他了？”

李昂一边开启电脑一边漫不经心地说："借了啊。"

我看他这么不在乎，就好奇地追问："你没问清楚到底出了什么事就借给他了？”

李昂抬头问："你借了吗？”

他这么问，反倒让我觉得我问他的问题多余。李昂见我默认了，接着解释说："陈默也算元老了，跟着我本就是支持我这个老大，我要是不借给他，岂不是显得小气了，再说，又不是不还。看他那着急样，肯定家里遇到事了。"

我想到李昂对“战友”一直很慷慨，虽然陈默算不上他的好兄弟，但也是并肩作战过的。李昂还提到，说他觉得陈默前阵子的工作状态好像不同以往了，有几天还主动加班。说着，李昂突然眼眉一挑，猛然想起了什么似的说："对了，按照惯例，咱们快要该普调工资了，我这两天也琢磨要给谁涨工资呢，这个你费心规划一下。"

我一听到工资二字，联想到发年终奖金的日子也就在眼前了，愁上心头。我告诉李昂："据预测，咱们发奖金的现金缺口还有五十万元呢。"

李昂一听这数着急了，忙问我："河南那笔钱要回来了吗？"

一提这个，我就气不打一处来，我不情愿地说："还没问，我这就问问。"

我给财务部打过电话，回复说还没到账。

李昂一听更急了："什么？还没到？合伙人靠不靠谱啊！"

"别这么说，邵总已经很帮忙了。"我想着再等等，在这个节骨眼上，即使再催合伙人也无济于事，不是合伙人的问题。

只见李昂眉头拧在一起："帮到什么忙了他？邵总也是老狐狸，没准等咱们先给他回扣呢，没准就是和那个老家伙一起给咱们做个套呢！"

我见李昂这种态度，真想和他翻脸，心想老大你怎么可以连自己人都不相信了？邵总对咱们这事已经仁至义尽了，你还这么误解他？我也发泄了一通："李昂，你怎么搞的，不至于吧你，邵总的人品我信得过！你这话让别人听见了，以后谁还帮咱们啊！"

李昂看出我的不满，就转移了话题："吴总那边还不松口吗？"

一提这个，我既心虚又生气。我憋在心里的话，一直往嗓子眼里跳。我特别想说，李昂，李总，催款的事我力不从心，你亲自主抓吧。还没等说，李昂接了朱总的电话，匆匆忙忙去他办公室了。

“李昂，正好你去朱总那里，和他谈借运营资金的事啊！”我在背后追了一句，也不知道他听没听到。

李昂万万没有想到，朱总叫他去办公室，既不是为了了解工作，也不是谈项目和管理。他后来向我描述当时的场景——

“李昂，来来来，坐！”

“朱总，您找我有事？”李昂看到沙发上坐着一位老人家，柳叶眉，丹凤眼，戴着一副红色边框嵌着亮晶晶水钻的眼镜，把本来就白皙的脸衬得更加有光泽，但这么美的老人家，冷冷的面无表情，让人看着有点害怕。

朱总没有说别的，直接进入主题：“李昂啊，叶华地产是你们的客户吧？”

“对。”

“这位陈太太是叶华地产的，”朱总说到这里有点支支吾吾。

“小李啊，我来自我介绍一下吧，”陈太太开了口，“我是叶华地产总经理王总的岳母。”

李昂丈二和尚摸不着头脑地向对方问好：“您好啊，阿姨。”

老人家立起眉毛问道：“不要叫我阿姨，我有那么老吗？叫我陈太太吧。”她的妆画得有点浓，大概想掩盖岁月的痕迹，一身淡蓝色的羊绒长裙和足有两寸高跟的皮靴，试图告诉人们她还年轻。

李昂觉得这位老人家怪怪的，有种不祥的预感，一脸僵笑地问：“不好意思，陈太太，您是来找我的吗？”

朱总打断了两人的对话，抢先说了一句："李昂，陈太太，我还有个重要的会议，得马上赶去中注协了，你们就在这里聊吧，我的办公室条件不错，安静，希望你们尽快解决问题。"朱总说完了，和李昂握了握手，握得很紧，眼睛瞪得很有深意，对李昂说："你一定好好解决这个问题，希望不要再有麻烦。"这句话似乎话里有话，把李昂说得更糊涂了。

朱总一撤，大大的办公室里就剩下李昂和陈太太，一个坐在沙发上，一个坐在远隔 5 米的椅子上。

陈太太把双手交叠，轻轻搭在膝盖上，收起一脸严肃，略带温和地说："小李啊，我来呢，是想请你劝告你手下的员工，李小丫同志，以后不要再纠缠我的女婿了，否则对谁都不好。"

李昂被惊到了，他万万没有想到，陈太太竟然是来替她闺女主持公道的。

朱总的办公室里有台一米多高的玛瑙金丝地球仪，就放在沙发边上，陈太太一手端着茶慢慢品着，一手轻轻转动着地球仪。

李昂开始流汗，这种问题对他来说，难度不亚于让他去陪客户喝酒，毕竟，喝酒也算是情理之中，而解决"男女问题"，实在是他始料未及，从未处理过的。

他不知道说什么好。但陈太太话很多，一句接着一句。

"小李啊，团队里不能纵容这种伤风败俗的作风啊！"

"现在的年轻人，简直不可理喻，破坏别人家庭，就不觉得害臊吗？"

"这种小三儿，就是贪图富贵，我看得多了，没一个好东西！"

"你说，你们打算怎么处理这狐狸精？"

陈太太声音越来越高，越说越激动，说到后来干脆站起来，对李昂指指点点地质问起来："我说了这么多，你怎么不说话啊？"

李昂心里搓火，一句话也插不上，他下意识地摸摸西服的口袋想找包烟，没有找到，一听陈太太突然问他，汗流得更厉害了。

他只能敷衍一下："是是是，我明白您的意思，我会和我的员工说清楚的。"

"不光是要说清楚，要解决问题，一个月之内我要看到效果，不，一周之内吧，如果那个李小丫还和我女婿勾搭在一起，我下次再来，就不是今天这个态度了。"说完，拿起她那名贵的坤包，挺直了腰板，长舒了一口气愤然离开。

就在李昂饱受煎熬的时候，财务部终于向我报喜，郑州的项目款到账了！我立刻给邵总发了信息千恩万谢，这十几万元回来得真不容易。虽然只是十几万元的数目，也足以让我神清气爽，小小的安慰和小小的成就感偷偷滋生出来，一种付出后有所收获的快感就像给我注射了一针兴奋剂。人就是这么奇怪，明明是自己讨厌的事情，但因这讨厌之事而带来的成功，往往更容易让人信心倍增。

李昂回到办公室，手都有点发抖了，他抓起桌上的烟盒，颤颤悠悠地弄出一支烟，点着后猛吸几口，抓起电话就给李小丫打过去："李小丫，你是怎么想的，以前老肖手下那个经理的教训还不引以为戒吗？现在可好了，王总的丈母娘已经找到朱总了，你让我们的脸往哪儿放啊？你就算要找有妇之夫，也别在咱们自己客户里勾搭啊！"李昂的声音大得好像打算让全世界的人都听见。

我赶紧进了他办公室把门关严，在A4纸上写了大大的两个字“冷静！”推到他面前。

他也反应过来自己过于激动，收了收嗓门，说了句：“你先从那个项目上撤下来吧，换单单顶替你。回来再说。”

我听完了李昂的叙述，明白了。看来我预感的麻烦终于来了。

李昂见我稳稳地坐在他对面，不解地问我：“你怎么这么冷静？这事不大吗？”

我反问他：“不冷静还能怎么办？再说，这事很大吗？”

李昂好像看穿了什么，没好气儿地问：“你不会是知道李小丫的事吧，你们平时走得那么近。”

我犹豫了一下还是说了实话：“知道一点儿。”

“什么？”李昂重重地碾碎了烟蒂，“你知道？知道怎么不早说？！知道怎么不劝她？难道要让人家找上门来你们才开心吗？不嫌丢脸吗？”

我见李昂丧失风度的样子劝道：“你看你，又激动了。这是人家的私事，我能说什么呢？”

李昂站了起来，双手叉腰，在并不宽敞的办公室里转了两圈，站住了说：“那现在事情到了这个地步，怎么办？影响太差了，朱总都被搅和进来了。这还是私事吗！”李昂又点上了一支烟。

正说着，金荆敲门进来了。

“昂哥，怎么听说把李小丫从项目上撤下来了？她干得好好的啊，再说，她是王总钦点的，这一撤，怎么和王总解释？”

“有什么可解释的，他心里清楚！有家有室的搞婚外情，还让我和他解释？”

金荆也愣了，眼睛也不像平常一样眯成一条缝，问道：“什么？几个意思啊，这是说谁啊？”

“李小丫，和那个浑蛋王总！懂了吗？”李昂说完又简单描述了一下遭遇那位陈太太的尴尬局面。

“啊！”金荆也张大了嘴愣了一阵子，居然还不忘了贫嘴：“昂哥，那只能叫小三了。你看咱们小丫工作多勤奋啊！”

我无奈地打断金荆提醒他严肃点：“别说风凉话了，赶紧商量商量怎么办。”

金荆索性坐下来，清了清嗓子说：“怎么办？我看啊，只能小禾姐你出面劝劝小丫了，要不还能怎么办？事情弄不好，越发不可收拾就糟了，你看看昂哥见到的那个阔太太，不是好惹的。”

李昂听了之后不再那么抓心挠肝，“金荆说得有道理，小禾，辛苦你和小丫好好沟通沟通，让她离开那个姓王的，步入正常人生活不好吗。”

“我？”我心里想着，为啥又是我？

李昂轻轻弹了弹烟灰说：“对啊，你是咱们部门掌管人力资源的，这员工关系的问题，你得负责。再说，你和小丫关系好，如果我去说，她也会有抵触心理的，我刚才都搂不住火儿把她说了一顿，估计她已经对我很抵触了。”

金荆敲边鼓道：“昂哥说得对啊，小禾姐，只能靠你了，我看好你啊！”

我还没来得及和李昂说我不打算再管催账的事，现在我又突然多了个莫名其妙的任务，这都什么事儿啊？我是答应还是不答应？我还要向前再走一步吗？

一提到创业，大家自然会想到制定战略、开拓市场、维护客户、管人管钱，会想到项目怎么运作、资金怎么收支、人员怎么调度。直到李小丫的感情出了问题，我才意识到，我们还要面对和解决员工们的“私事”。

我没有正面回应李昂和金荆提出的要求，处理李小丫的情感纠葛，比跟客户要钱更无章法可循，这事对我来说就是个天大的谜团，完全找不到线索。

“这件事还是从长计议吧，你们也都是谈过恋爱的，应该能明白恋爱中的人完全没有理智。让我劝小丫离开王总，岂不是越劝越逆反。”

“哎，从长计议，昂哥，你要挺住啊，回头老太太还得找你。”金荆说着，脸上露出坏笑。

“My God！（我的天）”李昂皱着鼻子叹气，用手一遍一遍地摸着脑瓜顶儿。

金荆话锋一转：“说点别的吧，昂哥，让单单上我这个项目我不同意，给我换个人。”

李昂不解地问：“单单和你同一级别，你还嫌不够好啊。”

金荆露出一丝鄙视的神情严肃地说：“虽然她也是高级经理，但水平能力我可不敢恭维，不信你们问问下面的员工。单姐既没有敬业的态度，也不会培养员工，这项目我和她配合起来肯定麻烦啊。你想想，叶华现在情况多复杂，没准儿一颗大炸弹等着咱们呢，你给我找个靠谱的人做现场经理吧，也让我这个项目总监省省心。”

李昂觉得金荆这么说对单单有些不公平，半疑问半指责地说：“单单什么地方得罪你了？”

金荆无奈地辩驳着：“昂哥，我是那种人吗？我只是就事论事，再说对单单有意见的又不是我一个人，你们以为就我矫情吗？你们得走出办公室，走到同事们中间去，听听民声！”

“哎，行了，这一摊子一摊子的烂事还不够我烦的。小禾，你看还有谁可以调用。”李昂想到他已经把人员调动的权力给我了。

“没有了。裴晓还得跟南昌的项目，陈默说家里出了事，其他能做现场经理的都在出差，脱不开身。其实从级别匹配的角度看，单单和金荆在一个项目上确实不妥，项目成员的级别层次本来就应该区别开才对，但确实没有别的人选了。”

金荆绕过我提到的没有合适人选的重点，又换了个话题问道：“小禾姐，裴晓的项目怎么还不回款，那她还天天耗在那儿干吗啊？听说有 40 万元可是拖了好一阵子了，你上次去南昌没搞定啊？那得继续跟进啊，要不然奖金都发不出来。”

“我尽力吧，这件事你别到处和员工们说了，好像我们经营上遇到多大困难似的，别搞得人心惶惶。”

“小禾姐，你这是不信任我啊。”

“怎么会，我只是强调一下。”

金荆不开心地走开了，两秒钟之后转身回来：“昂哥，小禾姐，我一会儿去客户那儿。对了，你们刚才提到陈默家出事了，知道是什么事吗？他还和我借钱了呢。”

“啊？”我和李昂对视着，这才发现，陈默不仅仅是向我俩借了钱。

“你借给他了？”

“借了，当时觉得陈默膀大腰圆身强力壮，还钱应该不成问题，虽然犹豫但也借了，同事一场不好意思说不啊。现在又有点后悔了，主要是不知道他到底什么事用钱。”

听金荆说完，我们三个都没说话，金荆待了一会儿，索性先走了。

吃完午饭，我独自在外散步。雾霾的天，昏昏沉沉，四环上的汽车即使在中午也是堵成一片停车场。这，在北京开车的人都已习惯，没人鸣笛、没人硬挤，大家早已被折磨地足够顺从，环境紧紧包裹着人们，在潜移默化中打磨着人的心智。

远远地，我看到李小丫背着个电脑包，抱着个纸盒箱，低着头匆匆地走着。我想赶上前去和她聊两句，小跑了两步又停了下来，我说点什么呢？没想好。

李小丫的事情很快传开，成了同事们茶余饭后的谈资。好在她这几天都没有上班，耳根子算是清净。因为李小丫不仅是我的同事，也是我的朋友，她的事，让我对婚外恋有了与以往不同的看法。我相信事情表面虽有是非对错，但更重要的是找到藏在后面的因果，只有找到了因果，问题才有希望得以解决，否则，我们简单地嚼舌根子评价别人的私事有什么意义？

隔了一天的工夫，金荆终于按捺不住，给陈默发微信问他家里到底出了什么事，问了几次均没有回复。金荆心里没底，打电话过去想说个清楚，没想到陈默的电话关机。这下金荆有些慌了神，看来事情不妙，赶紧跑去找李昂。李昂叫上我，三个人关在办公室里继续连番换着号码给陈默打电话，一直关机！

事情蹊跷，我问金荆："你知不知道陈默还跟谁借了钱？"

金荆一脸无辜地回答："我也没问啊。"

李昂想到应该问问陈默所在的项目，陈默"消失"前说他要去客户那里做点收尾工作，但李昂问客户公司的同事，回答是："陈经理最近都没来过啊。"

我们仨听了傻了眼，不祥的预感骤然蔓延开来。

为了不引起部门的骚动，我们仨商量好，分别私下里问问自己熟悉的同事。没想到，事情比我们想象得还要严重，陈默向好多同事借过钱，有十几个同事都多多少少地借给了他一些。这些人中，有的要了借条，有的没有要；有的说是陈默答应还钱的时候给很高的利息，有的说借钱是因为陈默看上去很可怜；有的是陈默当面借的，有的是通过微信聊天就借了的，算了算，借给陈默的钱一共有五万多块。尽管我们三个私下询问此事，但没有不透风的墙，事情很快像爆竹一样炸开了锅。好几个同事纷纷发微信、打电话给陈默，依旧没有音信，终于有人站出来说：还是报警吧！

我想了想，如果报警，理由是什么呢？

杨不凡永远都是第一个"挺身而出"的人，她抱怨道："我也借了陈默不少钱啊，他说要给我10%的利息呢，敢玩失踪？报警，告他诈骗！"

我看着杨不凡那张白白净净的脸，越来越想不明白她这张貌似纯洁的面孔之下怎么掩藏着这么焦躁的心态？

李昂听了杨不凡的"建议"，问我能不能告陈默诈骗。我有种"懒得理你们"的心烦，对李昂说："先不说五万块钱的金额能不能在公安局立案，就说现在的形势，咱们还不知道陈默骗没骗咱们呢，就说他诈骗吗？再想想办法，找到人再说吧。"

杨不凡耷拉着脸，摔摔打打地坐下在电脑上码字去了。

我们翻出陈默的员工登记表中紧急联系人的电话，是他妻子的，也是关机状态，这事也太蹊跷了。大家全都没了工作的心情，就是那些没有借钱给陈默的人也都无心干活儿，都等着看“好戏。”

我猛然想起有同学在公安部门工作，心想说不定同学能帮我们查查陈默的下落？不过，也不知这种没有报案的事，同学肯不肯帮忙蹚这潭浑水，想来想去，也只能先问问他。老同学还是那么亲切热情，听我说了事情的经过，他二话没说就同意帮我查查，他再三嘱咐：“你给我他的身份证号就行。不过，我查到的东西，你们自己心里知道就好，千万不能用作以后报案的证据啊，要不然我可就犯错误了。”

“你放心，感激不尽，绝不出卖你。”

当天夜里，同学发来消息说，查到陈默在元旦期间出入澳门两次，今天应该也在澳门，有入境记录，还没有回内地呢。

“小禾，你这同事有可能涉嫌赌博，当然，这只是推测，今晚我还有案子要办，明天再给你查查其他情况。”

我的头一下子炸开了，晴天霹雳。我用手敲着头，让自己清醒一些，好回忆回忆陈默见我最后一面的情景——憔悴，头发油油的，胡子也没刮，羊绒衫上粘着一块油渍，声音微弱没有底气，原来，他是去赌博了！怎么可能是这样！怎么可以是这样！我连夜给李昂发消息让他第二天提前一个小时到办公室商量一下对策。

转天一大早，我和李昂同时到了办公室，见了面，谁也不知道说什么好。我们就面对面坐着，他也没抽烟，我也没泡咖啡，都像霜打了的茄子一样。我们不知道沉默了多久，听到开敞办公区有动静，我把椅子滚动到办公室门口向外看了一眼，单单到了，她看见我，走过来第一句话就问：“正好你们俩领导都在，陈默有消息吗？”

我和李昂好像都在等着对方开口，谁都没先出声。

单单追问：“他家里出了什么事了？我还借给他一千块钱呢。”

就在这时，裴晓也来了，见我们拥在李昂办公室门口也走了过来问出了什么事，怎么死气沉沉的。

单单一把抓住裴晓的胳膊问她：“你也借钱给陈默了吧，富婆？血本无归可怎么办啊？”

李昂见状终于开口了：“小禾，还是和大家都说清楚吧，也好让大家有个心理准备。”

就这样，我只能告诉她俩这个不幸的消息：“陈默最近经常去澳门。”

“什么？”单单惊了，尖叫一声：“他竟然拿着咱们的钱去赌博！”

“什么？他拿着钱去赌博了？浑蛋！”说这话的不是单单身边的裴晓，而是刚刚走进来的杨不凡。

消息让杨不凡听到了，就等于是让新华社知道了，她立刻冲着李昂的办公室嚷嚷开了，边嚷嚷边走到自己座位上，脱了大衣甩到椅子上，再把包重重地往桌子上一扔，她的嘴一直没停过：“我就说陈默不是好东西，你们都护着他，我说报警，你们还说不用，这不是诈骗这是什么！”

我和李昂设法劝阻杨不凡让她少安毋躁，根本没有用。她就站在原地各种诉苦、抱怨、发泄：“不接电话，人都消失了，肯定不打算还钱了啊！”说着说着她大哭起来，哭着哭着又戛然而止，切换模式在包里翻手机，拿起手机就要打电话。我一看，八成她要报警，就跑过去一把夺下她的手机。她急了，冲着我歇斯底里地喊：“苗小禾，我报警是我的权利，你凭什么抢我手机！”

我耐着性子劝她："我不是要抢你手机，你先冷静冷静，去我办公室咱俩好好聊聊，咱不是为了解决问题吗，报警不一定能解决问题。"

她又气又伤心地开始哭诉："我怎么这么倒霉啊，陈默还说给我利息呢，连本儿都拿不回来了，好心好意借他钱，他拿去赌博，那都是我的血汗钱啊。"

我见同事们纷纷来上班，一心想把杨不凡挪到办公室里面，生怕大家的情绪都被煽动起来。尽管我真想上去把她嘴缝上，也只能继续好言相劝："好了好了，别难过了，我不是也借给他钱了吗，都冷静下来想想还有没有好办法。"

杨不凡不依不饶，一把鼻涕一把泪地接着嚷嚷："苗小禾，你工资多高啊，我能和你比吗，我那是伺候客户鞍前马后赚来的辛苦钱啊，你那钱来得多容易啊，那个什么知识系统，你老同学给你点回扣都够你花一阵子的了。"

"你给我闭嘴！"我听了这个疯女人的话，自己都要气疯了，心里只有一个念头，脱口而出："杨不凡，你再不闭嘴，就给我滚蛋！"

李昂见这情形，向摆好了架势要"反攻"的杨不凡走过去，挡在我俩之间，对杨不凡严肃地说："你有点过分了，去我办公室说！"

见李昂说这话的语气掷地有声，杨不凡的气焰降了降温，咬着嘴唇抹了抹脸上的眼泪，和李昂进办公室接着诉苦去了。

我回到办公室，用力关了门，满脑子都是要冲过去给杨不凡一个耳光的冲动，老同学又发来了微信，道出另一个信息："小禾，我查到你说的这个陈默的老丈人也出入过澳门，另外，他老婆有在协和医院就诊的记录。"

我打开窗子，让新鲜空气涌进呼吸道，脑补了一段关于陈默的故事。我想尽快把这段故事讲给李昂，拿着手机到了李昂的办公室。杨不凡变脸变得很快，她正和李昂有说有笑，见了我就像刚才什么都没发生一样轻松地说："小禾姐，刚才我口无遮拦你不要见外。昂哥说了，可以开除陈默，把应该给陈默发的年终奖金给咱们分了，就算他还钱了。"

我一听，李昂说"可以开除陈默"，本来已趋于正常的情绪一下子又像即将要喷发的火山一样涌动不已，我闭着眼睛深呼吸，然后咽了口唾沫说："李昂，开不开除他再议。我有事和你沟通一下。"

李昂示意杨不凡先去工作，让我坐下慢慢说。我告诉了他我得到的最新消息和我推测出的一段"故事"，分析了陈默借钱的动机和用途，李昂叹了一口气，把内心的压力释放了出来。但"故事"是我自己推测的，陈默的手机依然关机。我让助理去协和医院，打听一下陈默的爱人是否去看过病、住过院，具体什么情况。助理回来说，他爱人的确在协和住过院，但已经出院了，医院不肯透露其他信息，说这是病人的隐私。

就在我们一筹莫展的时候，李小丫惹来的麻烦一点儿都不给我们喘息的机会。距离向朱总"投诉"不到一周的时间，陈太太已经按捺不住，再次来到了朱总的办公室。朱总很恼火，马上打电话给李昂，又一轮无言以对开幕了。

李昂回来的时候满脸红紫，看起来就像呼吸受阻憋闷到快要窒息。他用双手抱着头，趴在桌子上半天没起来。我在隔断玻璃外看着，开始犹豫要不要进去劝劝，一想到劝他的结果就是把我自己"圈"进去，还是闪开比较好。但我闪得慢，李昂叫我进去"商量事儿"。

李昂无法抚平内心的气愤，既被朱总批评、又被陈太太指责，确实很难控制情绪。加上陈太太说了，既然李小丫这样不知悔悟，我们的项目也别做了，双方实在无法继续合作。

我觉得有点奇怪，陈太太可以闹、可以骂人，但她怎么会直指我们和叶华地产的合作，她管得了他女婿，还管得了这么大一家公司？

"你劝没劝李小丫啊？"李昂压着火问我。

我都不敢直视他，只能低声说："还没。不知道怎么劝。"

"大姐，拜托你劝劝她吧，别再让那个老女人折磨我了。"李昂双手合十摆出拜佛的姿势，可见他已经无奈到极点了。

我也很为难："哎，如果劝也劝不动呢？"

"那我就真得把她给开除了！"李昂激动了，声音极具爆破力。

"你说什么？"这时候，陈晨冲了进来。

陈晨和李昂，情绪都很激动，一个站在门口、一个站在窗边，针锋相对地吵了起来。

陈晨觉得李昂竟然说要开除工作上尽职尽责、人缘甚好、头脑清晰、思维敏锐的骨干，简直不配当老大；李昂觉得李小丫已经头脑发昏、没有道德底线，影响了团队的利益，不配在团队继续工作。

陈晨认为叶华地产的项目要不是凭借小丫的个人魅力说不定还谈不成，怎么能说她影响了团队的利益呢，看人只看一面不看另一面实在有失偏颇；李昂觉得拿下客户是团队的力量，被客户抛弃却是小丫一个人的责任，孰轻孰重很容易辨别。

两人越吵越生气、越吵越吵不出个所以然，除了愤怒就是不解，相互指着对方的鼻子嚷嚷，一个用力踹了两脚门，一个把烟灰缸砸在了地上。

陈晨向前走了一步，不肯罢休："什么是道德底线，那是你的道德，你就是个局外人，你知道他们到底有什么苦衷吗？你有什么资格在这儿胡乱评价？"

李昂也不示弱，往前走了一步咄咄逼人："那不是我的道德，那是社会的道德！"

"社会的道德就是合理的吗？告诉你，我本来也看不惯这种事，但我还是要告诉你，我们现在谈的是李小丫，是为你卖命干活儿的、从来没犯过错的李小丫！"

李昂挽起袖子，有种要对打一顿的架势，吼到："你懂个屁，现在那老女人已经说我们的业务不用做了，好不容易维系的客户，就这么丢了啊？你知不知道现在咱们项目回款遇到很大问题？"

陈晨解开了衬衫扣，一副来者不拒的架势："我不知道回款困难？你知道？我和小禾姐前阵子伺候那郑州的老家伙喝酒的时候，你在干吗？你还好意思说我不知道！"

"你给我闭嘴，我当初已经在郑州被灌醉过一次了，我也不是有意躲着。先说李小丫这事，朱总已经火了，把我骂得一文不值，说我连团队里这么点小事都解决不了，还能干啥。你这么想得开，以后你去面对老女人和朱总，你试试去！"

陈晨火冒三丈，已经将李昂看扁了的他冲着李昂嚷嚷道："没错，你就不配当老大，这么点事你都解决不了，就知道开除员工。丢了这个客户也不能丢掉小丫！你不懂吗？我们出来创业容易吗？人是最关键的，能干的、忠心的人你开除，别人怎么想？你有没有脑子？"

"你骂谁呢！"李昂冲过去推陈晨。

陈晨也不含糊地猛推了李昂一掌，喊道："我骂的就是你！"

"先都冷静冷静！"我拉开李昂和陈晨。

他们一吵不要紧，整个办公区都在看热闹，矛盾激化、升级，大家都不工作了。有人交头接耳，有人窃窃私语，有人干脆百度起叶华地产总经理的各种报道，还有人明目张胆地高谈阔论起爱情观，也有人在琢磨，我们团队可真没有等级之分啊，高级经理都敢随便冲老大大呼小叫。再看大家的神色，有的懒洋洋靠在椅子上看戏，有的紧锁眉头好像在分析事态进展，有的低着头盯着手机不停地敲字好像在传播八卦。

"你们这样吵下去，能解决问题吗？"我把陈晨和李昂分别按在椅子上。"都控制控制情绪。都知道创业不容易，要钱难，拿项目难，留人也难，你们再不理智的话，这仨就都没有了。"

我冲办公区喊了一句："大家不要再议论了，事情没那么复杂，都好好干活吧，再胡说八道的，年底考核在我这里就得减分了啊。"

关上李昂办公室的门，我们仨平静了一会儿。

"我有一点不明白，陈太太为什么有权力说这个项目不给咱们做了呢？"

陈晨不愿意看李昂，两眼直勾勾地盯着门说："小禾姐，你不知道吧，陈太太才是叶华地产的实际控制人。这是她家的产业，王总是入赘到陈太太家族的，人能干又聪明，就接管了公司。"

原来如此，我继续好奇地问："王总的太太在这家公司吗？"

“不在，以前王总太太和丈母娘都在公司任职，但后来王总说服她们两人都撤出去了，要不然叶华也不至于做得这么大、这么好。”

“王总太太一定是全职太太喽？”

“对。”

“小丫为什么会爱上王总呢？”

陈晨转过头一脸无辜地看着我：“小禾姐，这个就不好说了，这问题你怎么问我呢？我还想弄明白呢！”说着，他还凑近了一些挤挤眼睛小声对我说：“你还不懂我吗？我恨不得让那个姓王的立刻消失，真是邪门，小丫能爱上他！”

我自然知道陈晨的心思，想了想，开始分析起来：“爱情这事很难讲，本来就不是理性的东西，小丫毕竟年轻，王总身上有什么气质让她陷进去就拔不出来了呗。话说回来，你们说，爱一个人有错吗？”

陈晨一拍大腿：“没错，小禾姐，没错！爱一个人就要飞蛾扑火！我挺佩服她，有勇气，这点我就不行。”

“陈晨，你别拿你那一套理论讲歪理，你看你左一个右一个女朋友换得，比我换衣服都勤。再说，爱一个人没错，那也不能爱上别人家老公啊！”李昂忍不了我和陈晨的对话。

“行了，别掰扯爱情了，自古以来就没人说得清楚的事，谁能辩明白啊。抓重点吧，咱们怎么解决？人、客户、项目款，一环一环，最好的结局肯定是都要。”

“怎么可能啊，大姐！”李昂每次一郁闷就叫我“大姐”。

我自言自语道：“不试试怎么知道不可能？尽力啊！”

“你有办法了，小禾姐？”

“没有具体办法，但是有两条思路，一是引导小丫离开王总，和平分手，不过这个不能硬劝；二是表面上让小丫疏远王总，把项目做完再继续，目的就是掩人耳目，不要让陈太太再拿项目要挟我们。但后者是下策，毕竟即使项目结束了，陈太太还得来事务所闹腾，她闹腾倒不怕，主要是会给小丫造成太大的心理压力。”

李昂失色了："大姐，你也考虑考虑给我造成的心理压力吧。唉，两全其美，谈何容易啊！”

陈晨觉得只要有希望就要去试试，就问："小禾姐，需要我做什么？”

“还没想好，想好告诉你。我想先约小丫聊聊。”

“嗯，你和她聊聊吧，她心里一定很痛苦。她这两天也没搭理我，我这做师傅的也着急呢。”

屋外狂风肆虐，枯枝被刮得乱舞。我酝酿了一下午要和小丫说什么，正想约她见面，吴总发来信息，约我晚上吃饭。

“我来证监会办事，今晚到明晚走，可以一起吃饭吗？”

第十三章　联盟

在员工离职时巩固终身联盟关系。——《联盟——互联网时代的人才变革》

好像没有什么事，比我决定要不要再见吴总更纠结了。苍山之行分开后，我们既没有再见过面，也没有再聊过微信，想想，这位吴总还真是难以捉摸。一想起上次见面我没有要回项目上那笔钱，我又觉得这次见面是个亡羊补牢的好机会。“好，我请您吃饭，我来找地方。”

我提前下班，回家换了一身休闲宽松的衣服和平底儿鞋，早早来到牡丹园海底捞。人气鼎沸的海底捞仿佛永远不知道疲惫。即使要排队等上一两个小时，人们也不会轻易离开，棋牌、水果、爆米花、擦鞋、美甲、柠檬水，左一样、右一样的，把时间打碎，消融在冷暖交汇的空气中。等位置无聊，我就做了个美甲消磨时间。为我做美甲的女孩儿年龄不大，我见她一直是乐呵呵的模样，就问："你们这么累，怎么还一直笑呢？是店长培训你们必须笑吧？"

她抬头看了我一眼："姐，累点算什么，我心里高兴啊。这还用培训？"

"呵呵，赚钱多，所以高兴？"我笑着问她。

"钱多，也体面，老板把我们当家人，给我们租的宿舍条件可好了，每个月店里还给我妈寄钱呢。"看她的样子倒不像是在说谎话。

"员工关怀做得真好啊！"我自言自语。

她听到了，问我："啥叫员工关怀？"

"哦，就是员工过生日送个礼物，家里生孩子送个红包之类的。"我发现套用这些名词，在小姑娘那里很陌生。

"姐，那就叫员工关怀啊，那这关怀太好办了，我原来在的单位这些都有，但姐妹们还是不愿意待，我认识的那批人没干多久就都走了。"

"那，你觉得公司怎么着才能留住你们呢？"我好奇无比地问道。

她冲我挤了挤眼："姐，一看你就是坐办公室的吧？是经理还是老板？"

"哈哈。"我不置可否，示意她说下去。

"姐，我可不懂什么大道理，我就知道关怀就是老板能帮我们解决实际问题，谁都得遇上灾、遇上难，老板要能帮一把，帮我们扛过去，我们就感激他。我们在海底捞就是这样，遇到难事儿，店长都能帮我们解决了，店长解决不了的，大老板也能帮我们解决了。"

"什么难事呢？大病小灾？缺钱？"

她想了两秒钟，说："姐，你看啊，店里有个人，他姐姐出嫁家里没有钱置办嫁妆，店长就给了他一千块钱，在村里，一千块钱可体面了。我前几天发烧，店长给我买药、买水果，给我买冰袋、买口罩、买烧水壶，她能想到的都给我买了。"

我情不自禁地接道："你们店长这么好啊？"

她有些自豪："那是，店长说了，她没当店长的时候，她店长也对大家这么好。姐，你这指甲做好了，看看，满意不？"

后来，我在学校读 MBA 学习组织行为学的时候，任课教授是海底捞的常年顾问，他每次提到海底捞，总是带着各种赞誉，一一列举海底捞文化中的精髓。每次我都会不由地回想起和那个服务员聊天的场景。企业管理，说到底就是"挖掘人性，经营人心"，这一条，被海底捞的创始人张勇思虑得彻彻底底，运用得淋漓尽致。

又等了许久还没排到位置，吴总也没有来，我索性到门口透透气。下午的大风已经驱散了恼人的雾霾，虽天色已晚，蓝天的澄澈还是隐约可见。我深深呼吸着清新的空气，也平添起一丝悲伤，在帝都，难道连呼吸一口纯净的空气都变成一种奢侈了吗？

"小禾！"正在我感怀伤神之时吴总到了。他穿一件灰色的长款羊绒大衣，系一条羊绒围巾，手提一个电脑包。

我们在户外寒暄了几句，排到了座位。

吴总从电脑包里拿出一本书递给我。"上一次送你礼物你没有收，想来我也是唐突了，你本就不是那种物质的女人。这次送你一本小说，我特别喜欢的作品，你没有理由拒绝吧。"

黑色的封面，赫然印着两个白色的字：活着。早就听说余华的这部小说获过意大利的一个文学奖，美国媒体也曾评论余华是“蜚声国际的小说家”，难道吴总知道我喜欢文学？他怎么知道的？我边琢磨边道谢。

我们随便聊了聊无关痛痒的话题，我心里一直在想着，怎么开口要回那笔钱。吴总是一点儿话茬都不往项目上提。

我边找机会客气地给吴总倒茶，边问：“我们的裴晓经理挺能干的吧？项目就要收尾了，进展顺利吗？”

吴总拿起茶杯，又放下：“呵呵，你看你，又要谈工作。进展顺不顺利，你肯定了如指掌啊。你不是你们的大内总管吗。”

我努了努嘴，委屈地说：“要我说就是不顺利，如果顺利，为什么一直不给我们付款呢？”

吴总见我这么执着不好再回避这个话题，就直言不讳地告诉我：“两方面原因，我不说你也应该明白，你们的服务对于我们公司来说不是雪中送炭的，价值自然不高；另外，我们公司亏损，几十万元的开支也不算小数了。证监会最近对江西的上市公司进行抽查，没看我都来会里汇报工作了吗。”

“我们的服务价值如何你可以评价，但我们的服务质量和态度也是符合监管要求的，按照合同你们就该付款；几十万元开支，对于你们来说也不是大事，我问过给你们做审计的同事，你们有现金，亏损不等于没有现金。我们过年前要给员工发奖金的，这笔钱对我们真的很关键。”

吴总双臂交叉挽在胸前，歪着头看了看我说：“有时候我觉得你挺成熟的，你刚才的话倒是显得幼稚了。合同是合同，社会是社会，法律能解决的问题太有限了。你们的员工等着发奖金，我们的员工也等着发过节费，我们那么多员工也要过年的，你说，公司为什么会为了给你的员工发奖金而不给我们的员工发过节费呢？”

还没等我开口，吴总接着说：“再说，我们可能连员工的过节费都发不出来。有现金也不能随便动用，上市公司这么大摊子事，这钱岂能是看谁可怜用在谁身上的？你看看这段时间的新闻，经济整体下滑，很多企业都严重亏损，现在连基层法院都要设立破产庭了，这意味着什么？”

不知道是什么样的一种情愫袭击了我，我一下子掉眼泪了。火锅的热气扑在我脸上，和眼泪混在一起。

吴总见状不再说下去，而是给我递上纸巾，换了种怜惜的语气说：“真是个小女孩儿，这么脆弱啊。”

是啊，为什么会这么脆弱呢？是一心想着要钱，却因再次失败而自尊心受挫？还是觉得吴总伶牙俐齿说得自己无语，恨他不够宽厚？或许是因为，吴总的几句话让我绝望了，我发现他说得完全没有错！开公司不是做慈善，商业合作也不是朋友帮忙；汗水本身换不来利益回报，诚信也没有给付对价那么简单。

我擦干了眼泪，平静了一分钟，有句忘了是谁说过的话出现在脑子里：谈判的目标绝不是你输我赢，而是相互妥协达到双赢。

还不至于绝望，再想想办法。我心里盘算着。

“吴总，证监会抽查你们，主要查什么？江西证监局什么态度？”

“江西局还是保护我们本地上市公司的，证监会查的多了，主要针对财务风险呗，咱们合作的风险管理体系建设也算检查项目，其实，从这个角度说，你们也确实帮我们公司做了不少工作，否则，我们连个像样的风险管理手册都没有，就更麻烦了。”

山穷水尽，柳暗花明，我有办法了。我抢着说：“看看，所以说啊，别总说我们的工作没有价值。”

“没说没有价值啊，从来没说过，只是说价值不够高。好了，咱们可不可以做一做朋友，别一见面就谈工作行吗？”吴总端起茶杯示意我俩以茶代酒喝一杯。

我也端起茶杯，豪爽地喝了一大口，心里想着，哼，管你怎么评价呢！我立刻给裴晓发微信：“小裴，千万不要把风险手册最终版交给客户，千万不要。晚上给你电话细说。”

裴晓秒回：“我正加班赶这个报告呢，有几个关键点要修改。吴总去证监会汇报工作了，怕证监会查问起这个，让我明早前必须发给他。”

“不多说了，千万不要发。等我电话。”输完这几个字，按下“发送”，我心情大好。别说女人善变，能不变吗。

“吴总，你知道我得和您提起项目款的事，不嫌烦？怎么不躲着我，还要约我？”我觉得自己在挑衅。

吴总手机响了，他一边拿起手机看，一边喃喃道：“想见你，只是想见你。”

哎，我最不喜欢的就是老男人说出暧昧的话，肉麻得让人束手无策，既不能舒舒服服地做朋友坦然交往，又不能拂袖而去直接断交。

他抬起头看我，眼神里带着温柔。他问我：“怎么，你脸都红了，承受不起我这句话吗？”

我躲开他的目光，眼神只能四处游离，就像走入了一个迷宫，越是找不到出口，就越是无法冷静地停留。

“好吧，看来我对你的脾气还要慢慢了解。我换个说法，我希望和你做个朋友，没有别的非分之想，可以吗？”

我用手理了理头发，一本正经地说：“只要保持距离，就能做朋友，这个道理很简单，距离产生美啊。”说着，我突然想起了李小丫的纠葛。我好奇老男人对年轻女人是怎样一种情感，我也想知道李小丫的局怎么破。

“结账，服务员。”吴总要买单。

我递给服务员一张信用卡，“我来吧。”

吴总伸手拦住：“怎么可以让女士破费！”

我的手绕了个圈，又把卡递给服务员，说：“谢谢你在大理照顾我同学，也算作为你送我书的礼尚往来，男女平等，不要有偏见。”

吴总哈哈大笑了几声，默许了。

我们走出海底捞，晶莹的小雪花在空中跳动、飘洒，路灯昏黄，马路上安静了许多。吴总的酒店就在附近，他问我要不要去大堂坐一会儿，即使强调了“大堂”，我也没有答应，就和他站在路边聊了几句。

我终于忍不住问他：“我有个朋友，年轻漂亮，爱上了一个有家室的男人，我希望她能自拔，走出阴影，您，能帮我想个办法吗？”

“哈哈哈，看看你们！”吴总又是一阵大笑，“还走出阴影，人家过得好好的，你们这些闺密都觉得自己是救世主，非要拯救人家。”

“这种情况肯定不会有好的结果啊，再说，对方的丈母娘大人都闹到朋友公司里去了。”

吴总看看我，又看看灯光下浮浮点点的光亮，若有所思地说：“小事求人，大事求己。爱情不能用别人的眼光去评价，什么时候你那个朋友自己受了伤，也就自拔了，这就是爱的代价。”

我看着深沉的吴总，发现一个工作狂竟然也可以有这么丰富的情感神经，不禁对他好奇起来。他的话深印在我心底，但我还是没有找到答案，自言自语道：“太抽象。”

“晚了，下雪了，你赶紧回家吧，我帮你叫个车。”

“不用不用，我自己搞定。”

上了车，我马上给裴晓打电话说了事情的经过。我让她在吴总催报告的时候就说我不同意给，让吴总找我就是了。

“赞，小禾姐，赞啊。我好好配合你啊！”裴晓也很开心。

“呵呵，互相配合，结成联盟。”到家了，我哼着范晓萱的《雪人》轻盈地上楼。

一进家门，老公已经回来了，他头也不抬地在电脑前盯着一串一串的天书。

“老公。”

“别和我说话啊，干活呢。”老公自从创业就总是这样，家成了办公室，我得时不常地装聋作哑当空气。

手机铃声悦耳地响了又响，是吴总的电话。

我不慌不忙地走到阳台，接起电话。可想而知，他这次可不是和我诉衷肠而是向我要报告，也可想而知，我们最终达成了一个约定，他当晚向总经理提批款申请说明情况，本周之内，会有二十万元项目款到位。我和吴总心照不宣，我只是给了他一个非常合理的理由帮我们向他的上司催款，而他其实是希望帮到我的，我们俩已悄悄形成联盟。虽说只付一半的钱，我也欣然接受，如果死乞白赖要得太多，也怕落得竹篮打水一场空。

“小禾苗，给爷倒洗脚水，给爷拿瓶可乐，把手机给爷拿去充电，给……”

“没完了？自己弄去，我一女高管，不伺候您啦。”我正得意呢，突然被老公当丫鬟使唤，感觉“跳戏”了。

“老婆，你看我工作多辛苦啊，刚忙活完，你就让我享受一下吧。”

“我工作还操心上火呢，自己管你自己去，我又不是你保姆。”

老公用目光锁住我，很认真地说：“你照顾我，我就觉得你还像以前一样对我好，我心里踏实，我每次和同事说起你，大家都羡慕我啊，你不觉得幸福吗？”

幸福真的就这么容易吗？看来在简简单单的“IT 民工”眼里，幸福就是这么实实在在、简简单单。于是，我一一满足了他的各种需求。

“你说，我变成什么样子，你就不再喜欢我了呢？”我又想起李小丫和王总的事，我不明白老男人为什么会移情别恋，除了对自己糟糠之妻的审美疲劳之外，还有什么原因？

“你变成男的我就不再喜欢你了。”老公很正经地说着不正经的话。

真是没办法愉快地聊天了！

老公看我满脸的“狰狞”，笑了。“人都会变的，不喜欢你也未必就是你变了，或许是我变了呢。你们文科生的逻辑思维都是怎么学的？”老公说完开始打游戏，他要用游戏把工作和生活分开。

夜深人静，我开始安排工作。我让单单打探一下叶华地产的内幕，王总是什么人、他老婆是什么人、他丈母娘是什么人；我和李昂商量了一下，把李小丫派到外地的项目上冷静一阵子；我请助理在这一周每天都盯着财务部，问南昌回款的情况。

也不知道从什么时候起，我喜欢在晚上处理工作，有时候想想也挺不好的，夜深人静大家都该休息了，给谁安排工作都得打扰人家。但白天总是有各种突发事件，各种琐事、杂事、乱事，搅得我无法有条理地思考和做事。

李昂在晚上也不闲着，我们经常讨论工作到很晚。老公原本不理解我们这样废寝忘食，但自从他进了创业公司，晚上工作的时间比我还多，再也不抱怨我不陪他了。

李昂打来电话问："怎么，你今天和吴总见面了？刚刚裴晓告诉我，这周能回款了。"

"裴晓嘴还真快。"

"她下午改报告问了我一些问题，我刚才追问了一下进度，她就顺便把这件事说了。她很兴奋，还和我说起你很厉害，看来你把吴总搞定了。"

"怎么可能把吴总搞定啊，呵呵，我是把项目款搞定了而已，而且只是一半。"我听着好别扭，我也知道裴晓是好意，是高兴，不过我下午没有和李昂提到与吴总吃饭，不知道李昂会不会有想法。

"你是挺厉害的。呵呵，不过下次可以提前和我说，万一需要我做什么，也方便随时对接啊。"

"好，我是怕这次又没结果，反而给你添乱了。"

"怎么样，现在看来，过年那阵子现金流还有问题吗？"

"还有缺口。你要不要和朱总再请示一下，给我们点资金周转俩月？"

"我都被他劈头盖脸地骂了又骂，我哪儿敢找他要钱啊。"李昂有点小激动。

"哦，不好意思啊，我一时忘了。"

"还有个办法，赶紧成立新公司，注册资本一进账不就可以周转了吗。"

"好，那你提一个股权分配的方案吧。这事确实不应该再拖了，前阵子因为要不要让所有经理都持股的问题搁置了，我看咱们也别争论该不该了，就私下里征求个人意见吧，愿意入股的就入吧。"

"没错，你说得没错！"

电话里提到的前阵子的争论是这样的：我力主缩小股东范围，理由是经理以上的人一共有十二个，贡献不一、能力不一，在我们这种小型的有限责任公司，做股东不仅代表着权利，也代表着义务和责任，是很严肃的事，我们公司不能上市，股权又不代表巨额利润，金钱回报方面的激励作用甚微，由几位有目标、有能力、有担当的高级别骨干持股就可以了。

陈晨支持我。而金荆认为必须让更多的人持股，以扩大激励作用，很多公司都是全民持股的，理论上，股东的工作积极性要比普通员工的工作动力强。李昂觉得有道理。单单觉得大家说得都有道理，怎么着都行。

一次，金荆还和单单急了："单姐，拜托你有点立场行不行啊，经理办公会为啥有五个人，而不是四个人，就是表决的时候有少数服从多数的作用啊，你一定要每次都把自己的票给废掉吗？那要你干啥啊？”

单单不服气地争辩：“我认为你们说得都有道理，这也是我的观点啊，难道我没有权利发表我的真实想法吗？”

……

我正回想着那段经历，陈默终于发来了微信！我噌地跳了起来。他说他的事处理完了，明天会找我和李昂说清楚，他知道这些天给我们添麻烦了。

“你到底怎么回事？先和我说说！”我问，同时发了各种情绪的表情符。

“一言难尽，我明天负荆请罪。我在公司附近找个适合说话的地方约你俩。”

可想而知，我、李昂、陈默彻夜未眠，都恨不得找台时空穿梭机穿越到第二天去。

第二天中午，我们三个人在一家深藏在一栋写字楼里的面馆见面了，一见到陈默，我和李昂就愣住了，虽然他少见地穿了一身正式的西装，胡子也刮得干干净净，但眼里的黯淡无光和脸上的几个大红疙瘩显出他的筋疲力尽，嘴角上的一块乌青告诉我们他和人打架了。

“大哥！”李昂激动的时候喜欢这么称呼别人，他问陈默：“你去澳门干啥去了！”

陈默听他这么一说，愣了，看了看我，又看了看李昂，支支吾吾半天没说出来话。他完全没有料到我们知道了他的行踪，想好了对我们说的话一个字也没说出来，也不知从何说起了。

我见陈默憋得说不出什么，就说：“陈默，我猜到了一个故事，你听听我猜得对不对——你爱人重病，你们四处求医最后去了协和医院，医生发现是一种很罕见的疾病，住院查了几天，专家会诊说是癌症，治疗费高得惊人。你爱人为了照顾两个孩子早就辞了工作，没有医保，你们想了很多办法，也不知道怎么弄到那么多钱。结果你岳父爱女心切，听了某人的忽悠去赌博，一赌赌到了澳门，越陷越深，不仅输得很惨，还借了高利贷的钱，你没办法只好去澳门领他回家……”

我说到一半的时候，陈默已经泪流满面。我说完，他还在不停地抽泣。

我等他稍微平静了些问道：“你爱人得的是什么病，怎么不在协和医院了？”我还想问，是病好了还是……没敢问出口。

“她开始诊断的是一种罕见的淋巴癌，我们全家都觉得天要塌了。”说着，陈默眼里又涌出了眼泪，擦了擦继续说：“后来，去友谊医院看了个权威的专家，说不是淋巴癌，是一种免疫系统的病，不好治，但终身服药能保住命。”

“那就好，那就好！”李昂感慨道。他把身体靠在椅背上说：“陈默，你老婆治病也得花不少钱，我借你那钱就不用你还了，我们在部门发个献爱心的号召，让大家给你老婆捐钱。”

“好，我赞成！”

陈默听我俩这么说，连声道：“不行，不行，钱我肯定还。已经给你们惹麻烦了，再说，我当初知道我老婆的情况没告诉你们，也是不想让你们这样，捐款这个事，我俩都接受不了，觉得哪怕卖房子也不想接受救济。”

“可我们不是救济，是献爱心啊！”我劝陈默。

“嗯，我记着你们的好！真的不用了。你们帮我在同事面前好好解释解释就行。”

陈默这道坎儿算是过去了。现在，注册新公司成了紧急的事。

到了年关的节骨眼上，我和李昂天真地把注册公司作为解决资金困难的手段，我们把持股人的范围做了个折中的处理，只是希望赶紧把公司注册起来，一来手头可以宽裕宽裕，二来也算是鼓舞士气。

不过，后来证明，我和李昂想得太简单了。人人都有从众的心态，有的经理虽然不想做股东，但得知其他经理成了股东，也出于各种考虑答应出资，本来说是自愿的事，搞得并不自愿。多数经理的年纪都在三十岁左右，本来就没有什么积蓄，认购的股份从 0.5% 到 2% 不等，简直太零散了。

考虑到工商注册中的股东身份变更需要走程序，各种开会和签字，而经理们的职业发展前景变数多，为了简化股东变动的流程，我们商量经理们的股份由经理办公会几位同事代持，于是又有个别人私下里抱怨，说出了钱连个名分都不给，昂哥就是想圈点钱吧。

在这种情形下，所谓的股权激励效果可想而知。不过股权除了解决激励的问题外，还可以解决归属感问题，这次股权分配虽然激励作用几乎为零，但有人获得了归属感，也算是有些成效。

经理认购的股份基本有数了，朱总绝对控股的份额也早有说法，剩下的 30%，是我们经理办公会五人分，比例由李昂先提出分配草案。

当李昂在办公会上亮出草案的那一刻，我愣住了。

李昂 10%，金荆 8%，我 5%，陈晨 5%，单单 2%。

我吃惊，我不是第二高的份额。在我的潜意识里，李昂对股权比例的安排，应该代表着我们在他心中的重要性，以及我们对公司的贡献度。未来，股权还代表着大家在公司运营中的话语权。

我记得以前朱总说过，公司成立，朱总是董事长，李昂是总经理，我是副总经理，其他骨干可安排为总监、高级经理等职务，李昂也双手赞成。为什么我作为副总经理的股份要比金荆的还少呢？是我贡献不够还是我工作不够出色？

那天借用的是总部一个最小的会议室，可我觉得几个人的距离好远、好远。我们在一个不大的圆桌边上围坐，可我觉得我们并不像圆桌那样和谐。在这种面面相觑的场合下，大家实在不知道如何开口。沉寂了一会儿，李昂打破了宁静。

“大家都说说吧。这个方案是个草案，我昨天正好去叶华那个项目上，和金荆见面简单讨论了一下，这一稿呢，就是个靶子，大家尽情批判啊。”

“昂哥，我错了。”陈晨不再沉默了。

“啥意思？”李昂觉得陈晨的话古怪。

“昂哥，我错了，我不该昨天跟你请假去看李小丫，是不是我昨天和你一起讨论，就能拿 8% 的股权了啊。”

“陈晨，你什么意思，能不能好好说话。昂哥是和我讨论了，我们商量的也是草案，这不是拿出来和大家商量吗，你阴阳怪气的什么意思？”金荆坐不住了。

“那好，我问你，金大师，你是怎么劝服昂哥让你拿 8%，我和小禾姐拿 5% 的呢？我觉得股份代表贡献和发言权，你说说我和小禾姐在贡献方面比你差在哪儿？”

“帅晨，calm down！（平静！）我来说说。”李昂接了话。我也正想听听他打算怎么解释。“不是说你和小禾的贡献不大，大家贡献都挺大的。我是这么想的，股权呢，不仅针对过去，也针对未来。我们都是多年的交情了，了解彼此，金荆的长处呢，就是看大方向、制定战略、扩宽业务线，这些对我们公司来说都是大事，你呢，帅晨，可以专门负责专业技术这块，新公司你来担任技术总监，这是你的特长……”

李昂还没说完，陈晨还是按捺不住心中的不满：“昂哥，可别抬举我，我那技术弄得再好再细有人带头不用我也没辙，我不稀罕什么狗屁总监。”

“帅晨，你先别有那么大情绪，听昂哥把话说完吧。”我想听李昂继续说什么。

“小禾呢，贡献很大，我们都知道，要不是小禾姐帮我们操持后台，协调内外，我们就得乱成一锅粥，找人、留人、建队伍，都是小禾一手张罗的。我早就说过，小禾没来以前，我们就是老肖手下的一个团伙，小禾一来，我们就成了像模像样的团队。”

“嗯，李昂，我觉得小禾姐的贡献在于她让我们顺利和老肖分了家，带我们顺利地加入了智达，贡献挺大的。”单单插了句话。

我猛然抬起头，吃惊地看着单单，她平时总是没有什么立场的，今天居然替我说话！

“没错没错，”李昂接着说：“你说得对，单单。但我说了，股权不仅仅代表历史贡献，也代表未来的分工和我对大家的期待。”

“看来李总对我未来的期待值不高啊。”我确实很有情绪，当我一心一意为公司摆平各种困难和麻烦的时候，李昂就这样给我泼了一大瓢冷水。

“小禾，看你，你平时最识大体，今天这话是有情绪啊。我不是那个意思。”

还没等我说话，陈晨替我质问起来：“那你什么意思？”

“我是说，我们这种知识服务类的公司，业务是最重要的，管理人员相对而言，我只是说相对而言啊，是次要的。其实行业内的惯例，你们也都知道的，管理人员的价值、薪酬待遇都是相对一线人员差一些，我只是陈述客观事实，不是说小禾对我们的价值不大，小禾，你对我来说，价值非常大。”

“容我想想我的价值吧。”我被冷水泼得有些心寒，我接着话茬问：“单单业务上也是肖总时代认可的骨干，是不是可以考虑股份提高一点，2% 有点少吧。”我没法在公开场合为自己要价，就先为单单争取争取。

“李昂，听说其他经理有的已经认购了 2%，如果我也是 2%，是不是和他们一个地位了？”作为“两朝元老”的单单也觉得委屈。

后来的讨论中，我和陈晨一言未发，只是有时候互换一个眼神，互相揣测着对方，我们就这样静静地看着另外三个人你一言我一语地越说越激烈，他们已经红了脸，我和陈晨仅仅是皱着眉。

大家不欢而散。

我们那天谁都没有加班，早早地走出了办公室。我刚要开车走人，陈晨追了上来：“小禾姐，走啊，咱俩找小丫吃饭去，我请客。”

“上车！”

“小禾姐，我刚刚下了决心，我要辞职了。”

我下意识地踩了一脚刹车，被后车狂嘀了一番，我赶紧又踩了一脚油门，从后视镜看了一下后车，是辆保时捷，心想怎么没追我的尾呢，追了也好让我认识一下有钱人。自嘲中，因为油门踩得太猛，前车又急刹车，我差点追了前车的尾，那是一辆极为低调的辉腾。我又一次急踩刹车，又被后车狂嘀了一番。

“别激动啊，呵呵。你要是把辉腾追了，你保险够不够赔的啊。”

“都是你刺激得！为什么要辞职？”

“百度挖我挖了好几次了，他们内审部特别缺人，年薪 30 万元，还有年终奖金，各种福利没的说，听说媳妇儿和孩子的医疗费都给报销，比在这儿强多了吧。”

“呵呵，你媳妇儿在哪儿呢？你家孩子在哪儿呢？”

“哈哈哈，面包会有的。”

“你不是那种为了钱抛弃我们的人啊，咱们可是一起创业的战友，帅晨，你怎么可能见利忘义啊？”

“哎，小禾姐，高看我了啊，我就是个见钱眼开的人，哈哈，我这么多年掩藏得还不错吧？”

“好了，贫嘴结束，说正经的吧，为什么要走？别告诉我就因为今天的事。”

堵车，依旧堵车，春夏秋冬如一日的堵车。

“来来来，小禾姐，我用金字塔原理向你陈述一下辞职原因，文章标题：无法容忍现状，须立刻离职。再说一级标题，第一，团队带头人魅力荡然无存，我无心辅佐；第二，本人与某核心成员价值观相左，无法继续共事；第三，我爱上了咱们同事，我选择主动离开。”

陈晨的话无懈可击，也挑不出什么破绽给我机会反驳，于是我转移了话题，道出我内心的疑问："我一直都想问你一个问题。"

"问，您尽管问。"

"小丫爱了不该爱的人，你有没有过这种纠结？就是感觉自己喜欢了一个不该喜欢的人？"

陈晨不作声，他没有再给我建什么"金字塔"，我们俩就这样静静地听汽车发动机的轰鸣声。我有点后悔问了这个似乎很不恰当的问题，刚想再换个话题轻松转弯，陈晨说话了："小禾姐，知道歌德有首诗吗？大概就是说：我爱你，与你无关。"

我还没有想好怎么表达心中涌起的感动，陈晨补充道："我是听小丫说过这首诗，这是我的心情，也是她的心情。只可惜，我们爱的不是彼此。不过，我觉着我离开你们，心情反而会更放松，没准会向李小丫正式展开攻势呢？"

听了这句话，我对陈晨的离开虽充满惋惜，却又充满了祝福。

遇到红灯停车等待，发传单的小伙子拿着去泰国旅游看房的广告敲了敲陈晨那边的车窗，陈晨摇下车窗："你多给我几份吧。"说着，拿了一沓儿。

"哇，有钱人啊你。"

"我是看这小孩儿不容易，也就十几岁吧，这么冷的天，手都冻红了还得在街头发这个。"

我一时语塞，盯着陈晨看了又看。

"我脸上粘大米饭了？看个没完啊！我没钱，没钱才跳槽呢。再说，泰国的房子哪有北京贵啊！敢在北京买房才是有钱人呢，是吧小禾姐？"

我们和李小丫见了面，她状态不好，有些憔悴，眼睛略肿，黑眼圈很明显。她把长发随意地拢在身后，系了一条淡蓝色的丝带，宝石蓝色的鸡心领棉衫把她的脸映衬得更加忧郁了。

陈晨伸手摸了摸小丫的头顶以示安慰。

“边吃边聊吧，两位女士。我即将踏入高大上的BAT，以后肯定比你们有钱啊，今天我请客。”

李小丫突然提起精神大声问陈晨：“你和小禾姐坦白了辞职的事？”

“对啊，刚刚说的。”

“小禾姐，我也想辞职了。”李小丫也来刺激我。

“为了王总？”

李小丫眼里的忧郁就像阴天里的大海，有浪花翻滚但却黯然失色。她解释说：“也不算是为了王总吧，只是觉得已经没有勇气面对同事了，想换个环境工作。”

“你不喜欢这个团队了？不喜欢在这儿工作了？”

“不是，喜欢，昂哥和你都很好，大家也很好，工作也很好，是我自己不好，给你们添麻烦了。”

“那你就不用走啊，我来保护你，以后哪个同事敢对你说三道四，我来搞定他。你换了公司就没人议论你了吗？”我也不知道当时哪儿来的那么大勇气，敢在李小丫面前打包票保护她，我保护得了她吗？

李小丫惊讶地问：“你不是来劝我离开王总的？”

“我为什么要劝你离开他？我有什么资格评价你的爱情呢？西方有个观点我赞同，Don't judge（不要评判别人）。”

“啊？”李小丫一下子哭了，她好像没有想到我会这么说。我真是这么想的，我还想，陈晨如果辞职了，我更不能让李小丫也走掉。

“我也不瞒你，吴总前两天又单独约我吃饭了。”

“嗯，听说了，你还要回来不少钱呢。吴总对你有意思？”

“即使他对我有意思，又能怎么样呢？我知道我要的是什么。”

“你要的是什么？”

“我要的是完全属于我自己的爱人和家庭。”

这句话我是故意说给李小丫听的，谈恋爱容易，可是让爱情有个踏实的归宿好难。李小丫听了哭得更伤心了。

“小丫，你要什么呢？你也不是很年轻了，我知道你爱他绝对有合理的解释，但是以后呢，激情过后呢？他会不会给你你想要的呢？爱谁都无可厚非，但爱情不等于生活。你得自己想明白这些，要坚强点，敢于面对过去，更要有勇气面对未来。”

陈晨看着李小丫，眼神温柔，微微皱眉，他一定是想大声说出来“让那个老家伙滚蛋吧，我来照顾你”，但他没有说这些，而是挑了挑眉毛努力放松了一下面部肌肉，说：“来，小丫，快来点冬阴功汤，修炼好内功啊。”

陈晨选的这家泰国菜馆很不错，环境菜品都是一流。这风格和我们谈论的话题还挺搭配，都是甜、辣、酸搅和在一起的浓浓的咖喱味。

我想让李小丫尽情倾诉倾诉，就接着聊起她想聊的，我问她：“我听说，王总是入赘到陈家的。”

李小丫托着下巴，若有所思地说：“对，我很心疼他，他丈母娘对他特别苛刻，他是寄人篱下，公司里什么大事都决定不了，员工都私下里议论他是吃软饭的，其实他很有才华、很有商业头脑，叶华能有今天，如果没有他根本做不到。他们一定觉得我贪图王总的钱，你们知道的，我不是个物质女孩，就算是，王总根本也没钱啊，他的钱都在他太太和丈母娘手里……”

我们专心地听着李小丫说啊、说啊，倾诉是疗伤的好办法。

陈晨一直不说话，皱着眉头低着头玩手机，我接着为李小丫诊脉疗伤：“他太太不爱他吗？”

“不爱，他太太总是和他丈母娘一个鼻孔出气。他们在澳大利亚有房子，听说他太太去那儿度假了，要不然，这两次到朱总那里闹的没准就是他太太了呢。”

“别说那么多没用的了小丫，你就说吧，他说没说要娶你啊？”陈晨没好气儿地把手机放下，直奔主题地问。

李小丫一直不解陈晨的“风情”，直了直腰板理直气壮地冲着陈晨说：“我没要求他一定要娶我啊。”

“哇，那王总一定爱死你了。”这句话真是从我心坎里流露出来的感慨。男人不都追求这种境界吗？家有娇妻、外有红颜，娇妻不离不弃、红颜通情达理，有人关心、有人爱，有人为自己奉献一切还不要求男人离婚，这可是最高境界啊！

陈晨的急脾气又上来了：“这孙子！那怎么行，你们就这么耗着，你以后打算就这么过一辈子吗？你怎么这么傻？”

李小丫被陈晨突然提高的声调吓了一跳，愣愣地看了看我说：“我，我也不知道该怎么办。我只是不想难为他，他对我真的很好，特别体贴，从来没有人对我这么关心过。”

陈晨提到过李小丫的家境，因为她父亲是个军人，她从小就很少见到父亲，军人脾气刚烈、我行我素，对李小丫母女苛责的多、关爱的少，或许李小丫正是由于突然在王总身上找到安全感和幸福感才这么痴迷？我猜，李小丫内心深处，期待有个人弥补那段缺失的爱护。李小丫对王总的体贴一一列举，每说一个细节，她的眼里都会闪烁着迷恋的泪光，柔情似水。

可惜，激情总会消退，我相信王总和他太太曾经也热恋过，王总以前一定也对他太太特别好，特别体贴过。

“你见过他太太吗？”

“没有。”

李小丫并没有见过王总的太太，就一口咬定他太太不爱他了，恋爱中的人没有理智和逻辑。

人们总是把自己想得比真实的自己要好，总是容易一厢情愿地认为自己的付出就是别人乐于接受的，总是倾向于把自己当作别人的救世主。就像李小丫，她对王总的逻辑就是：你的太太不爱你了，我来爱你，你在那个家里不幸福了，我来给你幸福。

我没有劝陈晨留在公司，也没有劝李小丫离开王总，我知道一切的语言都不能直接促使人改变根植于内心的成见，除非哪句话能激发出他们自身的反思和顿悟，可惜我的功力不够，我找不到这样的语言。

开车回家的路上，我随便找了“喜马拉雅”上的段子来听，这年头，音视频节目最卖座的就数怎么帮创业者找钱、分股权了，“喜马拉雅”上很多栏目都是围绕这个话题。听到一个“专家”口若悬河地说着，他提到，创始人不要怕让渡自己的股权，你为了尽快融到钱，多让渡出去一些权利又何妨？……这让我想起另一位“专家”讲过的一个论调，说创始人绝对不能放弃自己的控股权，没有控股权，你就丧失了话语权，战略、业务目标等，你说了不算，你创业是图个啥？……

我想起了股权分配，心情差极了。我自己都说服不了自己，我不平衡，非常不平衡。是不是我也太过自恋，把自己想得太好、太重要？难道我费尽心思争取来那么多资源，冲锋陷阵摆平了那么多别人不愿出头解决的麻烦，在李昂那里都不如“未来的”虚无缥缈的“战略定位”重要吗？都不如高级经理出一份要不回来钱的报告重要吗？

到了车库停好车，我在车里坐了一会儿，独处、安静，可以不受干扰地与自己的内心对话。

刘天星突然发来微信，打断了我和自己的对话。“烂笔头用得怎么样了，有什么意见随时提啊。”

“还没怎么用，最近团队有很多事，有点乱。创业好难，你还打算创啊？慎重啊。”

“创啊，创业就是一种生活方式，怎么活着都不容易啊。你遇到麻烦了？”

“那么努力，不被人认可，伤自尊了。”

“你就是从小到大太优秀，被别人认可惯了，所以太要强。”

“从小到大？好像你多了解我似的。”

“从大学就认识你啊，也从同学那儿听说一些你小时候的事，还不算了解吗？”

“要强不好吗？”

“没什么不好，只是容易受伤。别人认可不认可的，有那么重要吗？自己做到了、做好了就可以，别太在乎别人的评价。”

我心里想，刘天星不会明白的，这认可可不是赞许几句、鼓励几声，这可是活生生的股权，是话语权的象征，公司做大了，还是真金白银啊，怎么能不在乎呢？

我有点疑惑了，是不是真正的创业者就是像刘天星这样才行，内心无比强大，根本不在乎别人怎么评价？我又发了一条："人都是社会动物，不在乎别人的评价怎么生存呢？"

"那是没有到一定境界的人。"

我也不知道刘天星的话对还是不对，可能没有达到一定境界，真的是理解不了这种心态。

我很在乎李昂对我的评价，也坚决认为李昂对我的评价就是给我的股权份额。但我就是这个脾气，不愿意撕破脸皮争要这些利益，我觉得李昂这么做，已然表达了对我的价值评判，我说什么也改变不了他的想法，非要劝说他给我提高股份，挺没趣的。就像两个谈恋爱的人，一个向另一个索取更多的关心和爱，就算得到了，难道自己心里就踏实吗？那不是"嗟来之食"吗？

不过我不平衡，总要让他知道。我给他发了条微信："李昂，我可能是把自己看得比别人眼中的更重要了。今天的股权比例我确实有些吃惊和失落，不过相信这不会影响我的工作动力，我希望我以后能真正地重要起来。"

屏幕上"对方正在输入……"忽隐忽现了几下，并没有下文。我知道李昂想和我说些什么，又不知道说什么才好。

算了，明天陈晨还得打击他一下呢，我想着，下车回家了。

第二天早上，我依旧到得很早，剪剪花、冲杯咖啡，正打算翻看《活着》，李昂进来了。

"我知道昨天的事让你不开心了。其实，你对我很重要。我想了想，从小到大都没有谁像你这么支持我，既帮我解决家里的问题，又帮我树立了在团队里的地位。如果你不是女的，我会给你一个拥抱以示真心，我是真心感谢你。”

我连看都没看他一眼，佯装毫不在乎地说：“解决你家里的事情，是我拿你当朋友，和工作无关。”

“我昨天一宿没睡，这件事我也有了新的想法，我和你再聊聊吧，你看我这么调整一下合理吗？”

“李昂，没关系，不用和我聊这些了，调整到什么程度我都接受，我也是真心的，当务之急是资金到位，稳定人心。”我心里想，今天你就知道，你调整了也是白费功夫的。

中午，李昂的脸色阴沉得像世界上最深的、永不见天日的“马里亚纳海沟”一样。

“陈晨提离职了！你知道吗？”

陈晨今天没来上班，给李昂打电话交代的。

“不知道。”我只能说不知道，否则我解释不清楚了。

“你怎么看？”

“每个人都有自己的选择，在一个地方待久了也许就厌倦了。”

李昂一脸狐疑地看了看我，问：“你怎么这么冷静？我听了都要晕过去了。”

他盯着我看，我有点心虚，赶紧问：“你问他什么原因了吗？”

“说是不想再当乙方，不想再看甲方脸色了，整天被客户操练得累了、烦了。”

看来陈晨对李昂讲了个体面的理由，我接着问：“你觉得他因为什么辞职？”

“哎，太年轻，心里担不住事！就因为股权比金荆少了，不平衡了呗。太幼稚！年轻气盛，受不得一点儿委屈，整天要和金荆争高下。”

李昂说着特别生气，他觉得现在团队正是艰难的时候，陈晨居然在这个节骨眼上离开他，实在无视兄弟之情，简直就是见利忘义。李昂想起自己曾经对陈晨那么好，什么新知识都教他，逐字逐句帮他改报告，给他重要的项目让他带队，破格提拔他，还在他生病的时候给他多发工资；又想起陈晨最近总是和他唱反调，当众和他顶撞，越想越生气、越想越想不开。

“这个忘恩负义的，现在陈默上不了班，小丫的问题乱成一锅粥，陈晨就这么拍屁股走人，他想过我的感受吗？这个时候背叛我，他也说得出口！他对得起我这么多年的信任吗？”

“那不叫背叛，他也没故意害你。每个人都有自己的选择，再说陈晨是个敬业的人，他会把手头项目搞定再走的。”

下午，李昂又一脸“马里亚纳海沟”般地来到我办公室，关了门，瞪着眼睛问我：“陈晨在同事之间煽动情绪，我怎么处理他？”

“煽动什么情绪了？”

“他和好几个同事都说，他离职是因为不愿意伺候客户了，当乙方跟当孙子似的。你看办公区那些人都在议论。你说，这不是扰乱军心吗？还嫌我能用的人不够少是吗！”

“别急，我和他沟通一下，让他谨言慎行。他一直把你视为老大，仰视你，他不会故意拆你的台的。”

“知人知面不知心！你怎么知道他不是故意的。你赶紧写一个声明让他签字，让他保证不再煽动别人情绪。对了，他得保证去了百度不挖我的人！让他签字！”

“李昂，你能不能冷静一点。做不了同事还能做朋友啊，你这么做，难道你和他以后连朋友都不想做了吗？”

“哎！”李昂一屁股坐下，他们的兄弟情分掺杂在陈晨辞职事件中，把一桩平常的离职搞得复杂起来。

“你没看过麦肯锡的书吗？麦肯锡离职的人都被叫作麦肯锡校友，这么多校友可是个超级强大的联盟啊，兄弟有了好去处，咱们得欢送一下啊，以后就是咱们的盟友。”

第十四章 严冬酷夏

写作过程让我明白，人是为活着本身而活着的，而不是为了活着之外的任何事物所活着。——《活着》中文版自序

“还欢送？！你饶了我吧！这样的人，我以后还能拿他当兄弟吗？”李昂解不开心结，愤然起身准备离开。

我也急着站起来喊了一声：“等等！”

“怎么？”

“无论如何，你都不能提什么保证书的事，否则你会后悔的！”

李昂咬了咬牙，走回来两步，把手按在桌子上说：“我后不后悔的，不用你来下结论。”

我听了，一股急火儿也蹿了上来了！这两天已经够不开心的，我冲着李昂大声嚷了一句：“现在我抛开私心，李昂，我好言相劝，我为了什么？为了我自己吗？”

我直盯着李昂的眼睛，冷冷地注视着他，用无声的抗议与他对话。我的眼神在说：

“李昂，你就是这么个没有胸襟的人吗？”

“陈晨和你一起经历了这么多，你就没有感激过他吗？”

“你让陈晨签保证书，公开质疑他的人品吗？你让别的同事怎么看？”

“陈晨为什么辞职，你自己有反思过你的问题吗？”

李昂被我冰冷的眼神杀得无处可藏，低下头不敢看我，叹了口气说：“我收回刚才的话，人在气头上，你多包涵。我不会难为陈晨。”

他走了，我的情绪更差了！

那几天，股权风波一直绕着我打转。如果你非常努力地工作，而你的上司并不认为你的贡献大，你是要继续努力、把自己做到“很重要”，还是得过且过，甚至懈怠下来？很多人都会说，当然是更加努力让自己更有价值了，人要积极进取，不能因一时挫折而退缩啊。

然而，上进心不是问题的关键，我相信大多数年轻人都是有进取心的，但进取心本身并不是工作的动力。如果想不清楚“你在为谁工作，你在为了什么而工作”，再积极上进的人也会常常陷入迷茫。

快过年了，同事们纷纷从项目上撤下来回到办公室，我们有 30 个工位、将近 50 号人，挤得坐不下。审计人员在这个时候最忙了，都坚守在项目现场没日没夜地埋头苦干，我们部门的人就纷纷坐到审计部的空位上。

陈晨在离开之前，单独找我吃了顿饭。他说他以为李昂会挽留他，没想到李昂没有丝毫的挽留，“行嘞，昂哥不留我也好，免得我一时心软留在这儿憋屈。”看来陈晨是舍不得我们的。他说：“和昂哥一起见识了不少，也学了不少，他身上的东西我也学得差不多了，我要去外面学更多的东西了。”他还嘻嘻哈哈地提起那次我和肖明摊牌的时候，李昂让他和金荆在门外给我当保镖的事，此时，已觉得恍如隔世。

说着说着，我们都伤感起来。

创业不易。

抢生意不易、维护客户不易、赚钱不易、稳定团队不易，可那些不易，我们都有勇气面对，唯独昔日战友之间的隔阂导致的凝聚力丧失，我们却丝毫不敢直视，也无力解决。

前辈们都说，对于一个团队而言，往往在困难的时候大家能同甘苦共患难，在发展壮大有了钱之后，却容易因利益纷争而走向分崩离析。我们的团队却是“往往”之外的例子，大家还没赚到钱，还没发展壮大，核心团队的人心就已经散了。这是不是很奇怪？

陈晨一走，他的股份直接分给了我和单单，我得到了额外的 3%，和金荆持平。金荆不满意李昂的“没立场、和稀泥、老好人”，强烈要求李昂把他的股份降下来算了，说：“我也没有钱，我不要那么多股份了，我也不想说了算，没劲。”结果，李昂就真的把金荆的股份降了下来，最终让他和单单的一样多。到头来，我已经搞不清楚自己的股权比例是多少，我心想随便吧，我也不在意这个了。

单单不费吹灰之力股权份额连升了两次，心情不错，工作动力倍增。即使金荆在项目上对她有诸多不满，她也“不和金大师一般见识”。这段日子，她没有忘记我交给她的艰巨任务，打听到了很多关于叶华的内幕，还得知过年之前叶华要举行年会，王总会携夫人一同出席。

“小禾，这几张是邀请函，哦，金荆还有一张。我想和你请假提前点回老家，要不然票不好买，客户年会你去吧。”

“好啊。”说着，我看到了单单手上鹅黄色的手串，边欣赏边说：“你这条手串好美啊，什么时候喜欢起蜜蜡了？”上午的阳光明媚地照了进来，显得单单手腕上的手串光彩夺目。

单单美滋滋地晃了晃手腕，还特意循着阳光的各种角度端详着，陶醉地说：“嗯，现在流行这个。对了，我那天看到王夫人了，她的那条可是上等的好料呢。”

我一听“王夫人”，立刻问：“哦？她已经从国外回来了？怎么样？”

单单不再欣赏手串，不解地问：“什么怎么样？”她睁大眼睛，又圆又大的眼睛镶嵌在她瘦瘦的脸庞上，有些突兀。

“王太太，她，各方面怎么样？人好吗，漂亮吗，性格怎么样？”

单单明白过来，心不在焉地说：“哦，她呀，漂亮，气质不错，别的不太清楚，只是偶然遇见了。听说，她是新加坡国立大学的博士呢。”

“他们有孩子吗？几岁了？”

“听说有个女儿，四岁了。”

我追问着：“你也不多打探打探，他们感情怎么样。”

单单一脸疑惑地看着我，眨眨眼睛说：“小禾同学，你什么时候这么八卦了？”停顿了一会儿突然大彻大悟似的说：“哦！你是在为小丫做调查吧？懂了，我想想啊。”

单单努力地在脑子里搜索着，最后并不确信地说：“他们应该是挺恩爱的，我听他公司的员工议论过，说王总两口子看起来感情那么好，怎么就传出来一个第三者呢？不太可能吧。”

我有种模糊的预感，李小丫就快要离开那个老男人了。如果离开能给李小丫更长久的幸福，我期待这一天尽快到来。

三张邀请函，我给李昂留了一张，最后一张，我留给李小丫。

南昌的项目款到了账，我却一点都不兴奋。

掐指一算，新公司注册下来得过年之后了，注册资金进不来还是没有足够的钱给同事们发奖金，要么就是缩减奖金预算，要么就是预算不变，年前年后各发一半。缩减预算势必影响士气，我们担心缩减奖金预算会导致人员大量外流，所以我们倾向于后一种办法，年前先发一半奖金。

不管怎么发，考核势在必行，我们新出台的考核管理办法也能派上用场了。

趁着大家不忙，我们开始组织各个项目经理为组员评分，把评分表收回来后，再针对每个项目成员在各个项目中工作的天数计算一个加权平均分，这就是员工最后的考核成绩；再把考核成绩分为四个等级，对应不同的系数，这就基本确定了员工的奖金额度。

经理的考核是高级经理们评分，高级经理的考核，由李昂和我直接评分，李昂的打分权重大些。

又到了一年一度最受瞩目的时间节点。

我们以前以为考核制度的出台，能为员工们带来公平。我们想得没有错，大家对这种考核方法都很认同，都觉得公开透明最重要。可是没想到，即使这样还是出了麻烦。

杨不凡闹了一出戏。她是叶华地产项目的组员，投诉单单在对她的考评中记错了工作天数。按理说，这种事私下和单单核对一下即可，或者私下找我问问、说说清楚就行，她的性格不容她“悄悄”委屈自己，一定要大张旗鼓地在办公区质疑：“单经理，您不会吧，我就这么区区几十天工作日，您都记错了！”杨不凡梳着羊角辫儿，一身韩版的宽大衣服，她站起来，朝着单单坐着的方向嚷过去，一脸抱怨。

单单是个慢性子，她并没有站起来嚷回去，也没有立刻打开考核表核算，只是盯着电脑上正在修改的管理建议书说了一句：“哦，我有空的时候再给你核对一下。”

杨不凡踮着脚尖继续嚷过去：“您现在没时间吗？不就是核对几个数吗？要是错了，我的奖金可就少了啊！拜托了！”

这样一来麻烦就大了，很多员工都开始怀疑经理们在考核表中为他们记录的工作天数有问题。

金荆安抚了杨不凡：“不凡，你别急，小禾姐会给你一个说法的。”

我确实该给大家一个说法，我让助理把每个人在每一个项目上的工作天数都公示了一下，绝大多数人的数据都没有问题，个别的有三五天的误差，都纷纷确认纠正了。

插曲画上了休止符，余音仍然挥之不去。单单因为给杨不凡少记了几天工时，受到了杨不凡的鄙视；金荆因为给了杨不凡一句安慰，深得杨不凡的尊崇。

这个小麻烦虽有些后遗症，但已不足挂齿，更麻烦的还在后面。

金荆竟然跟李昂建议，不发或者少发陈晨的年终奖金，李昂竟然还觉得这提议很有道理，来和我商量。我一听简直有一种出离愤怒、出离鄙视、出离揪心的无力感，让我半天无言以对。

李昂没看透，不解地问："小禾，你怎么看？别不说话啊。"

我深呼吸了一下："我怎么看？我看不下去了！"

李昂见我语气特别强硬、带着怒气，赶紧说："你不要太感情用事。你不是也和我说过，公是公私是私，不要掺和到一起吗？"

我反驳道："我们现在就谈论所谓的公，不谈私。你说说，不发陈晨去年的奖金，于公是何道理？"我把"去年"两个字强调了一下，陈晨奋斗了一年，就因为过年前辞职，就当去年一年白忙活了？

"于公，我们现在现金流有多紧张，你是知道的。于公，我们考核管理办法里写了，年度考核工作完成之前离职的员工，事业部可以酌情少发或者不发放年终奖金。"

我越想越气："你把金荆叫来，我问问他是怎么想的。"我就不明白了，李昂这是什么情况，他中了金荆的魔咒了吗？

金荆来了，一脸委屈地说："小禾姐，你又误会我，咱就说事儿啊，我不是针对陈晨的。"

我真想给金荆脑瓜上安个拉链，随时拉开看看他想些什么！我严肃地说："好，我就听你说说事儿！"

"咱们都要成立公司了，制度的权威性要维护，昂哥作为公司的 CEO，他的权威也要维护。制度都写了，少发或不发奖金，昂哥怎么能因为陈晨是他兄弟就网开一面呢？这给员工们什么印象，以后都这个节骨眼上提辞职，活儿都谁干啊？"

"写制度的时候你在，你明明知道这条的目的。为什么制度里要用酌情二字，制度不是冰冷的东西，制度是有人情味儿的！一个兢兢业业的高级经理，做了那么多工作，啃了那么多硬骨头，那不是对团队的贡献吗？有这么大贡献不应该得到回报吗？”

金荆厚厚的嘴唇动了动，我没给他机会说话，接着说：“别拿员工们的印象来要挟李昂，那是你把你自己当成员工代言人了，如果我是员工，我还觉得不给陈晨发奖金才让人心寒呢！这什么老板啊，卸磨杀驴，以后谁还卖命干活啊？”

金荆终于没了反驳的语言，精明的湖北人在气势上输了一筹。

我瞪着李昂，仍然在用眼神对他说话：李昂，你居然听了这种建议！

错综复杂的心情包围了我，我开始怀疑，李昂真的是那个值得我追随的人吗？

“哎，我也为难，有限的钱，如果能发给在职的员工，不是更有激励效果吗？人穷志短啊。”李昂无奈地抽起了烟。

我生气地推开窗子放新鲜空气进来，一阵寒风“呼”地灌进屋子，把桌面上的文件吹散了一地。

金荆帮我捡起文件，递给我的时候他发现是注册公司要提交的章程。他把刚才的事很快地翻了篇儿，问注册公司是不是可以不一次性缴足注册资本，我说是啊，不用一次缴足。

那天金荆终于说服了李昂一件事：我们缴纳 50% 的注册资本。我不知道他是因为手头没钱，还是心里对公司没信心。

后来我想起这事，觉得是个有意思的情形，三个还在一起共事的人，为了一个离职的人大呼小叫、据理力争。当然，我们不是在为一个人的利益争论，我们是在为“如何对待人”而争论。

最后，陈晨的奖金在预算基础上打了八折，说来好笑，管理层纷争最终往往以折中的办法终结，这或许是最好的结局？

我安排助理立即着手注册新公司的事。

助理有点为难地问："小禾姐，马上快过年了，要不，咱们等过完年再弄吧，也不差这几天。"

"这事不能拖，尽快办好才行。先在网上申请名称核准，万一批不下来还得再申请，注册、注资、办各种证件、刻章、买税控机，每个环节都需要时间，不能等。"我把我准备好的各种文件交给了助理。

按我的想法，过年之前同事们要聚个餐，发一些年终奖金，这个年度就算平安度过了。

聚餐的日子恰好是每个月发工资的日子，那天，我安排给大家发奖金，我希望大家都开开心心地聚会畅谈，乐乐呵呵地憧憬未来的一年。没有什么事比给员工发钱更能提升喜悦气氛了。

然而，老天一定要在这个时候考验我们。

"苗经理，我是总部财务部的。"财务部经理打来电话。

"哦，听出来了，徐经理，过年好啊。"

财务部徐经理，我们平时交锋过很多次。她为人耿直，但是做事效率很低，原则性相当强，凡事丝毫不会变通，虽然我能理解财务人员必须有原则，但问题是我见过的财务经理多了，很多事在别人那里是可以灵活处理又不违背原则的，在徐经理这儿就是死路一条。很多合伙人都向朱总投诉过她，有时候她也自认能力有限，但她勤勤恳恳，加班加点地干活，老板总不忍心真辞了她。

"过年好。有件事我得和你提前说一下，你们发奖金那笔钱，我不能批给你。"

我按捺住自己的惊讶和不满，试着心平气和地问："哦？为什么呢？"

那边解释说："事务所董事会昨天下发文件了，今年过年之前的那笔员工奖金都发不了了。电话说不方便，你来我办公室吧。"

我心里怦怦怦地跳，有种不祥的预感。果然，事务所出事了！

通向财务办公室的路不长，但我觉得有千里之遥，我的心跳开始加速，无法控制，那根脆弱的神经告诉我，这事儿可不是徐经理死守原则那么简单，董事会下的文件，那是大动静，估计我和她较劲也没有用了。

我一路小跑来到财务部门口，就在推门的一刹那，停住了脚步。我在想，要不要叫上李昂，一起面对徐经理和八九不离十的"噩耗"？刚巧，徐经理拿着份报表正要去复印室，见了我赶紧让我进去聊。

她小声说："这个消息目前我只告诉各个事业部的负责人，你先不要扩散，自己心里有数就行。"

"啊，负责人啊，我这就给李昂打个电话，叫他马上来。"我不慌不忙地打断她，反而让徐经理焦急起来。

"不用了，我赶紧和你说完，还得给领导送财务报表去呢，领导急了。再说你不是负责部门财务的吗，就和你说了！"

我只好走进了徐经理办公室。"好。"

"知道那个何总吗？西北片区派出来的董事，他就是个无赖！"徐经理已经按捺不住心头怒火，她推了推眼镜，咬牙切齿继续说："长话短说吧，他给咱们事务所下了个套，买通了当地的法院，法院冻结了咱们账户，封了三千万元！”

我心里咯噔一下："什么？！三千万元？”我虽然没有听明白这到底是怎么回事，但冻结了三千万元这个结果，足以让我明白真是出大事了。

会计师事务所这个行业，主营业务是为企业出具年度审计报告，过年前后是审计人员最最辛苦的阶段。年度审计是有时间节点的，必须在规定时间，毫无差错地出具报告。近些年，审计项目工作量越来越大，质量控制流程越来越严格，利润越来越薄。赚钱多少还算次要，如果报告出了问题，轻则丢客户，重则被监管部门调查，一不小心，签字的合伙人和会计师还会有诉讼之忧甚至牢狱之灾。

在每年一度的超忙工作季，包括合伙人在内，所有人都要在前线打硬仗，顶着压力连续熬通宵。那年有个项目经理，连续七天没有摘掉隐形眼镜，等想起来再摘的时候，镜片已经粘在眼球上弄不下来了；还有个合伙人，年审期间工作最忙的时候检查出了乳腺癌，愣是不同意立刻做手术，自己觉得没有不良反应非要等两个月再手术，多亏朱总亲自到了现场硬是把她拉到医院，医生说："再晚两个月，你还要不要命了！”

客户付审计费几乎都在过年之后，而过年之前，事务所总是要发一部分奖金犒劳日夜奋战的三军将士，本就没有大量的现金，突然又被法院冻结了三千万元，用徐经理的话说：简直是要了亲命！

我还能说什么？

我要做的不是像以往一样和徐经理沟通协调，磨破嘴皮子争取放款，而是赶紧闭嘴，把时间节省下来去弄现金。平时我好奇心蛮强的，这时候也顾不上搞清楚这事的来龙去脉，满脑子都是“谁有钱能借我们用用？”

不知不觉，我来到了朱总的办公室，他不在；我跟丢了魂儿似的走到了邱总的门前，对，就是那个对我有求必应的女强人。从半透明的玻璃墙外向里看，有人影晃动，我就像在一片狂风四起的海面看到了灯塔，依稀觉得我们有救了，邱总没有在项目现场而是在办公室，她一定是老天派来帮我的。

我敲了敲门，声音小得连我自己都听不见，我鼓起勇气再敲。

“请进。”邱总的声音也有气无力。

我推开门，见邱总刚刚放下电话。

她是阅人无数的，必是一眼就看出了我的心思。

她一脸忧心忡忡，也不像往常一样见到我就微笑了，招了招手让我进去：“小禾呀，快坐。你也知道所里出事了吧？昨天董事会开完了会，我就一直找人借钱，这不，刚刚敲定了最后一笔。”她说完，咕咚咕咚喝了一大杯水。看我盯着她衣衫不整的样子，她不好意思地笑了笑，慌乱地找了把梳子简单梳了梳头发。

我不好意思提借钱的事，关心地问：“又熬通宵了？”

“肯定要熬的啊。熬夜不要命的，突然让我搞一千万元现金，可是要了我的老命欤！”一个浙江绍兴的“弱女子”，话语中带着点诙谐。

见她憔悴的样子，我心疼地说：“你们这么大一个事业部，十几个合伙人，不会都指着您一个人补这个缺口吧？”

“我不负责补，谁担这么重的担子呢，我是事业部负责人啊。我们那些合伙人，多数还算是年轻人啊，没有家底，人脉也不广，你让他们怎么搞得定啊。再说，他们这个节骨眼就应该好好盯紧年审项目现场，不能分心的。”

我敬佩邱总，转而想起来那个始作俑者，我不解地问道：“那个何总，你说他怎么干得出这种事？徐经理啥也没说出来啊，就说是何总搞的鬼，冻结了咱们的钱。他疯了吧，董事搞自己东家？”

邱总一脸无奈地摇摇头：“哎，怎么说呢，现在讲故事也不是时候，就这么说吧，一切纷争都是因利而起。”

看邱总不想提这摊子烂事儿，我也转移了话题：“邱总您面子好大，一天之内能借来这么多钱，我们部门虽然小，缺口不大，但对于我和李昂来说，也是够要命的了。”我其实非常想说，邱总您那么厉害，不如多借个几十万元把我们的问题也解决了吧，但我怎么也说不出口，这话就像笼子里的恶犬，拼命往外扑，偏偏被困得死死的。

“我这是厚着脸皮跟几个朋友凑的，这张老脸啊，我也不要了，要是再让我觍着脸去借钱，我就只剩这条老命了。”温婉的邱总说出这样的话，让人心里酸酸的。

马上就要过年了，邱总的员工终于可以开开心心地过个好年。

我站起身，给邱总拜了年，忧心忡忡地向门外走去，我得找李昂去，我一个人扛不动这么重的担子。

刚走到门口，邱总叫住我：“小禾啊，我突然想起来了，我们有个客户过年后要投资几家旅行社，让我们做财务尽调，你们要是有空闲出来的人手，我就让我们项目经理带你们做这单，你们的同事也可以学学做财务尽调的业务，这个活儿还是不错的。”

我眼前一亮马上说：“哦，好啊，这个机会难得啊。”

"客户给我预付了十万元，我就先预付给你们吧。"邱总还没等我说话，就开始写部门之间资金流转单了。

我就呆呆地站在那里，感觉那张资金流转单就是一张金灿灿明晃晃的支票。我当时只有一个想法：我该怎么感谢邱总？

工作以来，我遇到过几位贵人，均在我遇到困难的时候帮我解忧、给我希望。邱总对我而言，不仅仅是贵人，更是人生导师。她让我看到了一位创业者的魄力，担当、隐忍、奋斗的精神和利他的情怀。

她"轻描淡写"地给我们提供了一个新的项目，其实，是给了我们一个学习新业务的机会，一个充满动力赚钱的新起点。说到底，她就是在借给我们钱，而这笔钱，她让我们有尊严地收下，我们需要偿还的不是钱，而是努力地工作和快速地成长。

走出邱总办公室，我第一件事就是给李昂打电话："李昂，你在所里吗？有急事和你商量。"

"不在，在项目上，陈默负责的项目有点问题和客户沟通一下。"

"董事会下文件了，年前的奖金不能发了，总部账户被冻结了三千万元。"

"什么？"李昂声音提高了一个八度，我能想象到他在电话另一端的惊讶万状。

"对，三千万元资金动不了，各个事业部自己想办法解决奖金。"

"有什么办法？"

"我从邱总那里化缘来了十万元，下午到账，但前提是咱们参与她们一个尽职调查的项目。"

"啊？什么？项目上的事，你怎么不和我商量一下，尽职调查我们没做过。”李昂关注的重点不在十万块钱，而在项目类型上。

“没关系，单单不是注册会计师吗，她可以搞定的，再说邱总的项目经理会教咱们的。”

“咱们自己的项目都做不过来，你怎么可以随便答应做别人的项目呢？再说工作量、人力成本，这些都和十万块钱匹配吗？怎么不让我先把控一下？”

我听着李昂这些话，越听心里越不是滋味，都快揭不开锅了，还想着是做大米饭还是小米饭！我没好气儿地说：“明天就开年会了，咱们已经宣布明天发奖金。今天财务封了账，我还有工夫等你审查项目匹配度吗？”我的情绪原来满满的是对邱总的感激和拿到钱的兴奋，这下子像掉进了八百丈深渊，我就不明白，李昂在想些什么！

“嗯，明白，明白！”李昂自知有些冲动，立刻降低了声调。

我心里想，你明白什么！你要是真明白，就不会这么想问题、这么说话。

“现在时间紧迫，你还有什么办法吗？”我知道在电话里和李昂发泄无济于事，要吵架也得当面吵，解决问题最重要。

“暂时没有什么好办法，要不，你再和朱总申请一下？咱们人少，用的资金不多，请朱总照顾咱们一下吧。”

“到了这个节骨眼上，你和朱总申请比较好吧，你是部门负责人，说话有分量。”

“我有心理阴影，朱总因为李小丫那档子事骂了我两次了，我这时候找他，效果不会好的。我相信你的口才，你试试。”

“我想想吧。现在全所上下肯定都乱成一锅粥了，找朱总要钱的肯定不只咱们，朱总凭什么给咱们开口子呢？最好不要给他添乱了。邱总都自己筹的钱，你说，要不然，咱们几个也分别借点钱周转一下？”

这事让我想起了肖明，以前回款不顺利的时候，肖明就自己拿钱填到公司里周转，公司有钱了，他再收回自己的零收益“投资”。

“借钱去？我还没跟谁借过钱呢，都不知道能向谁借啊。”

“要不，咱们把要投到新公司里的注册资金先拿出来用呗，反正也是给咱们自己用的。”

“我想想，这事太突然，我先和客户谈事情去了。”

“好吧，保持联系。”

我们从下午到晚上，沟通的方式就是发微信。

你来我往，洋洋洒洒，一条一条的对话不断刷新着手机屏。陆陆续续，一直聊到晚上十一点多，最后这一段对话，在我的心上拴了一块石头，那种感觉，不是“一块石头落地”，而是心情石沉海底，看不到光，也无法呼吸。

李昂发来：“我和我父亲借钱了，他不借，他提醒我注意智达的风险。”

“智达有风险，我们也得兑现对员工的承诺啊。”

“智达的风险和咱们也是有关联的，而且这件事让我对新公司注册也犹豫了，我听说那个何总封咱们的账户没有那么简单，智达这棵大树能不能依靠值得怀疑，不如我们暂缓，见面好好讨论一下。”

“明天聚餐你打算怎么解释？”

对方迟迟没有回复，好久又发来一条：

“我明天要参加客户的聚餐，他们年终总结需要我做个工作报告，可能去不了咱们聚餐了。你和大家简单说说，没什么可隐瞒的，这是事务所和朱总的问题。朱总是老大，我们也承担不了这个责任。”

“在我们团队，只认你这个老大！”

然后，我关了手机，坐在床上深深叹了口气，躺下又起来，彻夜未眠。我看着还在电脑前工作的老公，那么专心、那么投入、那么一丝不苟，想象着他们的团队在创业路上会上演什么样的故事。

我就直勾勾地看着那昏暗灯光下的身影，脑子里一片空白，许久许久。老公站起身，伸了个懒腰，左右扭了扭脖子。

他突然看到我吓了一跳："呀，你怎么还没睡，坐这儿跟个幽灵似的。”

“就当我是个幽灵吧，心沉到海底捞不上来了。”

“海底捞啊，呵呵！又出啥事了？”

我手里拿着已经关了的手机，不甘心地说："老大不像老大，遇到事就躲，怎么解？”

“怎么解？你当老大呗。”

“不当，当不了。”

老公见我噘着嘴气鼓鼓的样子，用手指戳了戳我腮帮子说："我给你扎一针，放放气。那你也躲呗，还能咋办。”

我仰起头朝老公翻了个白眼，说："我可以不躲，我还可以拿着钱补窟窿，关键，我就是一个副手，如果我冲在他前面，这算怎么回事呢？我是要显摆我比他厉害，还是明摆着要削弱他的威信啊？”

“唉，别想这么复杂了，你想解决就解决，树立自己威信也没什么不好。我现在就在团队里很有威信啊，我帮大家定位问题，解决技术困难，大家就服我，有啥不好吗？”

我带着一种过来人看菜鸟的眼神对老公说：“哎，不一样。以后你就明白了，你的威信高过你们那位大峰，你就麻烦了。”

“你总是先考虑别人的感受，就不能想想事情本身该怎么办吗？”

“IT 男思维！”

第二天早上我打开手机，李昂的微信嗡嗡嗡地涌进来，我一条也没看。我彻夜未眠，一直在想一件事：我要不要继续追随李昂。

到了办公室，我赏了赏桌上的雏菊，用新买的咖啡机煮了杯咖啡，轻轻淡淡的花香和浓浓郁郁的咖啡香混搭在一起，迎来寒冬的一缕明亮的阳光。这种惬意，把本来包裹于我身心内外的“寒气”温柔地驱散。配合这种场景的不能是工作，一定得是悠然见南山的雅致举动。我捧起《活着》，打算休息一上午，中午的时候和大家公布我前一天缄口不提的实情，下午的时候和李昂提辞职。

金荆来得早，热情地跟我打招呼，我热情地回应他。我看了他一眼，微笑，再把目光移回小说。

金荆一本正经地说：“小禾姐，我知道昨天的事了，咱们商量一下解决方案吧。昂哥昨天大半夜地给我打了半天电话，他也挺着急的。”

“写作过程让我明白，人是为活着本身而活着的，而不是为了活着之外的任何事物所活着。”——这是小说中文版自序中的一句话，我看到这里，停住了。一瞬间，我的心又回来了，虽然它疲惫、伤感，但它回来了。我无法说清楚这句话为什么会给我以触动，也无法说清楚它给了我什么样的触动，我只是被深深地触动。一个关乎人生的哲学话题，把初看起来沉重无比的思考，一针见血地点破：无论你是贫穷还是富贵，无论你是在苟且还是在拼搏，无论你的内心是挣扎的还是平静的，最终都要回到问题的原点，做一件事是为了什么？工作是为了什么？生活是为了什么？活着是为了什么？

“金荆，你说什么？”我放下了书。

“我说，我知道昨天的事了，咱们商量一下怎么解决吧。昂哥也挺着急的，你和他之间可能有些误会。”

“他今天中午回不回来参加咱们的聚餐？”

“他，他，”金荆支支吾吾，低着头思考了片刻：“小禾姐，我和昂哥说了，他必须出现在咱们的聚餐现场，必须亲口向大家宣布。”

我故意歪着头问：“那他会不会来呢？”

金荆边说边笑，没有正面回答我：“咱们再给昂哥一个重新做人的机会？”

“你对这件事怎么看？有什么好办法没有？”

金荆见我口气有所缓和，就拉了把椅子坐下聊：“会计师视野论坛里已经在议论何总跟智达的恩怨了，有空你看看，简直是书剑恩仇录啊！我个人感觉智达这三千万元一时半会儿解冻不了，说不定还会引发其他的震荡，所以说，”他停住，严肃地看着我。

“所以说，你觉得李昂说的有道理？要警惕风险？”

金荆一收下巴一歪嘴，有些诙谐地说：“哎呀，小禾姐，我说什么来着，你就是会读心的精神守护者啊！一看我的眼睛就知道我要说啥。”

我瞪了他一眼没好脸色地说：“少来这套。”

“我不是来为昂哥说情讨好你的。我一向说，咱们就说事儿，说事儿。”

“智达有风险，难道我们的团队就不维护了吗？这都什么逻辑？得考虑管理层对员工的承诺吧？邱总厚着老脸自己搞定一千万元，不就是为了给员工一个交代吗，要留住人心啊！”

正说着，同事们陆陆续续来到办公室，每个人的脸上都贴着大大的“喜”字，女生们都盛装出席，就像要走上红毯；男生们却都穿着休闲，一改平时西装革履的拘谨。这个寒冬，是大家熬过金秋，盼了又盼的丰收季。

“你看，大家脸上的表情，你忍心中午的时候看着大家在饭桌上沉默，吃完饭之后不欢而散吗？我们部门巩固到今天的规模，不容易，我担心的是留不住人心。”我把办公室的门虚掩了。

“小禾姐，说句你可能不爱听的话啊，恕我无罪？”

“恕！”

“女人吧，太感性，不行！做管理还是得理性点。”金荆压低声音，凑近了一点儿，“要我说，咱们还是得静观其变，能缓则缓，万一智达一蹶不振，咱们连新公司都不能注册了，你还着急发这点过年奖干吗？最好，只保存一支精英部队，随时转战别的阵营啊，到时候，还顾得上那么多？留不留人心得分情况，没准过完年，连人都不留了呢，还留什么人心啊！”

难道我要重新审视我自己的判断力和思维方式？可我总觉得他们这种想法怪怪的。

好吧，虽然我仍不同意金荆他们的看法，但也觉得他们有他们的道理。没想明白之前，我也没有别的好办法。和金荆商量了一下预案，把要和员工说的话敲定了一下，如果李昂能来，由李昂宣布，否则，我来宣布。

开餐前，人声鼎沸，很多同事好久不见，重逢后聊得热火朝天，项目上的各种八卦、各种奇闻轶事都是绝好的谈资，有人口若悬河，有人负责捧哏，大家笑得前仰后合。菜上齐了，李昂还没有到，金荆放大了嗓门："大家静一静，静一静，在小禾姐举杯之前，我来献个丑，高歌一曲，献丑了啊。"

大家顿时安静。金荆饱含深情地清唱了一曲《故乡的云》，他摇头晃脑、挥舞双臂、自我陶醉的样子引来哄堂大笑，唱完一段没过瘾，又唱了一段。曲终，掌声响起来，李昂也终于出现了！

金荆给我投来一个意味深长的眼神，我向他点了点头。

"不好意思，刚在客户那儿做了个报告，来晚了，不好意思啊！"

"昂哥好！""昂哥好！"又是一片掌声。

李昂举起杯，大家都站了起来。他用两句话总结了一年来的经营状况，听起来业务不少，客户质量不错，随后话锋一转，告诉了大家事务所资金暂时遇到了棘手的状况，但请大家放心，我们正在注册新的公司，事务所朱总为了表达对咨询业务前景的看好和对我们的支持，亲自出资控股，元老员工也都认购了股份，资金很快到位，只要资金可以周转，一定第一时间给大家发放奖金。

最后，李昂高举酒杯，大声宣布："我代表经理办公会，感谢每个兄弟姐妹在过去一年的辛苦付出！感谢苗小禾，把我们的队伍，从一个团伙升华成一个团队，感谢金荆、单单，还有刚刚离开的陈晨几位高级经理，顶住了一个又一个项目上的压力，明年我们一定会更好！干杯！”

“好！李总说得好！”金荆立刻捧场。

又是一片热烈的掌声。

春节，北京城空了一半，逛街逛园子也轻松了很多。不用回老家去四处走亲戚拜年，实在是人生一大乐事。闲暇的时间，老公继续一往情深地工作，我恰好有时间静静地思考——我到底为了什么而工作?

回顾我的2012年，就像按到了人生遥控器的快进键。这一年，我的整个工作状态都变了，创业让我尝到了以往不曾有过的感受。在成就感和失落感的交织中，我开始重新审视自己，于是我发现了“另一个自己”。那个自己，为了追随李昂而去挑战肖总，为了辅佐李昂而不断刷新自己的承受力，最后，因为李昂不重视自己的价值而不平衡，因为李昂逃避现实导致自己想要离开——那个自己，都是围绕着李昂转的。

就像恋爱中的两个人，如果太计较谁付出得多、谁付出得少，就会失去恋爱的甜蜜，如果一方太在意对方眼里的自己，而不是用心经营好真正的自己，就会失去平衡。我发现的“另一个自己”，就是那个计较谁付出多少的、那个过于看重对方评价的小女孩儿。可是，无论工作还是生活，本不该如此，我要做我自己。

跳出内心的雾霾，我整个人轻松了许多，即使是在寒冬里，也能感受到希望和动力。

那年冬天，对于我们来说，是“严冬”，不仅“寒冷”，而且“严酷”。何总的“恩仇录”还未了，事务所一家客户又出事了，它刚刚上市不久就因涉嫌财务造假被证监会调查，这种事在我们行业，可是谈虎色变的大事，如果证据确凿，签字的会计师难辞其咎，事务所也很可能一蹶不振甚至从此在业内消失。曾经震惊世界的财务造假丑闻之一，发生在 2001 年，曾在《财富》500 强榜单中排名第七的安然公司申请破产，案件牵涉当初的“国际五大”会计师事务所中规模最大的安达信，安达信因财务欺诈，不仅被法院判罚 700 万美元，更是自我摧毁了苦心经营多年的审计专家品牌，从此，世界上就只剩下“国际四大”了。

朱总为此召开了几次紧急会议，事务所上上下下都进入了一级战备状态。

更可怕的是，证监会对此事迟迟不下结论，只是口头沟通说，问题不算严重，但还需要进一步调查确认。就像一个彪形大汉突然出手和你打架，你只需要拼尽浑身解数迎战，殊死一搏就好，没工夫害怕；而如果那大汉扔出一句话说“你等着”然后转身走掉，你反而会坐卧不安，心惊胆战。有一些潜在客户因此将我们拒之门外，几个现有客户也委婉地谢绝了我们继续服务的提议。大家被折磨得甚至想，干脆死个痛快得了。

放眼整个行业，一片凋零。2012 年年末，证监会突然暂停了 IPO（首次公开募股），几家曾经以 IPO 过会率高而彰显实力的大型事务所，都成了热锅上的蚂蚁，焦虑不安，惶恐至极。没有人告诉我们，IPO 到底什么时候重启。更严酷的是，证监会还要求：“各中介机构在开展 2012 年年度财务资料补充和信息披露工作时，应……对首发公司报告期内财务会计信息真实性、准确性、完整性开展全面自查工作。”这文件一出台，一些客户干脆放弃了上市的机会，合伙人预期的审计费成了泡影，而不放弃申报机会的，审计团队就要在不加价的前提下协助客户开展费时、费力、费神的全面自查。会计师行业，苦不堪言，越大的事务所负担越重，日子过得越惨淡。

唯一让我感到欣慰的，是李小丫在痛苦中摆脱了痛苦。

我和李小丫参加了叶华地产举办的年会。那天，李小丫已经多日没和王总见面，一想到又要见面，她激动难掩。那天她打扮得很漂亮，穿一身雪白的羽绒服，长靴在脚踝处还镶着一颗水晶，她长发及腰，略施粉黛，在踏进年会大堂之前，还特意从包里取出小镜子照了照。我看到王总从大门口走进来，他长得是年轻，笑容里散发着自信和活力。李小丫正不知所措，只见王总的太太牵着小女儿飘然若仙地来了。王总没有看到小丫，他听到了身后的脚步声，转身伸开双臂，迎着女儿奔过来，一把抱起女儿转了个圈。他太太穿一件驼色的羊绒大衣，一条腰带束在腰间，短发，一边儿的头发别在耳后，显得既温和又干练，她向王总微笑，笑容里藏着娇媚，伸出手轻轻整理了一下王总的西服。王总亲了亲女儿，又吻了一下太太的脸颊。

王总转身，向我们的方向走来。李小丫僵在原地，好像有些站不稳，扶了我一下。王总路过我俩的时候，向我轻轻点了点头，并没有看李小丫一眼。反倒是王太太走近李小丫，微微仰着头，抛来一道胜利者的目光。李小丫就像逃兵一样跑开了，我赶紧追过去。追到一个角落，看到李小丫靠着墙掩面而泣。

我没跟过去，静静地望着李小丫。我猜想着，这种所谓的爱情，对于李小丫而言是整个世界，对于王总来说本就是可以随时放手的过客。最让李小丫伤心恐惧的，不是王总会放手，而是在他放手后，李小丫该怎么面对她自己，往往最让人崩溃的，是一种深深的自我否定。

大的地产公司就是财大气粗，现场布置得就像奥斯卡颁奖典礼一样，王总走过红地毯站在巨型宽荧幕前，铿锵有力地讲话。各路媒体都派来了记者，一个个端着“长枪短炮”，不停地“咔嚓咔嚓”。2012 年，对于房地产行业来说并不是好年头，但经过残酷的洗牌，终究是瘦死的骆驼比马大，大的地产商还算是挺过了这个坎儿。王总底气十足地说：“预估一个城市的房价，不要根据老百姓的购买力，你要看这个城市的定位。就拿北京来说，是中国的心脏，是全国甚至全世界人才都涌进来的地方，精英阶层的聚集地，房价怎么会跌！我坚信，北上广深的房价，在未来的十年一定会继续上涨！我们要做的就是坚信这一点，继续打造好公司的品牌！”

王总在台上慷慨激昂的时候，王太太悄悄来到台下约李小丫出去聊两句。李小丫犹豫再三还是出去了，我担心她控制不好情绪，暗自跟了过去。我听到王太太说了一句话，让李小丫彻底崩溃了。王太太说：“李小姐，像你这样姿色的女人，王东明有好几个呢，难道你不知道吗？你如果感兴趣，我可以把她们的情况介绍给你。”

李小丫身子晃了晃，我正要赶过去扶她，她转身推开我，怒气冲冲地往王总讲话的舞台奔过去。走到台下，李小丫被保安拦住，她不顾一切地冲着王总喊：“王东明，你这个混蛋，你这个人渣！”

瞬间，场下骚动起来，记者们齐刷刷地把镜头转向李小丫，有反应快的记者立刻举着录音笔问：“这位女士，你指的人渣是台上站着的王总吗？”

王总站在台上看得一清二楚，看得出来，他想下台来安抚李小丫，但他很快收住了自己微微移动的脚步，镇定地说：“最近总是有人指责我卖房子卖得太贵，其实我们也很无奈。麻烦保安把这位女士请到贵宾室，我们的同事会好好安抚的。”

李小丫挣脱了保安的手，扭头跑出年会大厅。

我追不上李小丫，瞥见王太太满足的笑，觉得那种笑好阴险，忍不住问她：“你说的是真的吗？”

王太太趾高气扬地反问回来：“真的假的，重要吗？”

那一幕，终结了旧的一年。

严冬过后是干燥的春天。资本市场的中介机构是社会经济的温度计，经济环境的不景气，从二十家大型会计师事务所出具的企业财报中可见一斑。IPO 封闸，我们做上市公司风险管理咨询服务的，自然也受到了很大的影响。

2013 年的夏天，酷热酷热的。

智达事务所经历了史上最大的一次离职潮，合伙人们虽心急如焚，但也找不到什么好的办法留住员工。

智达事务所莫名其妙地被告上法庭，原告居然是邱总审计的一家公司，因为公司被税务局以漏税为由进行了罚款，就指控邱总作为主审会计师没有尽到应尽的义务，要求事务所赔偿其损失一千二百万元。一年以后，当邱总在法庭上听到法官宣判原告败诉的消息时，已经欲哭无泪，她有气无力地自言自语道：“暗无天日的日子。”回家后就生了场大病。

新成立的咨询公司虽按部就班地经营着，可收支情况月月在生死线上徘徊。几个员工提出了辞职，有的说，北京买不起房子，要回老家发展；有的说，工作性价比低，还是找个不出差的工作实在，薪水不高却清闲；也有的说，不能再干这行了，没时间谈恋爱。说到底，其实就一个理由：待遇不好。好在，这些辞职的人都是加入公司不到半年的，我们的“原班人马”都还在。但大家私底下也纷纷议论，我们的业务什么时候才能有新的起色？

第十五章 战略，战略

自从德鲁克将『管理』确立为一项职业以来，『管理』已经越来越演变成一项最『不专』的专业：一方面是在『管理』大概念下无限细分至『五马分户』的地步——战略管理、生产管理、营销管理、财务管理、行政管理、公共管理……另一方面则是大量其他学科与『管理』的反复嫁接：心理学、经济学、数学……好在管理者是实实在在存在着的，管理是一门实践，其本质不在于知而在于行。——《公司的坏话》

后来在 MBA 课堂上，讲战略管理的教授把“战略”用“单口相声”的形式传授给大家，为此，同学们称他为“大师”。大师讲的各种战略理论及模型、案例，已被我尘封在笔记本里，一时半会儿想不起来，唯有一句话让我想忘都忘不掉 :“大家觉得战略到底是个啥？我觉得啊，战略就是个鬼，咱总能听说，但你们见到过吗？反正我是没见过！”

当我们为客户提供管理咨询服务的时候，常常和客户提到战略管理。可绝大多数咨询顾问无论是访谈客户还是撰写报告，涉及战略的部分，都只是走走形式，大家认为，谈企业管理必须谈战略，但战略太虚太空洞，谈了也没有实际意义。我们自己经营公司也如此，没有人去想公司的战略是什么、应该是什么，直到2013年秋，经历了酷夏之后，因为李昂和我，与金荆之间的一场“斗争”，我们才把对战略的思考提上了日程——当然，那时还仅仅是对战略的“思考”。

从春到夏，新公司成立不久，就像一个体弱多病的早产儿，月月在生死线上徘徊，员工们私下里对公司前景的质疑已从池底浮出了水面。表面上，没有人直接、公开地问：公司到底赚不赚钱？公司还能活多久？公司业务有前途吗？但大家会处处表现出和以往不同的状态：懒洋洋地来上班，早早地溜回家，午饭时间无限抻长；讨论的焦点不再是某个行业的风险识别点，而是不知不觉转移到了旅游攻略、明星八卦；以杨不凡为代表的性格外向的几个员工，只要有一点儿不爽就会在办公区大声嚷嚷。

“北京的春天也太干燥了吧，小禾姐能不能给我们每个人配个加湿器啊？”

“今年夏天怎么这么热啊，大厦的空调系统多少年不维护了，冷气不给力，有没有人管啊？”

“咦，不至于吧你们，谁拿了我放冰箱里的三明治啊，那是我午饭啊！什么素质啊！昂哥，咱公司是不是得安个监控啊？”

鸡毛蒜皮的小事，稍费一点儿口舌就可以搞定，但大家浮躁的心态却不是一朝一夕能安抚下去的。

我和李昂都深深陷入了柴米油盐的困扰。

我每天早上睁开眼睛就开始盘算，这个月的工资能不能按时发，还有哪几位合伙人需要我们去拜访、讨项目？那些操控成千上万人的企业大佬简直就是神，我们运转一个五十人上下的公司，就已经疲惫不堪。

像我们这种小团队，每一次项目回款大家都知道消息，员工们有种“哇，我们又有钱了！”的激动，但没有人会考虑支出情况。如果老大对大家透露我们这个月入不敷出，员工都特别不理解：怎么会？不是刚收回来两笔钱吗？可这收回来的钱，很快就会蒸发掉一大块，太零碎的不说，就说经常性发生的：

不菲的房租！

每天都在消耗的水电费、通讯费！

每笔营业收入的营业税！

上缴国家的城建、教育之类的各种附加费！

企业需要承担的五险一金！

给帮忙开拓业务的合伙人的介绍费！

这些支出，作为智达的一个部门时也大抵都存在着，但那时候，一是部门业务收入还不错，二是智达的资金池大，即使部门遇到了资金周转不了的情况也有事务所的支持。公司成立后，就像人已成年，父母没有义务、也不应该再无偿为你安顿好衣食住行。更何况，智达被法院冻结的三千万元还未解冻，被证监会调查的案件还没有一个利好的结论，审计业务的客户企业多数都不景气，导致审计费收不上来，事务所本身都在人心惶惶中煎熬，哪儿还有财力和精力扶持我们呢。

李昂每天早上起来，满脑子都是哪个项目的报告需要定稿了？客户各种额外的要求该怎么应付？某公司要求我们做两天免费的培训是答应还是拒绝？他明白在这种青黄不接的时候，最大限度满足客户需求、维护好客户关系很重要，但人的时间和精力是有限的，团队也一样，如果我们在“吃不饱饭”的情况下，一会儿帮客户美化一下无关痛痒的PPT，一会儿又帮客户的高管写几篇应对集团检查的汇报稿，还哪有时间去觅食呢？

记得有个客户提出要求，让我们的项目经理，以视频教学的形式，把为他们撰写的三白多页风险管理手册一章一章讲出来，场地、设备让我们自己搞定，并且，不给钱！那件事，李昂召开了一个小会，说是讨论了俩小时，其实几个人沉默的时间足足有一小时，两个烟鬼不停抽烟，满屋子烟雾弥漫，熏得人直流眼泪。最终的结论是：哎，伺候不了！只能得罪客户了。

我经常会做一个类似的梦，梦的主题是迷路，有时候走在迷宫里，有时候走在陌生的城市，有时候走在深山里，每梦到这种情景，我都会在绝望中醒来，醒来后才有种解脱了的轻松。我特意买来弗洛伊德的《梦的解析》，想看看为什么会总做同样类型的梦。这本书晦涩深奥，不过我记住了一个结论：梦，是愿望所达成。我知道，我的愿望就是在迷失中找到出口，我相信迷路是暂时的，甚至可能只是一种错觉。

一天，朱总打电话来，让我去参加中国注册会计师协会组织的一场法律论坛。论坛上，信永中和事务所的老总发言，谈了几点想法。早听说他是事务所的灵魂人物，也是行业内享有盛誉的前辈，那天聆听了他短短十分钟的演讲，足以让我臣服：一位会计师，能对法律理解得如此深刻，并能用极为简练的言语高度概括，最令我内心震动的是，他提到很多年前在事务所业务不景气的阶段，他有勇气派出所里的精英，封闭在京郊的酒店里长达数月，苦行僧般地做行业积累和研究分析，形成了有价值的数据库、与审计业务匹配的办公自动化系统，以及自主研发出的审计软件。时间在哪里，成功就在哪里。那段岁月，为这家鼎鼎大名的事务所稳步、长足的发展奠定了坚不可摧的基础。

我连会议安排的午饭都没吃，就急急忙忙赶回了公司，和李昂说起了我的见闻和想法。在业务不景气的时候，是最应该潜下心来做积累、总结和反思的时候，刘天星开发的“烂笔头”知识系统迟迟没有用起来，这个节骨眼必须要落实了；还有，这个阶段新业务几乎没有，老业务也都轻车熟路不用太费时间，应该集中两天时间组织全员培训。

李昂眼前一亮，说："好！你说得没错！”和专业知识相关的事对他来说，比咖啡和香烟还提神。

“经理办公会开个会，讨论一下这两件事吧？我来拟一个讨论提纲。”

“好！就明天上午。”

第二天上午的会，并没有想象中的顺利。单单和金荆明显没有我和李昂这么兴致高昂。单单更关心的，是秋天能不能发出半年奖金，她手头上的项目不回款的话谁来帮她去催；金荆更关心的，是什么时候有新项目，大项目能让他带队奔赴前线去赚钱，“都快揭不开锅了，还搞什么‘烂笔头’积累啊，这主意够烂的”。

李昂的态度很坚决，知识积累必须做起来，培训必须搞起来，前者由金荆负责、后者由单单负责，遇到问题或者需要协调什么，由我来支援。

金荆对他的任务不屑一顾，我几次催促，都没有见到成效，最后我被他这样评价了一番："小禾姐，总体来说呢，我觉得你人挺好的，公正、热心、逻辑思维吧也不错，就是吧，太事儿了，跟我妈似的，天天催我干我不想干的事。我就觉得现在做这个事没有意义，纯粹浪费大家时间啊！”他说完，抿着嘴，皱着眉头，一副道出肺腑之言的真诚样子。

我不客气地说："喂！你是经理办公会的一员，是元老，事情已经开会决定了，不想干也得干啊，能不能把眼光放远一点儿？能给大家带个好头吗？"我对他很不满，他总是这样，提意见多，解决问题少，想法一箩筐，让他落地的时候总玩沉默，大家决定了的事，不喜欢做就不做，现在还公然向我挑衅。

不过，金荆还是比较听李昂的话给李昂面子的，李昂私下里和他谈了一次，他也怏怏不乐地起草了个文件，提出了知识库填充、维护的要求。也是在李昂的亲自督促下，同事们分工，算是把一些基础信息上传到系统上了。

单单担心的项目回款，我答应帮她去催，她立刻有了动力。既然后顾之忧解决了，她愿意好好组织一场培训，在做了简单的问卷调查，制定了培训日程和课程大纲后，发邮件给我们几个提意见。我们团队早有不成文的规定，邮件征求意见发出后在规定的时间内不提意见的就视为接受，这封邮件提醒大家第二天下班前反馈，我和李昂都反馈了自己的意见，而且不谋而合，认为要把培训和郊游一起搞起来，增进团结、活跃气氛，让员工重燃工作热情；还要在培训时下发评分表，评选出最佳讲师。李昂还决定自己掏腰包，亲自挑选价值3000元钱的礼品作为奖励。

直到第三天，我和单单纷纷和担任讲师的同事协调确认培训题目和时间时，金荆突然站出来了："你们指定的培训体系太单一了，不是财务会计就是风险管理，作为管理咨询机构，咱们的员工得渊博一点！"

"你怎么不早说啊？"

"我现在说来不及吗？我也是这两天绞尽脑汁想到的！别说我不支持你们工作啊。"

我耐着性子说："好，你觉得还有什么话题可以谈？"

“我想过了，我要讲一堂——公司战略！小禾姐，你不是学法律的吗？给我们讲一堂法律课吧，让我们看看你这科班出身的到底有多厉害。”

“好，没问题。”那段时间，我总是看金荆不顺眼，他说的每一句话我都假想为挑衅，既然他挑战我，我就要好好应战。

金荆转头要走，又突然转回来补充了一句：“还有，我建议每堂课可以由两位讲师共同讲解，本来被安排讲课的经理可以带一个比自己级别低的员工共同完成培训，当然，这是自愿啊。”

“李昂，”我冲着李昂说：“你得准备两份礼物啊！”

“没问题啊！”

“昂哥，我想要 iPad mini。”金荆自信得不得了。

我们对公司战略的思考，就是从金荆的那场培训开始的，尽管那场培训中摩擦出了一点儿火药味，但的确，我们开始思考了。

短短半个月的准备时间，大家热火朝天地动了起来，同事们终于不再计较谁的三明治被谁吃了，不再一窝蜂地抱怨空调冷气不足，也不知道是因为培训那两天可以郊游，还是为了争取得个几千块钱的大奖。

这是在离开肖总之后，我们组织的第一场大规模封闭式培训，为了选地点，我亲自带着助理跑了京郊好几处度假村。第一天考察，公司助理开车，一个北京女孩儿，平时腼腆不说话，开起车来超级潇洒，她开手动挡的车，“哐哐哐”地来回换挡，上了高速都不系安全带，一路狂飙，两次超速都没有察觉。我说没事，我给你交罚款，你下次小心点，得注意安全。第二天再去其他地方看场地，我开车，助理优哉游哉地刷朋友圈，我反而觉得更轻松。

为了省钱，我们不打算雇拓展公司帮我们组织活动，我和助理俩到山里面踩点儿，自己设计拓展项目。边走，我边琢磨智达那三千万元是为什么被冻结的，一不小心扭了脚。回城时助理开我自动挡的车，右手还习惯性地握着换挡的操纵杆，我一边担心她在行驶中挂挡，一边担心她超速，一边脚疼得心烦，一路坎坎坷坷到了家。说来也怪，以前做肖总助理的时候，为老板服务都没这么大劲头，现在为了同事们吃好玩好而跋山涉水，提心吊胆加受伤，我竟没有丝毫的抱怨。

扭了脚，同事纷纷来问候。小裴最细心，她看到我桌上的雏菊凋谢了，中午顶着太阳给我买了一束新的。初秋已至，雏菊更显妖娆，这束清雅、淡淡的紫色，让人看了，心也微笑起来，嘴角也轻松起来。

“你爸原谅你了？”

“呵呵，算是吧，把我信用卡解冻了，要不我哪儿有闲钱给你买花啊。不过，他还是不和我说话。”

“一切都会好起来。”

“嗯，我现在心情不错，谢谢小禾姐一直的鼓励。我一直记着你和我说过的那句话：Tomorrow is another day。”

“不如，你和我一起做这次的培训吧。”我发现，让一个人摆脱苦恼的最好办法就是让她忙碌起来。

“没问题啊！”

管理每天都是从零开始。我们公司的新起点，就从那次培训开始。

我讲了一堂“公司治理结构在公司法中的体现”，裴晓真是我的“中国好搭档”，前十五分钟，她介绍了公司法的诞生、发展和现状，并提出了“大家如何理解公司治理结构？”之类的问题，同事回答完问题，裴晓就像一只万能的机器猫，“唰”地一下从衣服口袋里掏出一个小礼物送给他，这让我惊喜不已，想不到这丫头还藏着这一手呢。接下来的时间，我带大家回到主题，让金荆见识到了什么叫科班出身，大家对我们这堂课反响特别热烈，提了好多工作中遇到的问题，计时器响起，大家仍然在提问。

下一堂课就是金荆的“公司战略”，金荆又拿出了看家本事：“小禾姐和裴晓的课，我很有收获，相信你们也一样，看看，她们把上厕所的时间都占用了，这样吧，我先给大家高歌一曲，你们请便，三分钟后，欢迎回来。”

他热情高昂地唱起了《冬天里的一把火》，他的搭档杨不凡也给了大家一个小意外，她竟然解开辫子、弄散头发，给金荆伴起了舞，火爆的舞姿、亢奋的摇滚范儿，吸引得大家还是没有去洗手间。

看起来金荆和杨不凡也是做了充分的准备的，他们从百事可乐与可口可乐的广告对比入手，展开对战略的探讨。一个半小时的时间，他们不断强调战略对一个企业的重要意义，提到沃尔沃汽车把安全作为最高目标，苹果为把自己的产品打造成艺术品而不断追求完美；他们从战略的角度详细分析了加多宝与王老吉之争，又从 RIO 鸡尾酒的营销案例中阐述了产品营销是如何将企业战略落地的。他和杨不凡配合得不错，每一个案例告一段落，金荆就会大声喊一句：“战略！”杨不凡马上会跟着喊出一句：“战略！战略！”的架势。

金荆讲课也不忘拎出个人来开玩笑，他问单单：“你喝过 RIO 鸡尾酒吗？”

“没有。”

“那不奇怪。”他边说，边拿起一支笔向单单的方向轻轻点了一下微笑着继续说："RIO 鸡尾酒的营销定位是精准的，它定位于 25~30 岁的年轻女性朋友，它要彰显的是一种超自由、超自在的年轻人气质，大龄女青年怎么能懂？"

满场大笑，下面还有跟着瞎起哄的，单姐翻了翻白眼，没说话。

所有的培训结束后，紧张的评分、投票、选秀活动开始了，大家神秘兮兮地填写自己的评分表，不愿意被别人看见自己选了谁。短暂的休息过后，由李昂宣布结果。

谁都没有想到，我们小组和金荆的小组得到了相同的票数，这可给李昂出了一个大大的难题。

几分钟沉默之后，李昂端坐着，清了清嗓子，开始对金荆的表现大为赞扬。如果从现场观众听课的效果来看，金荆的课讲得生动幽默，笑声掌声此起彼伏，这一点有目共睹。不过，李昂的结论是，将最佳讲师奖颁发给我和裴晓，理由是：公司法与公司治理是管理咨询顾问应当了解的核心知识范畴，这堂课，不仅为同事们推开了一扇通向法律领域的大门，更为同事们将工作提升到一个新的高度打下了基础。"如果我们的咨询顾问为企业提管理建议，却压根儿不理解企业顶层设计的合法合理性，岂不被人笑话？"李昂站起来，隆重宣布评选结果，掌声顿时填满了会议室。

"啊？昂哥可真偏心啊。"杨不凡不高兴了。

掌声就像八月里的瓢泼大雨，说停就停，屋子里静悄悄，就连一根羽毛落地的声音都听得见。

"怎么了，大家怎么都不说话？我这人就是直肠子，想到什么就说什么。"杨不凡继续表示不满："哎，荆哥，你早就说昂哥不重视战略，你还真说对了！"

“啊，嗯，这个，不凡，你这孩子怎么这么快就把我给卖了？哈哈哈。”金荆虽然也是性格直率，但还不至于在这样的场合公然反对老大。

李昂脸色也变得阴沉起来：“这和我重不重视战略有什么关系，我是在评价最佳讲师。”

“我们哪点儿比不上小禾姐她们组啊？荆哥，你怎么不说话啊，你服吗？你昨天不还说，今天要敲醒昂哥吗？说如果他没听明白你这堂课，还不把战略提上日程，公司就等着黄摊儿呢吗？”

一个有些口无遮拦的人，被另一个完全口无遮拦的人，当众“揭发”得一脸尴尬。

“金荆，我们都知道战略很重要，问题是，你觉得我们的战略具体应该是什么呢？”我想缓和一下气氛，很平静地问了金荆一句，没想到，这句话得到的回应反而让事态恶化了。金荆的回应直指李昂：“公司的战略具体是什么，这不是我应该考虑的事，而是李总，是你，作为公司老大应考虑的事！”

“昂哥，咱们的战略是什么？”四十几个人鸦雀无声，只有杨不凡一定要逼问李昂。

“金荆，你是公司的元老，我一直看重你有战略眼光，希望你和我一起思考这个问题，而不是简单地用一堂课、一句话，把问题都扔给我一个人！”

“好吧，大家都累了、饿了，脑子也不转了，走，吃饭去。”我怕再这样说下去，就得让员工们欣赏一场内斗了，赶紧叫停，让大家转移阵地。

不过我心里是站在李昂一边的，因为我太不喜欢金荆那种只抛概念不落地的作风，我看着金荆那厚厚的嘴唇，心想：你大谈特谈战略的重要性，谁不知道战略重要啊，老祖宗研究兵法的时候就说过，还用你说？

“金荆，我们都把你看作公司的核心骨干，都需要你做些有价值的事，你总提这些空泛的概念，一到具体问题你就打住，这对公司发展有什么帮助呢？”吃饭的时候，李昂把我、金荆和单单叫在一起。

金荆拿起的筷子悬在半截儿，似乎在思考如何应对李昂的话。

一阵电话铃声响起，李昂急忙接起，说了两句就急匆匆地走了。我们愣在那里，无声地交换了几下眼神，单单低下头啃馒头，金荆忍不住开了口：“李总这是家里又出什么事了吧，不是孩子就是老婆！”——后来得知确实被金荆说中了，是李昂老婆生病，“不回家陪她，她就各种闹腾，连哭带嚷有点吓人”。

不知道从什么时候起，金荆称呼李昂从“昂哥”变为了“李总”，也不知道这口吻的转变是因为亲近带来的尊重，还是因为疏远带来的嘲讽。

另一桌上，杨不凡正滔滔不绝地给大家继续贯彻战略的意义，口若悬河地讲述着SWOT分析的方法，边讲边催：“服务员，我们还有个菜没上来呢，快点吧！”她一瞥角落，见李昂已经离席，就兴高采烈地嚷：“荆哥，过来，讲讲你昨天和我说的那些话。快来！”

金荆犹豫了一瞬间，站了起来，走到包房中间，继续为大家上课。他谈到，虽然人们对战略这个概念的理解不同，但至少，我们要明白：战略代表着全局、代表着长远、代表着目标；战略告诉我们，不能每天埋头看报告、低头应付客户，必须抬头观察和思考；战略意味着我们必须看看同行都在做什么，行情转变了没有；战略预示着我们未来五年、十年后会是什么样子；预示着我们是抢占了一块阵地，还是被别人挤兑得站在边缘看着人家吃肉而咱自己喝汤。

同事们在李总不在场的轻松氛围下，情不自禁地向金荆投去了崇拜的目光。金荆一手叉腰，一手伸出一根手指慷慨激昂地比画着，有点指点江山的豪迈。

裴晓问："荆哥，那我还是不明白，你觉得咱们公司的战略应该是什么？"

"我再次重申，这个问题是老大要考虑的事。我的使命是，让老大认识到这一点！显然，李总对此尚未有透彻的认识。"

我对金荆真是既爱又恨，我承认他说得很精彩，承认他的演讲给了我启发，但我无法忍受他这样自恋地夸夸其谈，更不喜欢他当着全员的面公开质疑他的上司。我担心，位高权重的元老挑衅"最高长官"，团队里的人心会变、会乱。

金荆的话很快就传到了李昂的耳朵里，几十人的团队，传话的本事是很强的，可以预料的是，话传来传去就变了味儿，本来是说"老王家的母鸡下了个鸡蛋"，传了几手，就变成了"老王家的公鸡下了个咸鸭蛋"了。

一天晚上，我按时下班回到家，竟然看到老公已经在家里趴着了。我不解，问后方才得知，他们公司老大和技术权威，针对公司"战略"展开了殊死搏斗！天啊，不会这么巧吧？天下的故事都是一个脚本输出来的吗？不知不觉中，老公开始"站队"了，虽然他不承认那叫站队，但他和我聊到的每一句话都直指大峰，不懂管理、不懂市场、不懂产品。"他一会儿说要做 SaaS（软件服务），一会儿又说要做 PaaS（平台服务），一会儿说做 B2B（企业到企业），一会儿又说做 B2C（企业到用户），老大给公司定位都定不明白，总变，这不是耽误我们工夫吗？"

第十六章　自救

创业公司垂死的时候从来不会有人救你，你得自己设法活下来……创业，有人说是闯出来的，有人说是熬出来的，也许是『试』出来的。——《给你一个亿》

秋天一定要住北平。天堂是什么样子，我不晓得，但是从我的生活经验去判断，北平之秋便是天堂。论天气，不冷不热。论吃食，苹果，梨，柿，枣，葡萄，都每样有若干种。至于北平特产的小白梨与大白海棠，恐怕就是乐园中的禁果吧，连亚当与夏娃见了，也必滴下口水来！果子而外，羊肉正肥，高粱红的螃蟹刚好下市，而良乡的栗子也香闻十里。论花草，菊花种类之多，花式之奇，可以甲天下。西山有红叶可见，北海可以划船——虽然荷花已残，荷叶可还有一片清香。衣食住行，在北平的秋天，是没有一项不使人满意的。

我最爱北京的秋天，爱到不敢用语言描绘，唯恐煞了风景，只有借用老舍先生笔下对北平秋天的描写来抒怀。

那年，北京的秋天依旧美到醉人心脾，但我们的心情怎么都爽朗不起来。在本该丰收的季节，大家却看不到希望。

审计团队的同事们，顶着各种压力奔赴项目现场，为一年一度的年审铺路，他们期待着在这青黄不接的年份，淘金般地淘出一点儿口粮。从事审计这种国家强制性的业务还算好，虽不求富贵，但生存还是可以保障的。与之比起来，管理咨询业务就没那么容易了，这类服务不是客户“刚需”，在年景不好的时候，真的可能断水断粮。IPO 关闸，上市公司数量没有增加，导致为上市公司提供的服务也没有任何新增，老客户又不可能年年月月需要出管理建议书和评价报告，仅剩下几家国有企业客户，由于上级集团的要求，还用我们不时地提供些帮助，但项目费用越来越少。

中期奖金没有发出来。

我再也找不到什么途径去筹措资金了。

在 MBA 的公司金融这门课上，老师会提到很多种公司融资的方式，我们一个也用不上。贷款？银行不可能贷给我们这种没有“信用”的小公司；发债？开玩笑；找投资人投钱？公司既没有成长性，又没有人会讲故事，我们就是掉进河里的那个拼命扑腾的人，即使是“天使”，也得观察观察这人是不是身强体壮、值得援救。

没有业务的日子，人心惶惶。小公司和大公司不一样，几十个人的团队，一点儿风吹草动很快就全员皆知。像我们这种机构，最怕的就是见到大家“济济一堂”的红火，那意味着没有项目做。

根本没有人像我们期待的那样，总结各行各业的特点，整理各个客户的管理精髓和风险点来搭建知识体系；也几乎没有人像我们以为的那样，在公司危难之际献计献策，抱团取暖。静心想想，我也能理解同事们的状态，他们只是公司的普通员工。每个人工作都是为了满足自己的需求，马斯洛的需求理论将人的需求分为几个大的层次，而对于企业中的员工而言，除了这些普适的需求外，他们在不同的阶段有着不同的主导需求，比如：

新入职场的员工，主导需求是学习到新鲜的知识；入职三年左右，大家的主导需求倾向于明确自己的职业规划；工作了五六年后，会把薪酬看得更为重要；工作了八九年的，主导需求多半变为获得成就感和话语权；在职场上奋斗十二年后，人们期待享受一种归属感；而十五年的职场老将，八成把收获尊重感看做人生成功的标志。

在我们公司里，以工作了五六年的员工为主，也有一些职场新人，几位高级经理是有八九年工作经验的。没了业务，士气低落，新人不被新知识包围，想赚钱买房养家的领不到奖金，金荆这种“老人儿”捕获不到成就感，表面上的话语权也引来了上上下下的争议……

那段日子，有一种奇怪的现象在公司滋生，大家每天上班，多半时间会三五成群地海侃神聊，有时候开怀大笑，有时候窃窃私语，然后风言风语开始流传起来。公司里不知不觉分成了两三个派系，有的站在李昂这一边，有的站在金荆这一边，还有的又好像成了我的“亲信”，喜欢在茶余饭后和我闲聊，聊着聊着也会抱怨起金荆或者李昂的各种不好。

提离职的人从一个两个变成了三个四个，从三个四个变成了五个六个，就像患上了流行的传染病。我和李昂有些心慌了，建立起稳定的团队来之不易，好不容易聚拢了几十个人，我们都特别害怕失去员工。记得有那么整整一周的时间，除了和员工聊天，我什么工作都没干。各种循循善诱、各种苦口婆心、各种语重心长之后，至少，我们认为还不错的员工没有人再提离职了。但我知道，大家心里在打鼓。

大家心里在打鼓，不是因为没有钱，而是因为看不到希望！春节之前那一次现金流危机，没有引起大家明显的抱怨或者离职潮，是因为大家还心存希望。那时候只是没有现金，但我们有业务、有客户、有即将成立的新公司、有事务所老板的投资、有骨干力量的承诺。

我和李昂心知肚明，如果公司不拿到新业务，离职潮的停顿只是暂时的。而市场行情如此，我们是要继续维持现有业务类型，还是要另辟蹊径尝试转型？纵观国内一些知名的管理咨询公司，几家“培训 + 管理咨询 + 资本”类型的，紧跟资本市场的脉搏，似乎很赚钱，很高大上，不过从我们团队的组成和公司资源池看，效仿这样的公司还远远不到火候。我们该将公司定位成什么样子？“战略”这个词又转了回来，真真切切地站在我们面前了。金荆坚持要求李昂作为公司“老大”尽快制定战略，这成了李昂心里挥之不去的一片阴影。我希望能帮他找一条出路，不仅是为了他，更是为了公司和我自己。

李昂和我经常会探讨要不要开拓新的业务，想来想去，这事儿势在必行，就连智达也把战略的核心描述从“专业化、国际化”，改成了“多元化、国际化、专业化”，可见，多元化是大势所趋。

我们把思绪放回到起点，为什么要带着队伍来智达？公司的天然优势就是依靠着一家国内一流的会计师事务所。我总有一种预感，事务所肯定还有什么资源没有被我们开发出来。或许，我们可以依托智达的客户群，为客户提供审计之外的咨询服务，包括人力资源、战略咨询？或者，我们就做事务所合伙人们的跟班，分他们的一杯羹，做些和审计相关但不重合的业务，比如IT审计、财务尽调等。

我们每次讨论得差不多，都会和金荆、单单说说，单单一向没有什么意见。金荆一直是"行！"等到我们真的遇到相关的业务想接又不知道让谁带队的时候，金荆总是会说："什么？战略咨询？这个咱们做不了！""什么？人力资源管理，咱们做不了！"几次下来，李昂不满了："你不是说啥都可以吗？"金荆也不满了："我是说可以，但还是得有个定位吧，到底做啥啊？得想明白了啊，咱们不能像无头苍蝇一样到处乱撞。"

如果"咱们做不了"，那就引进新的人才来带头做，可因为"囊中羞涩"，我们看中的人又请不起。我们花了大量的时间招聘人才，效果很差，索性找猎头帮忙，不过，一听到猎头的中介费，我们就头皮发麻望而却步了。我好不容易把亲和力展现到极致，把公司未来的前景厚着脸皮一顿吹，终于吸引来了一位从中软辞职的经理，让他来牵头开辟IT审计业务线。都已经和他签了劳动合同，结果第二天他被华为轻松愉快地以三倍薪酬的开价挖了过去。这真是小公司的悲哀！谁都知道伟大的公司要用精英人才，问题是你请不请得起？

金荆又在质疑了，IT审计根本不赚钱，你们费那么大劲招那种人干吗？

"金荆，你不要老是在我面前说'不'，你觉得你总这样有意义吗？"李昂已经忍无可忍了，他撕开了一袋麦斯威尔，猛地倒进杯子，拎起壶把冒烟儿的开水灌进咖啡杯，环顾了四周没有找到搅拌棒，索性把装咖啡的塑料袋折成一条，乱无规律地搅和起来。

我也不喜欢听金荆的夸夸其谈，他继续滔滔不绝了一番我一句都没听进去。我坚信创业是“试”出来的不是想出来的，坚信管理是实践出来的不是说出来的。

但金荆一句话把我和李昂说得哑口无言：“那李总，你觉得我以后是不说话好呢，还是把真实想法开诚布公地说出来好呢？”

李昂喘着粗气端起咖啡就喝，被烫得大叫了一声。

金荆还继续添油加醋：“昂哥，招不来人很正常，自己的人好好用起来也行，你们提到财务尽调，咱们也不是没人啊，单单不是注册会计师吗，她不刚做完一单邱总的尽职调查吗？”

我们心里都明白，金荆这是在煽风点火。邱总请我们参与的尽职调查项目，由单单带了两个年轻的顾问做完了，可惜，单单不觉得学到了什么，无论从方法论还是工作流程，都没总结出个所以然，这让金荆抓住了单单又一个把柄，说以前认为单单只是不太会带队，现在看来就是能力有问题，怎么一个学会计的科班出身的人，搞不定这么简单的尽职调查项目呢？

自从陈晨离职后，“三足鼎立”的高级经理阵容缺了一角，金荆和单单的矛盾冲突也越来越明显。

没有业务的日子，一切麻烦都被放大镜放大了。内忧不说，外患也来光顾。

税务局突然说要来核查我们公司是否有独立的办公场所，说公司注册的时候就该核查，那时候他们太忙，现在刚忙完一阵子，忙归忙但不能失职，必须来看看。我们只是租了事务所偌大办公区的几十个工位而已，根本没有“独立”的办公场所！我们费心思找关系去和税务所的办事员“沟通”，协调事务所好几个部门，腾出一间独立办公室作为财务室，连夜赶制了一块写着公司名称的牌匾挂起来，像恭迎圣驾一样接送税务所的“领导”，好茶好水果招待了一番。这也免不了被税务所的办事员数落个没完没了，说我们如何如何不规范，好在，检查算是过关了。

送走了“领导”，我一路轰着油门回了家，边开车边烦，一看到有人加塞儿就气得直按喇叭。到了家，我一屁股坐在沙发上，脸也不想洗，饭也不想吃，就一个字：烦！

在这个节骨眼上，陈默主动请缨带头开展IT审计业务，这为我们眼前苍凉的秋景增添了一点温暖的色彩。很不可思议，陈默和以前相比变化太大了，以前的陈默和“主动”二字搭不上一点儿关系，自从他爱人生病死里逃生以来，他就跟基因突变了一样。

“小禾，我能和你谈谈吗？”陈默神秘兮兮地找我。

我心里犯嘀咕：“可以啊，你啥时候变得这么正经了？”

陈默更神秘了，用一只手笼着嘴说：“这儿不方便说话，请你喝咖啡去？”

“啥秘密啊？你那么穷，还是我请你喝吧。”越说我越好奇。

我们在星巴克找了个角落，陈默和我讲了他决心牵头做IT审计业务的想法。

“我还以为啥事呢，跟特务接头似的。”我说我已经知道了，非常支持，需要人我去招，需要钱我尽量想办法，需要事务所哪个部门配合我去协调。

陈默还是一副神秘特工的架势：“我需要客户。”

“嗨，你就别那么小声了，需要客户那是肯定，咱公司都需要客户，不光是你。”

他环顾了四周继续提要求：“我就和你直说了吧，我想让你带我去见各个合伙人，谈项目合作。”

“这个我也支持，不过你找我不合适，你该去找李昂，谈业务得让他带你。”

“找过了，他鼓励我自己去拜访合伙人，说合伙人都很 nice（亲切）的，不用他出面。”

这么说我就觉得不理解了：“啊？为什么啊？”

“是啊，小禾，你说为什么啊？我就一个小经理，我去拜访合伙人，地位不对等啊。”

我也下意识地环顾四周说：“他不去，我去更不合适。”

“别啊，对合伙人你比他熟悉，再说你也是公司的副总，跟合伙人能说得上话啊。”

“我是说，他都不去，我去算怎么回事啊？你要是我老大，你乐意吗？”

陈默抓住我的话茬立刻说：“乐意，乐意，拜托你了！我老婆常年吃药得花钱啊，你就菩萨心肠当作帮我赚钱了。”见我没说话，他接着说：“李总不喜欢和人应酬，这点大家都看得出来，让他改个报告他眉飞色舞，让他拜访合伙人就跟给他灌黄连汤子似的。李总一遇到不喜欢干的事就躲，可他是公司老大，遇事得往前冲才对啊。如果他不冲，公司总要有人冲，你说呢？”

陈默的爱人虽被死神放了一马，但需要常年服用激素类的药物控制病情，吃得多了，已经有股骨头坏死的迹象。想到他无法工作的爱人和两个儿子，我就一个希望，希望陈默突然变得特别特别有钱。

走出星巴克，刚好撞见了杨不凡。

“小禾姐，陈默哥，怎么不请我喝咖啡啊，这就走了？”

杨不凡的脾气，我们是一而再再而三地领教了。她回到办公室就开始嚷嚷：“刚才撞见小禾姐请陈默哥喝咖啡啊，你们都没这么好口福吧？”

我答应陈默会支持他，但不会贸然带他去见合伙人，我需要和李昂沟通。李昂说：“这里说话不方便，我请你喝咖啡吧？”

“你们这都什么情况？办公室里说话怎么不方便了，咱俩是要交易军火还是怎么着？”

“没听员工们私下议论吗？咱俩天天关着办公室的门说悄悄话，说咱俩有不可告人的秘密。”

“扑哧！”好可笑。我眼前满是长舌妇的影子，看来员工们真是闲极无聊了。我说，就算我俩悄悄溜进咖啡厅，大家照样议论，议论得更厉害，别去在意这些了，赶紧谈正经事。

李昂只好关了办公室的门，给我倒上一杯上好的大红袍，解释了他的想法。他说金荆分析过，IT 审计不赚钱，风险大，不建议花大力气去做。李昂本身对陈默挑头做这件事也不看好，他对陈默的能力水平本就持怀疑态度，“他要是做不好，岂不是砸了咱们的牌子，以后合伙人谁还敢给咱们业务啊。”所以，李昂表面上支持陈默，但又不采取实际行动，我就被夹在了中间。

我只好采用缓兵之计，一方面不能公然反对李昂，一方面又不能打击陈默的积极性，我让陈默给我拿出个方案，总结一下这类业务在其他事务所是怎么做的，收费情况如何，再分析一下智达的客户特点，看看可以从哪些合伙人入手。我祈祷在他完成调研之前，能找到更合适的时机推进此事。

就在大家勒紧裤腰带，犯愁怎么过冬的时候，朱总的一通电话让我们终于看到了一线曙光。他让我和李昂第二天早上跟着他一起去一家央企集团拜访那的财务部部长，说“有大生意可以做了”！我开心得简直想放一挂鞭炮，而李昂好像并不兴奋。我以为他比较谨慎，毕竟只是初次洽谈，又不是签合同。不过裴晓想得复杂，她觉得李昂不高兴，是因为朱总直接找我，而不是按常理给李昂打电话。我想了想，也是啊，怎么洽谈业务要叫上我，是有点突然。

哎，好麻烦，心累，以前做董事会秘书要整天揣摩各位领导的真实意图，现在创业大家都地位平等了，难道还要时刻小心翼翼地琢磨李昂的心思吗？

当天晚上，我加班到很晚，请一位设计师朋友精修了原本不太精致的公司宣传册，等打印社的人送来散发着墨香的册子时，窗外下起了雨。北京的秋天雨不多，我望着飘零的落叶，感慨时光匆匆。我拍了张雨景，发了条朋友圈：一叶知秋，谁解我忧？

朋友们纷纷评论，有的说“有哥呢！”有的说“阳光总在风雨后”，有的说“唯有杜康”，有的说“玻璃反光了”，只有重实效、有逻辑的 IT 男刘天星问了我一句：“什么忧？”我说：“车限行，加班，下雨没带伞。”“我也加班呢，正要走，一会儿给你送一把去，反正也顺路。”

消失了好久的吴总突然给我发来私信：“看样子你在加班？”

“对。”

“女孩子不用这么辛苦。”

我没回复。

“我在和证监会的领导吃饭，不如一会儿去接你？”

我心里一哆嗦，一下子把手机扣在桌子上，平静了一下又拿起手机回复道：“不用，有人接。”

在雨夜见到刘天星，我感觉很轻松。一路上，刘天星的话题依旧是创业，他说刚才加班是在做自己的产品，做自己喜欢的事，永远不会觉得烦、觉得累。如果再找到一个客户，他就从现在的公司辞职，正式创业。他还特别认真地问我们对“烂笔头”有啥改进建议，我停下脚步，仰起头看着他写满希望的眼睛，说了一句比秋雨还让人寒心的话：“哎，我们基本没怎么用。”寒心的倒不是刘天星，而是我自己。

刘天星很认真地建议：“得给员工开个会，引导大家认识到知识积累的重要性啊！”

“嗯，得引导。”我嘴上这么说，心里却并不这么想。就像还没有孩子的人，总能说出一堆一堆的教育理念，等他有了孩子就知道，根本不是那么回事，并不是因为理论没道理或者理论与现实差距大，而是人们常常没有把理论与现实情况精准地匹配起来。

我们都知道知识积累的重要性，但在真实的世界里，要看这个重要性与谁相关。“说教”本身的力量非常苍白，绝大多数员工关心的是能不能拿到真金白银或者能不能得到可以换钱的项目经验，谁会在意本不想服役终身的企业在未来的五年、十年是个什么样子？

推动知识积累的动力大概有两种：一是设计一个制度，以实际利益激励员工，比如发奖金、评优秀；二是团队核心成员思想统一，齐心协力，身先士卒带头执行。但我们没有设计制度，在这个节骨眼上，我们已从“求发展”，退回到了“求生存”，更急迫的是找客户、找项目。好像这一切早已被金荆点破过：“都揭不开锅了，还搞什么‘烂笔头’啊。”而这恰恰体现了我们也不具备第二种动力。

但我没和刘天星继续讨论这个，等他自己“有了孩子”再慢慢体会吧。

回想起来很有趣，作为一个闯进创业门槛的人，我从来都没有过创业者的那种热血沸腾的渴望，反而是刚刚蹒跚到创业门口的刘天星，就像一个贪玩的孩子，在游乐园大门口望着里面的旋转木马，痴迷得目不转睛。

刘天星高我一头，脸上最有特点的是大大的鼻子和薄薄的嘴唇，他本来不怎么爱说话，但一谈到创业就滔滔不绝，字字句句发自肺腑。在他眼中的创业者，就是那个把自己喜欢的事做到赚钱的人，重要的还不是赚钱，而是做自己喜欢的事。

第二天的洽谈在朱总与对方老总的谈笑风生中顺利结束，我们竟然真的拿下了这个客户。“好了，客户我帮你们拿下了，接下来怎么干，就看你们自己的啦。”朱总说完，伴着一声洪亮的大笑开会去了。

这是我们第一次独立服务央企集团，以前在肖总手下的时候，李昂做过几家央企项目，但那时他只是项目经理。服务央企集团，难度远超想象。我们以前认为，做项目最重要的是专业，后来发现并非这么简单，和一般的上市公司不太一样，对于央企，更重要的是懂得如何“服务”，如何投其所好地维护好客户关系，如何认准谁是最核心的人物并想尽办法搞定他。

第二次与集团碰面谈项目计划的时候，李昂带着金荆同去，我没有参与。他俩回来的时候，鼻子不是鼻子、眼睛不是眼睛的。李昂闷闷不乐，金荆不吐不快。

“朱总不是说拿下集团了吗？今天一谈才知道，所谓的拿下集团，就是说我们可以进场为集团领导们服务了，不给钱的！”

"这也没什么大惊小怪的，听说事务所那些服务央企的合伙人，大多都是免费或者低价服务一阵子，再签合同落实项目款的。伺候领导嘛。"

李昂和金荆都瞪圆了眼睛看着我，好像他们很惊讶我居然一点都不惊讶。

"怎么了？不是吗？我也是听合伙人聊的啊，有些集团总部本来就不是盈利中心，他们会给中介推荐下属单位做具体业务，下属单位给钱。"

"小禾姐说得没错啊，你怎么知道？今天集团领导就是这么说的。"

我得意了："嗯，我们先要帮集团制定一整套风险管理的推进方案，他们再在集团 26 家下属单位展开实施。"李昂补充："还有，集团让我们先搞一个招投标方案，要求有 4 家中介机构入围，26 家下属单位，由 4 家中介一起做。"李昂忧心忡忡，这工作量可不小，等于我们要白白给集团提供至少两个月的服务，白白的。

我却激动得不得了。"不白服务啊，这是好事，这还不叫拿下了啊？"听事务所的董事说过，对于国有企业，只要你"服务"得好，他们不会亏待你，虽然开始见不到钱，但"领导"不会忘了你，他会用各种办法还你的人情。

服务好集团，我们就抢占了先机，就连招投标方案都可以为我们自己量身定制。

"好吧，就算你说得都对，但这个项目的体量太大，很多员工都要扑上去，资金这么紧张，咋整？"

"好办啊，你说朱总费那么大力气搞定集团领导，难道真的只是为了可怜咱们咨询公司？估计审计业务才是朱老大真正盯上的呢。听说按照规定，为集团服务的会计师事务所明年就要被轮换掉，咱们这是为审计抢客户打前站呢！”

好像我太兴奋了，反而让李昂有些烦躁，他一再追问我然后又该如何。”

“So（这样），你可以去向朱总申请三个月的运营资金，我们和事务所同甘共苦！以前去要钱不好意思求施舍，现在可是名正言顺求共赢啊！”

金荆伸出大拇哥称赞说：“小禾姐，高啊！”能得到金荆的赞扬，也是不容易的。

“嗯，明白！你说得有道理！”李昂也面色好转：“申请资金的事，还是你去吧，我看朱总对你印象很好。”

“啊？”

再然后，我说：“好！”

我没有像以前那样对李昂的习惯性逃避耿耿于怀。就像一支走在迷宫里的队伍，将要弹尽粮绝的时候突然发现一扇通往出口的大门，谁都不会计较该由谁去推开门，只要大家能得救，谁多出一点力算得了什么。

有一部风靡全球的电影叫《黑客帝国》，里面的男主角被召唤去拯救人类时问道：“我该怎么做？”他得到的回答是：“你不用知道该怎么做，只要明白为什么要这么做就够了。”

明白为什么去做一件事，要比明白怎么做重要得多。无论李昂如何，无论事情难易，管不了那么多了，只要是能够实现团队目标的事，就要去做。我不再是“为了李昂”，我努力，是为了我自己，我想让公司生存下去，想到这儿，那些委屈和不平衡就都变得一文不值了。

在好的时机做一件对的事，成功顺理成章。朱总痛快地批了我的申请，当着我的面给财务经理打了电话，嘱咐此事需办妥。估计财务经理在电话里提醒领导事务所资金也很困难，朱总几句语重心长的话，让对方没有继续辩解。在领导的话里，流露出“苦谁不能苦孩子”的情怀，我们这支先遣部队就像他播下的一枚种子，我们的番号叫“希望”。

然后朱总以他惯用的语气鼓励我：“小禾啊，年轻人错不了，好好干。今天你和我一聊啊，我看出来了，你很理解我的思路和意图，你和李昂务必要完成这个艰巨任务啊。有什么困难随时找我，我就是你们的后盾。”

工作量大，人手有限，我又一次上了前线。在为集团“白白服务”的两个月里，我们毕恭毕敬地访谈每一位领导，字斟句酌地写每一份报告，小心翼翼地做每一张表格。大家私下里经常感慨三件事：一是在集团办点事可真是得有过日子的心啊，一个从下属公司借调来的副部长，办一张门禁卡要等一个月，一个部门要换一台电脑，等审批下来已经过了一个半月；二是央企真是人才济济的地方，在集团总部，随便提到一个中层干部，都多才多艺并且有着非常不错的学历背景；三是央企的午饭，伙食太好了！

我后来读 MBA 时，管理经济学的教授是个特别敢说话的人，他的学术论文在国际上有着很大影响力，但他在我们的课堂上从来不讲理论知识。他说西方成熟的微观经济学对中国没啥用，中国有中国的特色，在中国，要讲政治、懂人性。我们全班同学都记住了他的经典语录：中国实行双轨制，在中国做企业一定要学会“制度套利”。回想起我们公司曾经在国资委文件带来的制度红利中，为“体制内”服务，真是歪打正着走对了路。其实那时候，我们只是为了抓住一线生机。

李昂的压力是最大的，他是我们的最高指挥官，不仅要做项目规划、出实施方案，还得负责审核报告，在适当的时候、适当的场合向集团领导做汇报。那两个月，他瘦了十斤，不说别的，光是改报告，就经常熬通宵。给集团领导的报告，和我们擅长的给上市公司的报告风格迥异，在开始的一段时间，我们的各类报告总是被主管部长打回来大改。因为我们的行文太直白，没有文采，不懂得“抑扬顿挫”，更不懂得“客观、全面地分析问题”。说白了，客户要求我们在报告中前一半的行文都要以肯定、赞扬的语气，先陈述集团各部门工作的喜人成绩，随后，才可以“适当地”提出问题和“恰到好处的”解决方案。

兢兢业业之后，我们在入围招投标中顺利中标。全公司上下欢欣鼓舞，像打赢了一场硬仗，信心倍增。但入围之后，难题才刚刚浮出水面。

为集团总部的服务告一段落，我们全体撤回。负责与我们对接的副部长找到李昂，希望我们派出一两名高级别的顾问，继续到他们公司现场办公，协助他们推进下一步工作。我们懂，这就是要求给他们配个干活的人。我们经历了两个月的磨练，也稍稍懂了一点点伺候央企客户的套路。虽然有些经理对此很反感，但能“打入敌人内部”对我们来说是极好的机会。

配给总部的这个人，一定要有“间谍”的特质，沉稳、聪明、善于沟通、有洞察力，胆大心细，能及时准确地向我们传递情报。要是这个人还是个女人，一个眼神就能迷倒千军万马，就更好了。

杨不凡得知此事后毛遂自荐，被我婉言拒绝。李昂倒觉得杨不凡可以一用，她很聪明，表达力强，工作效率很高，人长得也不错。我私下里提醒李昂："她优点多，就一个缺点，但足以致命。"

"哦！明白了，你说得对。"看来我俩还是蛮有默契的。

我故意问："你明白啥了？"

"咱俩写下来，亮出来看看？"李昂心情不错，提议玩个游戏。

我俩拿出纸笔各自写下杨不凡那个致命的弱点——

"口无遮拦"

"嘴没把门儿的"

我一看李昂是真了解杨不凡的弱点，就不解地问："李昂，你知道杨不凡这种性格早晚要出问题的，你，怎么还那么欣赏她呢？"

李昂双手抱在头后，身体往后仰着，望着天花板想了一会儿说："不是你和我说过的，用人都要用长处，扬长避短就行啊。杨不凡是我见过的最聪明、工作效率最高的员工，很有潜力。"

我俩还不约而同地想到了裴晓，立刻把她叫来商量，裴晓一口答应。

"我只有一个担心，"李昂半开玩笑地说："你别被集团食堂的饭菜引诱得不愿意回来。"

接下来的日子，是集团下属单位"选秀"的阶段。26 家子公司，根据集团下发的"工作实施纲要"，与入围的几家咨询机构双选，商谈合作、敲定合同。不知道以前皇帝选秀是看中什么，我们那次算是明白了，你长得再漂亮、再端庄也不行，你得主动抛个媚眼儿、招招手、撩撩衣袖，高冷范儿被选中的概率是很小的。

裴晓的情报不断传来——

几家潜在客户打算过完年再开展工作；

有的子公司已经明确指定了要用某家咨询机构；

有家咨询机构的市场部老总已经私下拜访了集团某部领导；

……

日子一天一天过去，我们依旧没有拿到任何子公司的项目。

每当大家问起李昂这件事，李昂都一脸阴沉："我正在和集团领导沟通。"

一天早上，公司所有参与这个项目的经理都聚集在会议室，等着李昂就当期情况做一个总结和评估，并对下一步工作做部署。这次会不是李昂召集的，而是金荆联合经理们发起的。由于集团不会指定哪家机构服务哪家子公司，需要我们自己公关。一开始，同事们一直在等李昂宣布好消息，却迟迟等不来，金荆着急了，他联系好所有的经理，然后把结论告诉我："小禾姐，咱们得开会讨论一下了，李总再这样不作为，我们就真是白忙活了。"其实我心里也这么想，于是没有丝毫质疑地答应了，只是建议金荆和李昂好好沟通一下，不要惹得李昂动怒。

开会那天，李昂姗姗来迟。他穿着一身灰白色的肥肥大大的T恤，刚一走进红褐色的会议室大门，还没等坐下，金荆就立刻汇报情况。大家互相壮胆，纷纷倒出心里的焦急和不满，甚至有些人直接问：李总，最近都在做些什么？

李昂一时没有说话，他叫来助理，烧水、泡茶，脸色暴露了他愤懑的心情。看着他那张脸，处处刻着"憋屈"，已经为项目战战兢兢地苦熬了两个多月，胜利的果实被别的咨询机构乐呵呵地摘了一个又一个。他熬夜、失眠、紧张、焦虑，他把每一份报告改到接近完美，把每一次汇报做得有声有色、有理有据，他的专业水准不断受到集团领导的称赞，他也没有忘记过第一时间把荣耀和团队分享。怎么一转眼，事情变成了这样？几天的工夫，公司就从一支士气大振的钢铁部队，摇身变成了热锅上的蚂蚁。

金荆很自觉地主持着会议："小裴，你说说。"

裴晓看出了李昂的脸色，不敢放肆。她简单转述了集团领导的意思，说我们工作出色，很敬业，很有专业精神，集团予以肯定，但是下面的子公司是否能与我们签约，需要我们主动出击、积极公关，集团不可能直接推荐哪一家咨询机构。

"小裴，你不用这么委婉，在央企才待了几天啊，就这么娴熟地用上他们的套路了？现在大家都在，这个项目生死攸关啊，有啥不好意思说明白的。"金荆一向主张"咱就说事儿"，他已经不耐烦地撸胳膊挽袖子了。

几位同事感觉情况不妙，依次起身，有的去洗手间，有的去倒水，裴晓没有继续说下去，只是说："很多情况，我也已经和昂哥沟通过了。"

金荆忍不了了："大家赶紧地，回来好好开会。"

李昂抽烟、喝茶，香烟的烟雾和茶水的水雾搅和在一起，袅袅上升，正如他在努力压制的不断上升的肝火。

"李总，我只是说事儿啊，你不要想多了，咱们得好好说说下一步咋办了。"

"你说！"

"集团部长的原话：你们李总太嫩、太书生气了，开公司可不是你们这个玩儿法，不能光顾着写报告，不懂谈感情。你看看人家谁谁谁，公关能力多强，要不你们也物色一个懂公关的，否则活儿干得再漂亮也没人买账啊，我都跟着着急。大家听听，客户都跟着咱们着急。”

“难道我不着急吗？！”李昂把茶杯“当”的一声拍在桌子上，爆发了。

我见势不妙，赶紧缓和了一下气氛：“我认为有必要请朱总出面继续做集团总部的工作，朱总就是事务所的公关大师啊，他可以请集团的人给咱们各个子公司负责人的联系方式，大客户他帮咱们联络一下，一般的客户，可以让李昂亲自出马搞定。”

李昂打断我的话：“第一，没有必要让朱总出面，这个项目他已经交给我们了，不要动不动就把问题推给领导；如果啥事都指着领导一个人，要你们干吗吃的！第二，没有必要由我亲自联络各公司，你们都是项目经理，我一向的原则就是充分信任和授权，啥事都我一个人干了，要你们干吗吃的！”

“这个节骨眼上，也不算是动不动就把问题推给领导吧？”我也觉得搓火，他冲我发飙干吗啊，我压着不满提示局面的紧迫性。

“李总，我们都是项目经理，你才是总经理，我们和子公司的负责人说话不对等啊，这点我一直想不明白你是怎么想的，该老大负责的事，你不能随便授权给我们啊。”陈默也不再沉默了，这是他第一次当众顶撞李昂。

李昂没好气地把其他项目经理一一批评了一顿，说大家不够有担当，关键时刻不往前冲，有责任都往他一个人身上推。

金荆面不改色，继续发表高论：“也对，不能什么事都往你老大一个人身上推，你和小禾姐可以一起想办法，毕竟你们是咱公司的最高领导层。我觉得小禾姐说得不无道理，必要时刻，应该找朱总出面。”

只听李昂更急了："小禾，你觉得合适，你去找朱总帮忙吧。"说完，他死死摁灭了烟头，起身愤然离开。

又是那种熟悉的鸦雀无声。大家安安静静地听着彼此的心跳声，似乎听到自己的心跳比谁都快。

我去就我去！我就不信了，这年头，不懂得寻求帮助还能成事？

我虽然一肚子气，但想到李昂的处境，我还是打算和他化解一下当天的不愉快。我发微信安慰了他，他回复："我已经尽力了。我说的每一句话都不是针对你，别往心里去。"

"不会的，我心宽。我还是去找朱总帮帮忙吧，他也非常关心这个项目。"

李昂久久没有回复，到了晚上回了一条："你定。"

第十七章 纵身一跃

联系员、内行和推销员，这三种人是我们每个人同外部世界联系的纽带。——《引爆点》

晚上，老公回家依旧很晚，他没有像往常一样打游戏，而是一言不发地坐在沙发上思考。我洗了澡，换上一身白色睡衣，贴上一片白色面膜，默默坐在他身边，我知道，这种时候不能和他说话，他正把自己封闭在玻璃罩里。

“啊！~~~啊！~~~”老公看了我一眼，吓得大叫。

“啊！！”我被他的大叫吓了一大跳。

“鬼啊，一身白一脸白，披着头发，悄没声坐我旁边，你要谋害亲夫啊！”

我乐得快晕过去，“哈哈哈，你不是不让我说话吗。”

老公平静了一会儿，告诉我，他们公司就要被互联网大佬收购了。

我故意摆出没有听见的表情问："什么？你说什么？"

老公也难掩兴奋又大声说了一遍："我们公司，要被收购了，哇咔咔！"

"你们太厉害了！这么短时间就被收购了！"

听我这么一说，老公又没那么兴奋了，他说："其实，如果我们有更好的思路，做出有竞争力的产品来，也可以朝着自己做到上市的目标努力努力，可惜，我们都没有找到好的方向，好的商业模式。"

有意向收购他们公司的有三家，核心团队的人对这仨东家各有偏爱，还不太好办——有的看重对方的远期规划，有的关注个人被收购之后的职场地位，也有的实在，就看谁给的签字费多，能痛快地赚一笔。

"你看重什么？"

"要是能一下赚两千万元就好了。"

"税前还是税后啊？"

"睡中！"

"税中？啥意思？"

"睡中，做梦的时候。"

我乐翻，他收起嬉皮笑脸很正经地说："我看重的是团队还能在一起，只要大家还在一起，什么愿望都能实现，真的。现在大家各有各的想法，我最担心队伍散掉。"

"嗯，凝聚力很重要。你还别说啊，大峰这方面还挺厉害，一下子忽悠三家收你们啊！"

"嗯，这方面他很厉害。话说回来，创业还是得做联合创始人啊，我们员工级别拿到的股权太少，创始人拿大头。"

"那你也得有魄力啊！"我想到我们的公司，瞬间有些失落，“我们老大是技术型的，一提到公关啊、市场啊、维护客户啊就打怵，刚把公关央企的事推给我。”

老公故意把眼镜拉在鼻子尖上不以为然地说：“你？妈呀。就你长这模样，还去公关？你也睡中吧。”

第二天一大早，我挣扎着爬起来，窗外漫天飞雪，又一年即将落幕。

瑞雪兆丰年的喜庆就像一束跳跃的光，笼罩着我奔赴当天的使命。没承想我脑子短路，看着车窗上一堆积雪，我不假思索地开了雨刷器，结果把电路弄短路了。雨刷器再也懒得理我，任凭雪花一层又一层，像絮棉被一样把挡风玻璃覆盖得越来越厚。雪天打车好难，好不容易中奖似的看到一辆车，还没等我招手，就有一个小伙子冲上去堵截。我没好气儿的冲他嚷嚷了两句，他没有理会，也没有立刻上车，我顺着他驻足望去的方向一看，两位老人家互相搀扶着，在簌簌落下的大雪中蹒跚走来。我的世界顿时安静了。

等我到了事务所已经不早了，我冲到洗手间整理了一下，一路小跑来到朱总办公室。秘书让我稍等，说律师在里面谈话，为了那件人们已经淡忘的银行账户被冻结的案子。

朱总送律师出门的时候看到我，说马上要去参加国际组织的会。我追着他到电梯，送他到一楼大堂，用三分钟说明了来意：集团层面工作我们已经出色完成，现在到了洽谈子公司的阶段，竞争对手公关能力较强，还请朱总方便时出面打个招呼，从集团层面获得更多的支持，并设法拿到一些重要客户的信息，我们会积极公关。

朱总在写字楼大门口停下了脚步，戴上围巾，把资料袋递给司机，告诉他稍等两分钟。

“这么关键的事，你们怎么不早点和我说，要抓紧了！”他边说边掏出手机给集团两位相关的领导打了电话，气宇轩昂的朱总与对方热情洋溢地三言两语一阵，然后让我记下了两个人的电话：“你可以找他们继续联络，哈哈。看你的啦，该花的钱要花，事情成不成，礼数都要尽到，懂吗？”没等我回答，他哈哈笑了两声，走出了门。

回到办公室，我就感觉气氛不对头。我丈二和尚摸不着头脑，边喝水边下意识地打开邮件一看，我惊呆了。李昂没有和我们商量，直接把“总经理签发”的红头文件群发邮件进行公告，宣布取消“经理办公会”，理由有二：一是陈晨离职后，经理办公会人数为双数，不利于做出决策；二是公司规模缩小，没有必要设立此会，今后要简化决策流程，望各级经理在总经理负责制下各司其职。

全公司上下三十号人一片哗然。大家私下里议论着，一种压倒性的声音是质疑李昂的领导力。有人立刻建起了小范围的微信群，里面说什么的都有：

好多天，一个新项目都没有拿到，不把心思用在开疆扩土上，搞起内部斗争来了！

听说李总以前挺民主的，怎么突然取消办公会，是不打算搞民主了？

这不是民主不民主的问题，是气度的问题，听说金哥当众指责李总了，李总要给他点颜色看看。

听说小禾姐要掌管大权了，李总不甘心，先下手为强……

“李昂！”金荆没好气儿地一掌推开李昂办公室的门：“你凭什么解散经理办公会？凭什么！”

“我没有必要向你解释！”

“亏你还说要重视公司治理结构，你就这么重视？公司是你一个人的吗？”

“我是总经理，我没有义务向你解释！”

本以为他俩一定会大吵一场，各自宣泄一下多日不得释放的不满，指着对方鼻子口不择言地对骂，一个摔门、一个扔烟灰缸，一个面红耳赤大吼、一个声嘶力竭嚷嚷，没想到金荆思忖片刻，深深叹了口气，转头走了。

我没有像以前一样，出面调停或者缓和气氛。因为我也非常惊讶，这个曾在我眼里过度民主的老大，现在突然一百八十度急转弯。我最不能理解的是，为什么要群发邮件给全体员工？这哪里能树立起权威，这不就是让大家看热闹吗？团队昔日的一团和气，不知从什么时候起，因为什么事，一步一步走到了剑拔弩张、彼此猜忌和鄙视的地步，到底是谁，到底做错了什么？在这个节骨眼上，谁都没有时间分析那么多了，这件事随着金荆的一声叹息骤然定了格。

“小禾姐，你去找过朱总了吗？什么进展？”几分钟后，金荆来找我，难看的脸色还没有恢复。

我从来也没做过什么市场、搞过什么公关，在拿到朱总给的电话号码那一瞬间是欣喜的，但在目送他离开时却突然胆怯了。不过，发昏当不了死，怕也没用了。我心想，我也是厚着脸皮跟客户要过账的，这次就死皮赖脸要项目呗，应该不会死得太惨。其实要项目比要账难，要账，你还可以理直气壮，“欠债还钱天经地义”总算是个说辞，要项目凭什么呢？

靠着朱总的面子，集团领导向我们透露了几家子公司负责人的联系方式，其中的一家，一位领导也私底下打了招呼。我召集了紧急会议，把金荆、单单、裴晓、陈默、李小丫他们叫在一起，讨论对策和分工，这事我没找李昂，他和金荆闹僵后就说身体很不舒服，去医院看病了。

我们很快敲定了分工。裴晓继续做侦查员，在集团内部打探子公司签约的情况和竞争对手的动作；陈默是北京人，熟人多、路子广，从外围打听竞争对手的各自实力和底牌；李小丫自认不善于搞公关，就上网去搜好吃的好玩的地方和年节可送的礼品；单单负责准备各类资料，随时待命向我和金荆提供；金荆愿意和我一起去拜访子公司的领导，大家都知道他能白话，是个善于吹牛的“推销员”。

“小禾姐，你不就是推销员吗？”金荆问。

“我是联络员，你是推销员，咱俩还是有区别的，明白吗？金大师？”

“小禾姐，抬爱我！”金荆有种金子就要发光了的自豪。

“稍等，”李小丫提了个尖锐的问题：“咱们就这么干了？昂哥，他？”

“我和他沟通，昂哥的角色是专家，谈下来项目他还得继续主持大局呢，咱们先打前站。”我回答。

“就是，你见过司令在前面冲锋陷阵的吗？”裴晓给小丫使了个眼色。

“那也不好说，往远了说，李世民就亲自冲锋陷阵，往近了说，麦克阿瑟也是啊。”金荆还是心里憋屈。

“行了，别扯远了。”

话虽这么说，大家心里也明白，就这么把李昂搁在一边总是有些不对劲。没办法，运营公司每天都会遇到大大小小的问题，每做一个决定都有正面和负面的效应，“是药三分毒”，吃了药就得损肝伤肾，但不吃药就得死。

裴晓和陈默的里应外合，为我们提供了好多家客户的情报。我和金荆互相壮胆，逐一联系了目标客户。有的客户顺利被我们拿下，有的以各种理由委婉拒绝；有的答应了和我们面谈，却在约见当天说领导出国，随后再也没有了音信；还有的同意把项目给我们，签合同之前又说我们报价太高；最伤自尊的是一家贸易公司，快六十岁的老总亲自接见我们，把我们贬低得一文不值："你们俩多大啊？还没我儿子岁数大吧，你们做过贸易吗？年纪轻轻就给我们当管理顾问，是不是有点不负责任啊？现在管理咨询圈子就这么好混吗？"金荆的三寸不烂之舌展示出大无畏的精神，不吃老人家那一套，把自己渊博的贸易知识口若悬河了一番，老人家四个字就把我俩打发了："纸上谈兵！"翻译过来，意思也很明确："你们别在这儿耽误我时间了。"

我俩的自尊心，就像一个美妙绝伦的水晶花瓶，被一颗飞来的石子击中，"啪"的一声，碎落了一地。不过，这对于整个团队来说不是坏事，毕竟人家让我们死得明白、死得痛快。最受不了的是竞争对手的恶意低价策略，逼得我们也整天纠结要不要再降低点报价，这种囚徒的窘境，把我们折磨得心烦意乱，各个机构明明知道恶意降价是"饿死同行、累死自己、坑死甲方"，却还是不惜代价一头扎进去，面对这个坑，你跳还是不跳？

这种左右为难，终于在一次与珠海一家公司的谈判中破解。这家公司比较大，项目金额自然会高些，他们采取邀标的方法遴选服务商，我们得到"线报"，应标的另外两家机构和客户也没有什么"亲密"的关系，值得争取一下。因为太想拿下这个客户，而且知道其他两家都会尽最大可能压低报价，我们在标书上也报了一个跳楼价。就在现场述标的前一天，我和金荆到拱北关口逛了逛，望着熙熙攘攘的人群和对岸纸醉金迷的澳门，金荆突然说："小禾姐，你说，人生不就是一场赌博吗？爱情也好、事业也好，谁都不知道结局怎样，咱们就赌一把，不要按常理出牌，敢不敢？"

"你说的是，这次投标不报低价？"

"对，赌一把。低价进去，我们可能被拖死，还不如去找更多的机会。"

"不报低价可以，但咱们总得有点私房菜吧，啥都没有还报高价，傻子也不用咱们啊。"

"你想，低价进去的，基本就两种情况，进场之后各种小项目小服务另收费；要不就是开始派出梦幻阵容，没几天就留几个小嘎崩豆在现场应付；这次，另外两家都不是'四大'，没有那么财大气粗，不会真砸钱养这个项目，咱们就抓住这些做文章呗。"

"金大师，有道理啊！"

"别轻易下结论，先想想你到底敢不敢，赌赢了皆大欢喜，输了责任就大了。"

"敢，有什么不敢，大不了引咎辞职，还能怎么着。"

"小禾姐，辞职岂不解脱了，不能给你机会！虽然你有时候太事儿，瞎讲原则，不过，有一点我还是服，你敢承担责任。"说完，金荆竟然脱了鞋，冲着澳门喊："光脚的不怕穿鞋的！"

"哈哈哈哈，咱们就快成穿鞋的啦。"

我俩许久以来互相看不惯，价值观冲突明显，可当面对同一个目标的时候，竟然谁都不矫情了。

我重新做了标书，忙活到凌晨两点，将所有的文件封印起来。这一包一包的投标文件，就是一块一块的筹码，就等着明天和对手狭路相逢了！

述标现场，金荆围绕着我们的承诺再三强调：不更换项目经理，不撤走项目核心成员；后续服务丰富，明码标价，绝不乱加价；我们曾全面参与了整个工作的总体部署，深知集团的思路，能够确保协助贵公司通过集团领导的巡查。

就这样，人生第一大赌，赢了！

消息传回北京，举司欢庆，有人当时就嚷嚷着，提议给我们开庆功会。大家难以掩饰对我和金荆的赞许，坊间已经开始流传起“市场重于泰山”的口号。

李昂亲自打来电话说：“嗯，看来我没看错金荆。你也辛苦了。”

接到电话的时候，我和金荆又去了拱北口岸遥望对岸，正幻想着自己就在新葡京酒店的赌桌上，捧着对手输掉的筹码不亦乐乎。我告诉金荆，李总夸你呢，他一笑，笑得五味杂陈。那个瞬间，我们站在里程碑前，在江风拂面的陶醉里欣赏承载着各自命运的船来人往，就那么几秒钟，热血涌上心头，让我们以为自己还有机会做任何事，去到任何地方，成为任何人。

这不是一般的项目，收费高、利润厚，而且客户在行业里小有名气，深得集团重视，这个项目做好了就是一根标杆。接下来的工作，就交给了“内行”们。李昂的“身体不适”也恢复了，任命李小丫做项目经理，项目开工。李昂继续做他的专家，我们继续做联络员和推销员。

除了这场被造化垂怜的赌博，还有个项目拿下得也有点意思，成了我们后来茶余饭后的谈资。

拿下珠海项目没多久，我们又收到“线报”，集团的财务公司拒绝了两家咨询机构为其提供服务，原因不详，本以为它早已名花有主，居然还是个待嫁的闺秀，机会来了。

又是个大雪天，陈默走进公司，掸了掸身上的雪，当众脱了鞋。我刚好路过办公区，见状吓了一跳：“你干吗？”

“金大师珠海脱靴誓师，我也有同样的决心，光脚的不怕穿鞋的。”

杨不凡走过来抗议，她最近很烦，珠海这种露脸的项目没派她去，正不服气呢：“拜托了，陈总，默哥！快把鞋穿上吧，我知道为啥光脚的不怕穿鞋的了，因为穿鞋的会被光脚的熏死！”

陈默一边套上鞋一边应道：“行，怪冷的啊，我先穿上。”又问我道：“上次我和你提到的 IT 系统审计的业务，啥时候帮我推一推？我可以先免费服务。”

“最近倒是有个好时机，快过年了，事务所为了答谢客户，在香山设宴款待全国的大客户，合伙人能来的都来。”我回答。

陈默一拍大腿叫好：“哎呀妈呀！”又说：“我有个新情报，小禾，叫上金大师开会？”

“大师还没来呢，你先和我说说。”金大师拿下了珠海项目有点飘飘然，总是迟到。

我们走进我办公室，听到身后杨不凡的抱怨：“又开小会，有那么神秘吗？”

“财务公司负责风险管控的部长姓罗，听说是你老乡。”

“谁老乡？”

“小禾姐，就你，你的父老乡亲。刚来财务公司上任不久，听说是集团里少见的年轻干部。不过，财务公司昨天已经和另一家咨询机构谈过了，罗部长还没最后定呢。对了，他是学法律的，肯定和你有共同语言啊。”

天赐良机。干脆就请罗部长参加智达的拜年晚宴，到时候李昂会带着公司的豪华阵容出席。

我电话里邀请罗部长，两次被拒绝，只好在他们公司楼下等他，足足等了三个小时，亲自递上一份请柬。他看到在大堂站着苦等的我，可能觉得这大冷天连坐的地方都没有也不容易，终于不好意思了。他考虑了一下，估计想到这是我们全所的大型活动，不至于惹出什么事端，也就没有再推辞。

晚宴现场有点小意外，罗部长当天带着五岁的小女儿来了。

他不好意思地说："很抱歉，我爱人突然有事，没人看孩子，我既然都答应你们了，又不好意思不来，只能带着女儿一起了，不过我不希望孩子待在酒宴场合里，我照个面就走。"

李昂和罗部长握手深表谢意。

"罗部长，这么大老远来了，一定要吃了饭再走，如果小朋友不喜欢在大厅里，咱们几个在小餐厅单聚吧，我也不喜欢这种场面。"我一边说，一边给裴晓递去一个眼神，裴晓就是聪明，立刻找服务生订小包房去了。罗部长想推辞，又有些不好意思。

我私下里叫来陈默，让他立刻开车去世纪金源给罗千金买礼物。陈默说，他自己孩子都是秃小子，给小姑娘买啥啊？小丫提醒，芭比娃娃和棒棒糖吧，所有女孩儿都喜欢。

陈默开着他那辆连暖风都吹不出来的破车一步一滑地完成了任务，我们的菜刚上齐，他就抱着个娃娃和一大包棒棒糖回来了。罗千金见了，“哇！哇！”地开心极了，虽然没直接伸手接礼物，但小美女一边看着爸爸的态度，一边说陈默是最可爱的叔叔，有宇宙那么可爱。罗部长望着他女儿的眼神，让我们心里踏实了很多。

“敌方”部队也挺神的，席间，罗部长接到我们竞争对手的电话，说他们正在大厅等着罗部长要汇报工作，顺便提前拜个年。罗部长一面吃惊，一面为难，正措辞推托，对方的人马已经在我们包房门口候命了。

我们全体瞠目结舌，都大大地长了见识，顿觉自己就是井底之蛙，脸皮之厚不及对方千百分之一。

李昂在主会场应酬了一轮，让金荆、单单继续招呼客户，自己匆匆赶到小包房，看到这场面，怕罗部长尴尬：“罗部，您别为难啊，都是同行，您如果不介意，请他们一起进来小聚。”

“好啊好啊，你们都是同行，一起交流交流。”

我和陈默见状带着罗千金到包房外玩游戏，躲避“不良风气”，战场留给了李昂和裴晓。不到二十分钟，裴晓发来微信，说：“对方自掘坟墓，昂哥和罗部讨论风控政策正欢，对方非要请罗部长 K 歌、洗脚，我也是醉了。”

人生最大乐事，就是拥有神一样的队友和猪一样的对手，这一单，我们拿定了。

那次宴会，我们不仅收获了财务公司，还找到了一个合适的时机，把陈默和他的 IT 审计业务推荐给了出席活动的合伙人和客户。

夜深，人未静。我走出酒店呼吸冬天里清澈的空气，仰望星空闪烁，难得一见的好天气。细数最近的战果，七家公司已经成了我们的新客户，就像北斗七星散发出钻石般的光芒，让我们微微嗅到了金钱的味道。我们纵身一跃，从赤贫变成了小康，从光脚的变成了穿皮鞋的。

创业，就是“永不得安宁”的代名词。一个困难刚解决，另一堆麻烦正排着队往前挤。春节之前，公司给员工发了体面的过节费，春节过后，发放年终奖金的大事又提上了日程。一涉及分钱，公司又乱套了。

按照既定的考核办法，员工的奖金分配和执行项目的工作时间有关。过去的一年，项目并不饱和，造成有的员工工时奖金很多，有的却很少。这看似很正常合理的分配规则，遭到了杨不凡奋不顾身的挑战。这次，杨不凡略改以往的表达方式，她没有公开在办公区嚷嚷，而是私下里找到和自己境遇差不多的同事诉苦，煽动大家的情绪。她一脸无辜地和同事们掏心窝子，说自己工作效率那么高，理解能力那么强，就是因为没有像某某那样平时觍着脸找苗小禾搞关系套感情，所以被分配的项目少。她的难姐难弟们听了之后，觉得她言之有理，纷纷难掩心中不平，还有的继续发挥，说自己没做那么多业务，是因为李昂开拓市场的能力差，不是员工的错，是李总失职。

杨不凡的确不同凡响，她打断了把主题岔开的同事，头头是道地为大家分析了形势，说纵然理由千千万，但是要解决他们奖金少的问题，只能选择一个口径说事。两条路：一是揪住苗小禾项目人员分配不公这一点；一是揪住李总开拓市场乏力这一条，最后敲定奖金金额的应该是李总，所以不能对李总说三道四，必须拿苗小禾开刀。

有人反对，说奖金这个事是小禾姐主管的，指责她岂不是自掘坟墓？不如一不做二不休，就说李昂作为公司老大，支撑不起公司业务，导致优秀员工被遗忘、被埋没、被亏待。还有人添油加醋，说最近的大客户都是苗小禾带头拿下的，李总实际上已经放弃了开拓市场，以后没准谁说了算，不如现在投靠苗小禾。

“你们傻吗？谁老大谁老二分不清啊？”杨不凡忍不了这群乌合之众胡乱出谋划策，斩钉截铁地说：“昂哥重感情，会哭的孩子就有奶吃；苗小禾重规矩，你要是哭哭啼啼，她就让你哭到没脾气，你们这都不明白吗？”

“啥意思？”也有仍然不懂的，眼巴巴看着杨不凡求解释。

“你可真是猪脑子！我也是醉了！”杨不凡不屑于和他解释，默认所有人都应该明白她那句话的深意。

大家都不说话了，明白的、不明白的，都得明白了。

杨不凡搞定了几个员工一起联名上书，直接递给李昂一封申诉信，写得还挺有文采，低调邀功，高调抱不平，矛头直指我，说我分配项目有失公平，举亲不举贤。她知道李昂一向认可她的聪明高效，笃定李昂能给她做主。

李昂和我的关系，加之我在公司的地位，岂能是杨不凡煽动几个“小朋友”可以动摇的？想到这儿，我的怒气和对杨不凡的超级厌恶渐渐平息了一些。然而，我的嗤之以鼻，很快被一场意想不到的“化学反应”冲击得头晕目眩。

按照以往的流程，我们的奖金分配是先把可分配的奖金池切为两份，分别留给曾经的总经理办公会的人以及其他员工，先按照考核制度把员工们的奖金数额敲定，再由李昂决定总经理办公会成员各自的奖金。直到这时候，我们才反应过来，经理办公会成员的奖金分配没有规则。前两年的惯例是，李昂奖金最多，我的其次，另外几位高级经理金额几乎一样，仅低于我一点儿，我们从来没质疑过。

李昂接到杨不凡的联名上书，开始并没有任何举动，只是私下里把事情告诉了我，让我帮他想想怎么处理。等他把“高层”这四个人的奖金分配下来，金荆发起了另一波权威挑战赛，他把矛头直指李昂，说奖金分配毫无公平公正可言，他的奖金比李昂的少太多，居然和单单的一样。

金荆并没有像以往遇到不爽时那样，直接去找李昂讨说法，而是私底下和关系好的同事抱怨。他想不通，为什么他连续拿下那么多客户，三个月签下来的合同金额都够去年一年的业务量了，却只有那么一点奖金。有的兄弟提醒说，可以找昂哥沟通一下啊，昂哥是讲道理的老大。金荆叹气，不想和李昂争辩这些，他说他不是非得要多少钱，也不想食嗟来之食，只是心情不好，“不患寡、患不均”，让公司赚钱的人没有得到应有的回报，太不公平了。他还心事重重地自言自语：“公司到底在追求什么？”

在杨不凡小分队的“逼宫”和金荆小分队的暗流涌动中，我毫无防备地躺枪了。谁说公司做大了才容易滋生办公室政治？小公司一样有。在办公室政治一点点侵蚀公司秩序的过程中，愚钝的我虽有察觉，但并没有预料到会有多么严重的后果。我的关注点，仍然聚焦在公司业务如何发展的问题上。

为央企提供服务，自是福分，但这类服务是否可持续，我们始终存疑，如果有种业务，不是源起于监管部门或者主管部门的政策性要求，而是来源于客户内在的、自发的需求，这种业务会不会更有可持续性？

“小禾，最近怎么样？”吴总消失多日，突然发来微信。

我端详着手机，迟迟没有找到合适的回复。自从我亲眼看到了李小丫的感情失败，就一直对吴总有种莫名的畏惧。许久，吴总又发来一条信息："裴经理和我提过，你们也在做财务尽职调查的业务，我有个朋友在保险公司，需要合作。"

这倒是让我喜出望外。

我回复说很感谢，单单曾经与智达最优秀的一支审计团队在一起做过尽职调查的业务，可以让她与吴总见面沟通。

一边回复吴总，一边告诉单单这个好消息。

我一边，吴总回复说请我一起出席，见面详谈；一边，单单竟然说自己对这项业务还不熟悉，上次和审计在一起做了个项目，并没有太多太深的理解，建议换其他人负责。

一边，我向吴总解释说我特别忙，而且对这种业务是个门外汉，还是直接让业务人员去细聊更有意义；一边，我压着火劝了劝单单，关键时刻得往前冲，这业务线做好了就是我们未来的一根支柱，我们该转型了！

一边，吴总非要戳穿我，希望我不要总是故意躲着他，不要把他想复杂了；一边，单单解释说，就是因为我对此太重视，她才不敢担此重任，怕做不好砸了牌子，再挨骂，其他项目多苦多累她都愿意做。

我停下飞快打字的手指。既然单单这么为难，强迫她也没有好效果，公司里还有谁可以在这方面独当一面？这人必须是学财务的，还得是有魄力的。

拿捏之间，吴总发来一条长长的信息："你相不相信，我现在对你只是单纯的珍惜。我对你很有好感，好吧，我承认我喜欢你。你很像我爱人，长得像，人生态度也像，我和你第一次见面的时候，她已经在美国待了好几年，就在一个月前，她去世了；我们曾经很相爱，但都是工作狂，对理想执着、对事物较真，彼此错过了太多。如果说我和你之间一定要划定一条清晰的界线，那在她去世的那一天，我已经划好了这条线。我知道，如果我继续追求你，你会觉得我把你当成了她的替代品，这对你不公平。我有些语无伦次了，你善解人意，一定懂我。”

时间在我眼前戛然而止，我的世界凝固了，从来没有一件事，让我如此混沌。关于爱与被爱，是个永恒的、美好的话题，又是个永恒的、沉重的话题。

“小禾姐，吃饭去？”裴晓轻轻敲了敲门，把我从神情恍惚中拉了回来。

“不吃了，你们去吧。”

“怎么了？有心事？”

“让你负责一个财务尽职调查，如何？”

“这么有挑战，为什么是我？”

“因为，只能是你。”

裴晓没有追问，同意先去见见吴总，正好两人熟悉。我没有同去，因为我还不知道应该以什么样的角色和心态面对他，该说些什么安慰的话，或许，他并不需要我的安慰，只是需要我懂他。

从此以后，我们之间的沟通似乎多了一些，但再也没有见过面。

裴晓的魄力遇上吴总的影响力，一单针对一家保险公司投资海外标的的尽调业务，谈得八九不离十。就在裴晓带着接到业务的兴奋和我商量项目人选的时候，金荆走进来，鼻子眉毛拧成一团地告诉我：李总很生气，问题很严重。

“又出啥事儿了？”

“我刚才听见他给吴总打电话了，说以后业务上的事可以直接找他。电话里嘻嘻哈哈，心里不一定多生你的气呢。”金荆说完，拿了一颗摆在桌上的巧克力，神秘地一撇嘴，转身走了。

我还没厘清思路，李昂进来，直接问：“听说这个尽调要去加拿大？派谁？”

这生硬的、酸溜溜的、突然的问话弄得我有些语塞。

“呃，对。去多伦多，裴晓就是在那儿读的书，客户特别看中这一点。”

“我知道！还有谁？”

“陈默，还有刚从‘四大’挖来的一个‘小朋友’，原来做审计的。陈默在美国待过一段日子，对北美也算熟悉了。还有，小丫财务功底不错，虽然没办法从珠海项目放出来，但可以做后台支援。”

李昂压不住火了，厉声反问道：“三个经理！负责一个小项目？！”

“昂哥，项目不算小吧？三十万元呢。”裴晓有些得意，这个价格比一般审计团队的要价高出一截，而且尽调业务短平快，利润率高。

“风险管理六十万元的项目也没派这么多经理一起上啊！”李昂一直站在门口没有坐下，就好像一坐下就喘不过气来一样。

我觉得李昂真是不懂战略，就着急解释：“这可是战略性项目啊！这单做好了，一条业务线就成功一半了。”

“小裴，麻烦你先出去吧，我俩单独谈谈。”李昂显得非常严肃。

在我们俩的那段对话中，李昂单刀直入地指出，如此看来，杨不凡对我的投诉可能也不无道理。他希望我能注意影响，说我主观上或许没有私心，但毕竟我平时和某些员工走得太近，不是一起吃饭就是一起喝咖啡，分配项目的时候，会让别的同事怀疑我的初衷。

在短短几分钟之内，我对李昂的反驳由多变少，到最后缄口不语。我在想，以后我是不是要独立一些？和“亲近的人”疏远一些？

当我开始怀疑自己时，我变得孤独起来。

李昂体恤杨不凡，但表面上也给我留足了面子，他没有调整那伙人的奖金，而是答应杨不凡，以后会多派项目给她，并强调说：“如果以后对项目分配不满意，可以直接找我。”这看上去好像是个两全之策，但实际上却是个下下之策，杨不凡从此拿到了尚方宝剑，毫不收敛地在我面前狐假虎威，她在小团伙中，俨然一位主持公道的大姐大。好习惯的影响力微薄，坏习气的传染力极强，杨不凡觉得自己成了“钦点”的人才，各种大事小情都自认为“上面有人”，她的弟兄们也开始用各自的尺度试探着为自己争取各种合理与不合理的特权。

于是，我和李昂的争执，越来越多，为是否承接新业务而争，为某某项目派谁做项目经理而争，为给合伙人多少介绍费而争，为给谁涨多少工资而争，为公司新的 LOGO（标志）是什么风格而争，为投入多少资源开辟 IT 审计的业务线而争……他说他是在维护团队的稳定，我说我是在坚守公司的秩序，当“稳定”和“秩序”这些描述价值观的词汇一再出现，自然而然，公司里开始分裂出不同的阵营，而这一切的背后，隐藏着一个危险的信号：团队里曾经的那个绝对权威已不存在，凝聚力就像一根老化了的橡皮筋，不知道哪一天，就会彻底断裂。

在橡皮筋老化的过程中，做项目、赚钱是不能耽误的。李昂全面负责央企集团和七家子公司的项目，我更关注裴晓的尽职调查，这对于我们来说，是个极大的挑战。即使是留过学，回国后只要不用英语工作，英文水平就会下降，即便是为上市公司梳理过财务制度，而对财务报表的分析能力却有很大差距。好在有几年的管理咨询经验，经理们对风险的识别和行业状况的分析都有了成熟的方法论。

裴晓团队面临两个最大的问题：一是专业英语水平需要迅速提高；二是财务分析能力要尽快提升。出国前的前期准备阶段，大家连续五天熬通宵，白天，谁困得不行了，就在会议室的沙发上打个盹。熬最后一晚的时候我也在，帮他们梳理文件、找些补充资料。傍晚的时候，裴晓突然满脸眼泪和我说："小禾姐，我要崩溃了，我突然觉得利润表有问题，但怎么都找不到问题具体在哪儿，我要搞砸了。"连困带累，咖啡已经不起任何作用了，让人更加焦虑烦躁。

"没事，小张也没找明白吗？'四大'的审计肯定没问题。"

"我下午让她回家去睡觉了，我看她太累了，眼睛充血太厉害，怕她坚持不到出国。"

"别着急，我找个审计经理来。"

当晚霞隐去最后一线光芒，一位经验丰富的审计经理救星一般赶了过来。我们奋战到凌晨四点，审计经理说了一句"搞定"，倒在沙发上瞬间睡着了。

"小裴，你怎么又激动了？"陈默见裴晓又满脸是泪，给她递过去一盒纸巾。

裴晓一张一张抽着纸巾，一把一把擦着眼泪，越说越激动："哎，感慨，我失恋的时候，觉得自己很惨，后来我想通了；我爸把我信用卡冻结，我觉得特别无望，后来我爸也消气了。今天下午给我急的，觉得这项目要砸我手里了，都快疯了，现在我又缓过来了。一切都会好起来！”

“这些话，你还能比你哥我有发言权啊？你嫂子的事，我当时死的心都有了，还差点把房子卖了。但你说，你还能真去死啊？你就把自己当一死猪，用开水烫，越烫越光溜。现在，你嫂子还是病病怏怏的，俩儿子都那么小，我反而觉得过得挺好。”

“嗯，陈默，你的心态变化特别大，就跟换了个人似的。”

“我知道我变化大，以前我出差，我老婆帮我收拾东西，有时候落个一两样物件儿，我立马打电话把她吼一顿，现在，她帮我叠叠衣服我都特别感激她，那真是打心眼里感激。”

“陈默！加油！做完这个项目，你就有希望换辆车了！”裴晓一边擦眼泪一边给他打气。

听他们聊着，我的眼睛也有点湿润了。

“要啥自行车啊？老衲先行歇息，二位女施主请自便。”陈默说着，趴在桌子上，一会儿工夫，呼噜声此起彼伏。

在裴晓一行人远赴大洋彼岸那一天，春意正浓。我醒来得很早，在阳光满满的房间里，感受大自然的鸟语花香，想到我们已经纵身一跃，勇敢地进军到国际业务，精神为之一振，索性在早高峰到来之前出发。我以每小时 80 公里的速度行驶，身后是东方的太阳，眼前是绵延的西山，打开天窗，感受远处飘来的晨曦里的一抹尘土香。眼前，突然闪进来一辆黝黑的特斯拉，好晃眼啊，我正欣赏它的 LOGO（标志）和流线型的车身，一眨眼，它微微一侧身，瞬间超过它前面的几辆车，我鬼使神差地跟着它并了线，而它已经消失在我远及西山的视野里，这让我终于明白，什么叫作“望尘莫及”！

咖啡，雏菊，四季如一。

电话响起，是朱总。

“小禾啊，到所里了吗？来我办公室，有重要的事和你商量。”

“小禾姐，我回来了！”小丫的珠海项目告一段落，春风满面，看来收获不小。

“太好了，回头聊啊，朱总找我有事。”

重要的事。

第十八章 结束，亦开始

世界上没有一条道路是重复的，也没有一个人生是可以替代的……别人的故事可以丰富自己的生活。……这些与自己毫无关系的故事会不断地唤醒自己的记忆，让那些早已遗忘的往事和体验重新回到自己的身边，并且焕然一新。——《没有一条道路是重复的》

“小禾，来来来，坐。”朱总看起来心情不错，一边让我坐下，一边喊秘书帮我倒茶。

茶叶一根根立在水中微微摆动，就像陶醉在池中的舞者，热气裹着清淡的茶香，沁人心脾。办公室里那个大大的玛瑙金丝地球仪一尘不染，整个世界，安静地站在房间的一角，迎接着太阳的光芒。

“小禾啊，叫你来，是想和你商量一件事啊。”

“朱总，您太客气了，有事吩咐我去做就好。”

“不，我们这群老家伙老了，有事得多向年轻人学。你可能也知道，我这一年来一直琢磨一件事，就是想招个有能力的市场部负责人，咱智达在这方面还不够强，和‘四大’比起来，资源整合的能力还差得远啊。”

“嗯，的确。内资所也有几家值得学习，多元化做得好，维护客户的手段也不断推陈出新，抢占市场的能力相当厉害。”

“没错！我们不能被他们甩在后面！我去年一年基本上都在救火，现在最危难的时候熬过去了，市场部这事儿必须提上日程！”他喝了口茶，“我想来想去吧，从外面招人不靠谱，不了解咱们行业，还是得从内部培养啊。”

我一听，隐隐感觉，这个内部的人不会是我吧？

“小禾啊，你看，你来负责市场部怎么样啊？”朱总说话一向几句话就直奔主题。

“我？”

“对，我看你行！”

我心里完全没底，我也没做过这么大事务所的市场工作，但我没说我不行，而是问了问朱总，在他看来我为什么行。

但朱总的赞许不足以让我立刻答应，领导要交代下属干活，自然要说几句好听的。不过他说了一句最关键的话，切中了要害。

“我知道你有顾虑，咨询公司刚刚有起色，你不能就这么撤出来。”

我心里暗自称绝，领导一语点出我的心理障碍。

朱总看我眼睛一亮，继续说：“我没有说让你撤出来，我希望你兼职，第一，咨询公司和事务所本来也不分家，第二，咨询公司本身需要下大力度开拓市场，深入整合事务所的各种资源，你兼职两方，一举两得。你想想，事务所有多少合作机构和多少客户的需求等着你挖掘！再有，你和合伙人打交道的时候，说你是咨询公司的，跟你说你是事务所的市场总监，这效果能一样吗？客户也还是更买事务所的账，对吧，名气大啊。”

我顿觉领导高屋建瓴、考虑周全，让我佩服得五体投地。

我难掩心花怒放的狂喜，一再向朱总致谢，表示我个人非常愿意接受这个艰巨的任务，但我得和李昂商量一下，先征求征求他的意见。朱总哈哈大笑，说：“好，想得周到，年轻人，好好干！”

这次谈话非常愉快，我从来没有和朱总畅谈过那么长时间。我们聊完了对新市场部的设想，还聊了很多话题，甚至朱总还主动和我提起那次被法院冻结几千万元资金的糟心事。直到此时，智达的资金仍未被解冻，但朱总已经能很平静地对待此事，他说智达的造血能力强，受这点儿伤没啥，能挺过去。

也是在那天，我听到了朱总对这件事的描述。何总，那个惹事的曾任董事，自从带着队伍加入智达以来，遭到质量控制部的多次投诉。有两次，质量控制部认为他的潜在客户存在重大风险，让他终止洽谈；还有一次，风险委员会认为他出具的一个报告存在极大风险，没有审批通过，还根据事务所的制度对他进行了内部处罚。没有想到，他魔高一丈，以他所在分所的名义向他亲家开的公司借钱，故意不还，他亲家一纸诉状把智达告上当地法院，要求总所清偿债务并赔偿损失。

这事早在案发那阵子，就已经在业内的论坛上被传得沸沸扬扬。发帖子的人各怀鬼胎，怎么说的都有，传闻最多的是说朱总和何总有着不共戴天的私人恩怨。这让我想起《搜索》那部电影，媒体和传言是可以杀人的。在信息大爆炸的今天，好像成本最高的就是找到事情的真相，并让大家相信这是真相，“信任”成了无比昂贵的东西。

我回到办公室已是中午，只有李小丫在，说是等我一起吃饭。我犹豫了一下，还是和她一起出门，一下楼，又撞见杨不凡。

“呦，小丫丫回来了，一回来就迫不及待请领导吃饭吗？珠海够养人的啊，越来越有姿色了，难怪能被地产业的土豪看上。”

李小丫一步冲到杨不凡面前，“你说什么呢！”

我轻轻拉住李小丫说：“杨不凡，下午我和你聊聊。两点去我办公室。”

杨不凡一脸阴天地说：“不行啊小禾姐，李总下午要给我打电话说报告的事。”

“好，那就三点。”

午饭，小丫闷闷不乐。直到看到裴晓、陈默轮番在朋友圈上发在加拿大做项目的照片，我俩才找到了可以聊的话题。

往回走的时候，天气已经热了起来。我们互相提醒说，晚上陈晨要请几个老友吃饭，下班一起去赴约。

回到办公室我还没坐稳，李小丫突然冲进了我的办公室，关了门，一屁股坐下泣不成声。

杨不凡竟然在朋友圈里发了一张李小丫和王总一起逛街的照片，也不知道她什么时候偷拍到的，文字写的是：“这年头，工作努力不重要，重要的是学会勾引人。”她自己又追加了一条评论：“去国外做业务有那么拽吗？无非也是会巴结领导而已。”这条朋友圈，我和李小丫是被屏蔽的，但王总公司一位和李小丫关系很好的同事看到了，第一时间截了图发给了李小丫。

如烟往事，又钻了出来，像魔鬼一样撕扯李小丫的心。

“小禾姐，你觉不觉得做人好难？”

我沉默。

我给她递去纸巾，握了握她的手，那双手，在春的光焰中冰冷到让人绝望。

我说，这件事交给我处理吧，把截图发给我。

我耐着性子，坐等杨不凡来我办公室详谈。本来，我只是想告诉她作为一名员工的本分，提醒她一下做人的基本道德修养，现在，就不用那么费心了。

她进来的时候正得意，一定是又被李昂夸奖了。

“小禾姐好。”得意竟让她变得有礼貌了。

我有种牙根痒痒的感觉，脸上却不得不保持温和，“坐，喝咖啡吗？”我很客气。

杨不凡一脸得意地说：“不喝了，谢谢啊。刚才李总还说回来请我喝星巴克呢，他明天就从深圳回来了。”

“好，你的消息比我还灵通呢。”边说，我边悄悄打开了录音笔。

“你最近工作也挺忙的，不耽误你太多时间。我是想和你聊一聊咱们公司的管理和氛围。你好像有些情绪，我有什么做得不妥的，你也可以直说。”

杨不凡的笑容顿时僵住了。她在我的办公室，只字未敢提我的半点不好，但对李小丫和裴晓的不满却是一大箩筐一大箩筐地往出倒，主题只有一个，她俩只会搞关系，业务水平没有她杨不凡的一半厉害，她实在不服气，说着说着，嘴里还溜达出一些不堪入耳的话。

“即使这样，你也没有必要在朋友圈里抨击她们俩吧。同事一场都是缘分，如果公司制度不合理你可以提，你对我的工作有意见也可以和我说，这些都可以沟通，但你在公开场合说这种话，是不是有些不妥？”我边说，边用电脑打开截图，放得大大的，让她看看清楚。

杨不凡的脸色已经红紫，平时气盖山河的劲儿顿时被压在了五行山下，也不知道她是在为自己的无脑而忏悔，还是在对揭露她的人进行诅咒。

我处理过好几次劝退员工的事，但像这种，不是被项目经理否定，而是被我直接否定的情况，还是第一次。杨不凡，这个早就让我“留意”的女侠，终于给了我一个“送神”的理由。在她哑口无言的当口，我已经准备好了两样东西，即一是规定了“开除条款”的员工手册，上面赫然留着“杨不凡”潇洒的签名，一是辞职申请，落款处给她留了个大大的签字空间。

“同事一场，我不想开除你，虽然你在互联网这种传播力特别高的场合诋毁同事，同时也诋毁了公司的形象，造成了非常恶劣的影响，足以让我开除你一百次。”

她没有说话，眼泪大颗大颗掉下来。

“我刚才说了，同事一场都是缘分，你自己提出辞职吧，我也不打算把你这件事告诉你下一任公司，希望你以后能有好的发展。”

“我想给昂哥打个电话。”她终于开口说话了。

“可以，但是你打算怎么说呢？你觉得他作为总经理，能容忍一个员工诋毁公司的形象吗？或者你想留在公司，面对被你伤害的人？”

杨不凡拿起笔，眼泪掉在辞职申请上，笔尖儿在悬空许久后，轻飘飘地落在了纸面上。

等杨不凡走出办公室，我立刻给李昂打了电话，把朱总和我说的话告诉了他。他沉默了片刻，问：“朱总特意把你找去谈的？”

“对啊。你说，朱总是不是想得很周到，以后咱们公司的市场空间可就更大了！”我一心想着这个决策有多英明，公司的前景将有多广阔，言语间按捺不住势在必行的紧迫感。

“嗯，不错，不错。看看，具体怎么操作。有点突然啊，等我回去商量一下？”

“好啊好啊！”

“对了，你是答应朱总了吗？”

“我说，我得和你商量，先征得你的同意。”

电话里传出一声“好”，就挂断了。

不到十分钟，李昂打来电话，劈头盖脸地嚷起来：“苗小禾，你太过分了！”

“啊？我怎么了？”

“你居然把杨不凡开除了！谁给你这么大权力？你胆子越来越大了！”

“我给她留足面子了，本来还真是想开除的。问题是，一个经理的去留，难道我没有权力吗？”

“你不觉得你现在有点过分吗？什么都不和我商量！下午我刚交代杨不凡一个任务，你说开除就开除，她纵然嘴上没把门的，干活可是不用我操心。你就这么把我的人给扫地出门！”

“干活不让人操心的人多了，人品让人操心的，你用得起吗？你能容忍你的员工，把同事的隐私发到朋友圈冷嘲热讽，把公司说得乌烟瘴气？这什么影响啊！”

李昂在那边还说着什么，我气愤到不能平息，接着说：“什么叫你的人，所有员工，包括我在内，都是公司的人，不是你李昂的人！”

“对，你不是我的人，反正你也要去事务所做总监了，你也不是我公司的人，你是智达的人！”

“你什么意思，我是去兼职！”

“兼职，哼，那么容易吗？你了解过那边的工作量吗？一心不能二用，人的精力有限，两摊子事你管得明白吗？你不能什么都想要吧？”

“我什么都想要？我，什么都想要？李昂，你想想我们在一起共事这几年，你当初想拉队伍出来单干，我帮你联系好平台，你不敢和老肖对峙，我替你摆平他，你缺人，我去找人，缺钱，我去找钱，你不愿意见客户，我去替你见客户，现在，你需要更大的市场，我去帮你开辟更大的市场。我，什么都想要？！我现在什么都不想要了！”说完，我气得把手机扔在桌上，啪的一声，砸到了一个青花瓷的小茶盅，那个茶盅，是李昂曾经送我的生日礼物。

晚上，我和小丫带着各自不能敞开心扉的压抑，来赴陈晨的晚宴。那天，陈晨请来了四个朋友，除了我和小丫，另外两位是他的发小。我看了这阵容，有那么点儿奇怪，这两拨朋友有点不搭界。不过那两个发小很会调节气氛，一唱一和地闲聊、说段子。

正当我和小丫在沉默里回忆着白天的不开心时，包房里的灯突然熄灭了，门口，一辆载着烛光的小车慢慢被推了进来，闪烁的烛光下，隐约可以看到一个心形的蛋糕，小车的四周插满了杨兰花，车的上方，飘着一个太阳形状的气球。

“今天你生日？”我问。

“没错，我，陈晨，今天生日，又老了一岁，感谢最好的朋友们来捧场。”

“看这边！”一发小一声提示，大家扭头看电视屏幕。

“帅晨！生日快乐！心想事成！”我和小丫一看，惊讶极了，是裴晓和陈默在加拿大传来的视频。

“师傅，你行啊，真有面儿啊，”小丫调侃陈晨：“过个生日，大洋彼岸的都来贺寿，还特地拿出来和我们显摆。”

只听到屏幕上继续说：“师傅，同样都是你徒弟，你居然那么偏向李小丫，你让我给她带的Gucci包，我选好了，当当当当！”裴晓边说边把一个最新款的Gucci包从身后拿了出来，在镜头前晃了晃。“师傅，钱可得赶紧给我打过来啊，我还要额外的劳务费。”

小丫愣住了，她看了看陈晨，眼神里装满了十万个为什么。

“陈晨，我就把李小丫托付给你了，无论她疾病、衰老，你都要忍住，哦，不是，是挺住，哦，不对，是，”陈默胡诌了两句，被裴晓推到了镜头外。

“小丫，师傅喜欢你很久了，你们要好好的。”

小丫的脸就像一个瓷娃娃，表情僵住了许久，她下意识地躲开陈晨期许的眼睛，求助般地看了看我。

我突然想到这一句话，脱口而出：“结束，亦开始！”

陈晨带着少见的、大男孩儿的羞涩温柔地说：“小丫，小禾姐说得多好，过去的一切都结束了，从今天开始，对你和我，都是新的开始。做我女朋友吧！”

要想赢得一个人的心，不妨选择在她最脆弱的时候做点什么。

回家的路上，我回想起白天发生的一切。情绪，就在短短的几个小时内，起起落落，跌跌撞撞。到了家，静坐了一会儿，我知道问题还没有解决，明天，还是要和李昂见面，见面时，还是要把话说清楚。

很晚很晚，老公都没有回家，我就在窗外滴滴答答的细雨声中睡去。黎明醒来，老公睡得正酣，我起身拉开窗帘，心情大好，又见一片醉人的碧蓝。老公也昏昏沉沉地醒来，第一句话："我们被收购了。"然后，又睡过去了。

"小禾姐，昨晚散了之后，我又和师傅去酒吧喝了点酒，现在头疼得厉害，晚点去上班。"小丫发来信息。

到了公司，李昂勉强地朝我笑了一下，礼貌地说，我召集了几个骨干，一会儿咱们一起开个会，说说你去事务所总部的事。

"啊？这事还用和经理们商量？"我越来越搞不懂李昂了。

"大家一起聊聊有好处。"

走进会议室，场面有点怪怪的，金荆坐在最核心的地方，其他几位经理分散地坐开，李昂最后走进来，坐到了金荆身边。整个会议，由金荆主持。大家并没有商量我去总部兼职一事，而是由金荆带头，纷纷向我道喜，大家伙儿的话都说得差不多："小禾姐，你真有远见，到总部发展真是前途无量啊。""小禾姐，以后在总部也别忘了我们啊，多给我们介绍点业务啊。""我们虽然舍不得你走，但我们都能理解，这是好事。"

金荆还特意提议大家鼓掌祝贺，让我请大家吃饭，以表庆祝。

李昂坐在那里，一言不发，我也管不了他脸色好不好看，直接问他："你们就是这么商量我去总部兼职这件事的？"

"小禾，我们觉得，人的精力有限，兼职也没有必要，你去了总部，从咨询公司的琐事中解放出去，能发挥更大的作用。"

"那谢谢李总考虑周全。我想和大家说，去总部不是我个人的想法，是事务所朱总的建议，他本来希望我兼管两方面工作，把资源打通……”

这个神仙会，就这样“开开心心，一团和气”地结束了。

“李昂，我就想问你一句，以后，咨询公司的后台，谁负责管理？”

“公司的人都是高素质的人，用不着管，管多了反而不好。”

“好，我的工作交接给谁？”

“你的工作也没什么可以交接的啊。”

话不投机半句多，这种冷冰冰的对话，激起的是我内心无法平息的翻滚的熔岩，那炽烈的熔岩，把我的心烤得焦灼不堪。

我走出李昂的办公室，刚好和金荆、单单撞个正着。金荆没有放过这个照面，问了我一句：“小禾姐，不是你和朱总提要求，要去总部的吗？”

我问他：“我为什么要离开咨询公司？”

单单说了一句：“我也没想通呢，你怎么突然要去总部。”

金荆愣在门口，大师的反射弧也变长了。我追加了一句：“我最不能忍的就是，事实摆在那儿，还敢胡说八道！”这句话我说得特别洪亮。

熬到了下班时间，我第一个冲出公司，一脚油门开到老公创业公司的别墅，约老公一起吃晚饭，一起回家。“别闹了，这么早怎么走得了？”老公没有出门，在电话里指挥我进去坐会儿。

“我一个公司副总都说走就走，你是啥角色？公司离了你仨小时就转不了吗？”

“你们那是啥公司，我们这叫互联网，懂不？真就离不开我啊！”

我对老公的自恋嗤之以鼻，但也只能走进别墅，在后院的阳伞下，边喝王老吉边坐等老公下班。暮色降临，灯火阑珊，这份惬意和我深深的压抑感邂逅，把这栋别墅分成了两个世界。

我在竹条椅子上坐了三个小时，没有给老公发微信，也没有看手机、看书、看电脑，时空把我嵌进了一个封闭的盒子，我的思绪游离而且杂乱，愤怒、难过、伤心、鄙视、怀疑、委屈，就像一个个弹珠，在封闭的盒子里毫无章法地乱撞起来。

别墅区的主人们已熄灯休息，老公他们也陆陆续续地下班，我就在后院，透过一扇玻璃门，看着他们一个个疲惫但愉悦地走出大门，最后一个是老公，他去了趟洗手间，娴熟地关了屋子里所有的灯，打算关门走人。居然把我忘了！

"喂！"我推开玻璃门，冲老公大嚷一声。

"啊！吓死我了！"

"你好意思吗！我在这儿等了三个多小时！"说完，我所有的情绪聚集成两行眼泪，哗哗哗地流个不停。

"至于吗你，码农家属不是最识大体吗？"老公有些心虚。

我就在那间空荡荡的大房子里，和他歇斯底里地讲了李昂给我的"待遇"，我说，我万万没有想到，李昂居然用这种烂招数，把我给扫地出门了！我万万没有想到，做得越多错得越多，贡献越大，老大越不能容；我万万没有想到，本来是一件大好事，就这么被李昂给搅和了。

"嗯，那就索性不干了呗，干脆你辞职得了，我养你不好吗？"

"我才用不着你养呢！"

"那我请你旅游吧，我们公司这不被收购了嘛，新公司派我们几个做技术的去硅谷一家公司参观交流，愿意和我一起去吗？带你好好玩几天。"

"哇！太棒了！一言为定啊。去硅谷！"

不知什么时候，我俩聊着聊着已经席地而坐了，玻璃门外透进一丝微弱的、暗黄的灯光，我们很有默契地沉默了一会儿，守着这个见证了一个小小的创业团队快速成长的大房子，感受着片刻安宁。老公对这个房子很有感情，这是他和兄弟们奋战过的阵地。一想到就要离开，弟兄们又要走回高大上却缺少些什么的大公司写字楼，心中暗起波澜。

在我等待去美国的那几天，裴晓他们回国了，李小丫正常上班。每天都有人找我聊天吐槽，金荆有两次到了我办公室门口见有人在，就没有进来。李昂一直没有露面。

那几天，关于李昂和我矛盾激化原因的猜测，在同事之间"迎来送往"，各种坊间传闻也难以阻拦，风一般地吹进我耳朵。有的说，李昂早就忍不了苗小禾的强势；有的说，李昂最受不了的就是苗小禾总去巴结事务所的领导；有的说，李昂发现苗小禾管得实在是太多了；有的说，小禾姐心机深，早就想投靠大佬了；有的说，小禾姐和昂哥不是一路人，分道扬镳是迟早的事……

每当听到这些，我的心里就特别难过。开始是气愤，我生气李昂怎么可以这么没有胸怀；后来是委屈，我从来没有想过自己要坐李昂的位置、拥有多么光鲜的头衔；再后来是苦恼，一种不知道如何辩解的苦恼；最后，是对自己的怀疑，我质疑自己做错了什么？在什么时候做了什么不妥的事？

旅行之前的一夜，我难以入睡，打开邮箱给李昂写了封信：

"我觉得，现在是时候离开你了。是时候让我们心无旁骛地思考自己的人生和未来了。是时候让我们各自承担起更多的东西、勇往直前，而不是狭隘地、毫无意义地纠结我们各自的职位和话语权了。……想一想，在我们的故事里，最大的悲哀，是我们谁都没有欺骗过对方，却已经不再相互信任。”

我端详着邮件的字字句句，点了“保存”，并没有发出。

去往旧金山的飞机上，我有充足的时间用来思考，一幕一幕的回忆逐篇翻过。看来，杨不凡被我辞退只是一条导火索，被点燃的硝烟后面，隐藏着多日的“积怨”。

在这个故事里，领衔主演是李昂和苗小禾，主演是像金荆这样一起走过几年风雨的经理们，各个角色都有着自己的特质和偏好。当我梳理这个故事时，我对它做出了一些新的假设：

如果当初，我们没有和肖明分开，员工能理解肖总的不易，肖总也能体谅员工的主导需求，公司发展得会不会更顺利些？

如果当初，李昂做了公司的老大，让金荆负责开拓市场，陈晨负责专业技术，苗小禾做管理和公共关系，公司发展得会不会更好？

如果当初，我们能更多地关注公司的战略和目标，而不是只考虑个人的情感和所谓的价值观，公司发展得会不会更快？

如果当初，我们能更早地、毫不手软地清理那些喜欢拉帮结伙、喜好流言蜚语的员工，公司发展得会不会更健康？

如果当初，苗小禾不是在电话里和李昂交代朱总的安排，而是当面交流，平静地而非带有情绪地表达真实的想法，公司发展得会不会更有底气？

最后，如果当初，苗小禾没有对公司的市场和业务多做过问、没有“管得太多”，而是在激进中控制节奏并给李昂留有更大的空间，公司管理层的合力会不会更加持久？

我带着这些疑问，在斯坦福大学的教堂里思考，在苹果公司总部的草坪上思考，在旧金山的渔人码头上思考，在犹他州的拱门下思考，在科罗拉多大峡谷的夕阳下思考。我没有找到答案，时光不能倒流，也没有一条道路是重复的。旅行的意义在于让人感知世界的丰富，让人体会到“没有比脚更长的路，没有比人更高的山”，在于让人对前途风景的美好充满期待，让人乐于追求如大自然般宽广的胸怀。

我想，人们有很多种活法，有很多条路可以走，有很多朋友可以去结识，有很多精彩可以去见识，如果一直陷在固有的圈子里，不仅脚步受到了束缚，思维更是受到了禁锢，如此便很难找到那些问题的答案，也很难发现更好的自己。不如，跳出来，静下心，去读书。结束，亦开始，我要去看看不同的世界。回程的飞机上，想到科罗拉多大峡谷的晚霞，无限的美好使我焕然一新，于是，我写下了这首诗：

你是晚霞

你是晚霞，
温柔，明亮；
你是优雅中被燃烧了裙角的云。

你是晚霞，
安静，炽烈；
你是天堂里阳光下小溪边的路。

天空的蓝被你端详到害羞，
星星的眼被你藏在衣袖后面，
你是夜幕前迷人的女主角，

是陪在落日身边的红颜。

无论你在哪里，
海尽头，
群山间，
旷野深处，
平静的湖面，
你总是盛装变幻，
风采依然。

你是我的晚霞，
是爱、是光芒、是温暖，
是永恒的瞬间。

（故事结束）